사심폭발 로망스

2

사심폭발 로망스 2

초판 1쇄 발행 2020년 10월 12일

지은이 | 메리J

발행인 | 김성룡
기획, 편집 | (주)스마트빅(쉼표)
교정 | 김은희
표지디자인 | 우물
출판등록 | 제2014-000017호 (2011년 6월 30일)

펴낸곳 | 도서출판 가연
주 소 | 서울시마포구 월드컵북로 4길 77, 3층 (동교동 ANT빌딩)
전 화 | 02-858-2217
팩 스 | 02-858-2219
ISBN | 978-89-6897-078-8 03810

메리J 장편소설

2

사심폭발
로망스

차 례

10. 심장이 터졌나 봅니다

　여기는 일식집인데 왜 가야금 산조가 나올까. 불매운동 탓인가. 덕심은 엉뚱한 생각으로 목구멍까지 조이는 긴장을 달래는 중이었다.

　"그동안 수고 많았네. 사실 큰 기대 없었는데 정말 해낼 줄 몰랐어. 기특해."

　고 회장 앞에 갑작스레 불려온 덕심은 예감했다. 이제 이 지긋지긋한 두꺼운 화장도, 구닥다리 정장도, 고리타분한 안경도 그리고 부회장도 모두 안녕이라는 것을. 후련한데 왜 이렇게 가슴이 스산한지 모르겠다. 매일 함께 일했던 전기실 식구들과 안녕이라는 서운함이 생각보다 컸다. 무엇보다 다시는 보지 못할 잘생긴 부회장님. 이렇게 빨리 헤어질 줄 알았으면 사진 스크랩을 좀 더 많이 해둘 걸 그랬다. 나의 남은 생에 그런 얼굴은 다시 없겠지. 지금 이렇게 코가 알알하게 매운 이유는 단지 그 아쉬움일 것이다. 아닌가, 고추냉이 덕분인가. 고 회장은 고추냉이를 듬뿍 얹은 회를 서슴없이 집어 먹는 덕심을 걱정스럽게 쳐다봤다.

"매운 걸 잘 먹는구나."

독한 성정이겠어.

"켁! 네. 그런 편입니다. 명림 아주머니는 잘 지내시는지요?"

"응. 잘 지내고 있네. 돌아가면 인사 전하지."

"네."

앞에 놓인 따뜻한 오차를 몇 모금 마신 고 회장이 테이블 위에 하얀 봉투를 올려놓았다. 단번에 알아차린 덕심은 쓸쓸하게 미소 지으며 봉투를 챙겼다.

"외람되지만 확인하겠습니다."

"당연히 그래야지. 그동안 고생 많았네. 이쯤만 해도 나는 만족하네."

수표에 새겨진 0의 개수를 꼼꼼히 확인하고 난 덕심이 정중히 고개를 숙였다.

"저야말로 감사합니다."

"일 년을 채우지 않았지만, 나머지 급여와 약속한 십억 모두 넣었네. 세금 걱정은 말고."

"역시 화통하십니다."

"○월 ○일 0시를 기해서 강덕심 씨는 전략 기획실 소속 비서직에서 해직처리 될 걸세."

"네. 알겠습니다."

일주일 남은 시간. 즐겁게 보내야지. 겨우 그런 생각만 들었다. 절벽에 매달린 자신을 구할 거액을 쥐었는데도 생각보다 기쁘지 않았다. 갑자기 쓸모없어진 존재가 된 기분이었다.

"그리고 말일세."

"네."

"추후, 우리 부회장 주변을 맴돌거나 눈에 띄는 일이 없도록 조심해 주게."

봉투를 가방에 잘 챙겨 넣던 덕심의 눈초리가 새초롬히 싸늘해졌다. 잘 나가다가 꼭 저러신다 싶었다.

"그럴 생각 추호도 없습니다."

고 회장이 안심할 수 있도록 꼭꼭 씹어서 강조한 덕심은 거액이 든 가방을 그러잡았다.

"이만 일어나겠습니다. 마지막까지 일 처리는 깔끔하게 해 놓고 나가겠습니다. 내내 평안하시고 건강히 지내십시오."

덕심은 '쾅' 소리가 나게 문을 닫고 싶었지만, 겨우 '꽁' 소리가 나도록 닫는 것으로 소심한 복수를 했다. 으리으리한 상차림을 앞에 두고 혼자 남은 고 회장은 착잡하게 중얼거렸다.

"이상하게 저 아이가 대들면 나까지 오기가 솟는다니까. 사람 감정을 흔드는 데 뭐 있어."

위험해. 위험한 아이야. 나직이 중얼거리던 고 회장은 성훈의 문제를 해결할 실마리라고 장담하던 명림의 말이 거슬렸다. 성훈을 두고 떠돌던 망측한 소문은 일단락됐다지만 이제부터는 어떻게 해야 하나. 또다시 새로운 고민으로 골이 지끈거렸다.

같은 시각. 호군에게 대면 보고를 받던 성훈이 서류를 넘기며 무심하게 내뱉었다.

"내가 강 비서를 좋아합니다."

갑자기? 어째서? 뜻밖의 상황에서, 어떤 조짐도 없이 앞뒤 잘라낸 본론을 들은 호군은 어안이 벙벙한 표정으로 성훈을 바라봤다.

"아직, 회장님께는 보고하지 마시고요. 사사건건 희원정으로 흘러 들어가는 건 저도 알고 있습니다."

"왜, 어쩌다 그런 삿된 감정을 자각하셨습니까?"

"삿되다니요? 내가 강 비서를 좋아하는 것이 왜 그런 식으로 폄하되는 겁니까?"

목소리는 여전히 건조했지만, 결재란에 사인을 남기는 성훈의 펜 끝에 날카로운 힘이 실렸다.

"옳지 않으니까요. 강 비서의 특이함 때문에 감정을 혼동하시는 듯합니다."

"그 점에 관해서는 이미 검증을 마쳤습니다."

"자신의 감정을 객관적으로 들여다볼 수 있는 사람은 없습니다."

결재를 마친 성훈은 만년필 뚜껑을 닫은 후 제자리에 단정히 내려놓았다. 절제된 움직임을 통해 치미는 감정을 다스리는 중이었다.

"강 비서와의 나이 차이를 잊으신 것만 봐도."

"한 살 차이가 언제부터 부담스러운 나이 차이가 됐습니까?"

"……!"

허를 찔린 호군은 한동안 말을 잇지 못했다. 딱딱하게 굳어진 채로 여유롭기만 한 성훈을 응시할 뿐이었다.

"언제까지 제가 속을 줄 아셨습니까?"

"부회장님은 언제부터 아셨습니까?"

"그게 뭐 중요합니까. 내가, 마성훈이, 그녀를 좋아한다는 것이 중요하죠. 기적 같은 사람입니다."

지금 저 듣기 민망한, 말랑말랑한 말이 진짜 마성훈의 입에서 나온 말인가? 호군은 무람없이 질러대는 성훈에게 휘둘리지 않기 위해 호흡을 가다듬었다.

"어쨌든 저는 반대입니다."

"무슨 권리로."

"충심입니다."

"누구를 위한 충심인지 모르겠군요. 나를 감쪽같이 속였습니다."

"부회장님을 위한 일이었습니다. 결과적으로 조금이나마 도움이 됐지 않습니까."

"많이 됐습니다. 강 비서를 알게 됐으니까요."

천천히 눈을 감았다 뜬 호군은 무겁게 가라앉은 음성으로 설득을 시도했다.

"부회장님. 강 비서를 생각하셔야 합니다. 견디지 못할 겁니다. 그 애가 어떻게 회장님을……."

"……."

"돌아가신 부모님을 생각해보시죠. 모친께서……."

호군은 차마 끝까지 말하지 못했다. 성훈의 목숨까지 앗아갈 뻔했던 엄청난 교통사고, 그 뒤에 숨겨진 마윤 일가의 치부를 함부로 건드릴 수 없었다.

"나는……. 내 여자를 외롭게 두지 않습니다."

굳세게 쥔 주먹을 내려다보는 성훈의 흰자위에 붉은 핏줄이 돋았다.

"어떤 비바람도 그녀에게 닿지 않습니다."

"현실은 그리 녹록지 않습니다."

"압니다. 어쨌든 강 비서에 관한 모든 제한을 풀어주세요. 군사기밀도 이보다 접근하기 어렵지 않겠습니다."

"조금만 기다리시죠."

거의 끝이 다다랐습니다. 모호한 답을 내놓은 호군은 철옹성같이 견고해 보였다.

덕심은 탕비실에서 조신한 모습으로 다과를 준비하는 익준에게 다가갔다.

"난 처음에 성 대리님 봤을 때, 뺀질뺀질한 도련님 같다고 생각했어요."

"제가요?"

익준은 처음 듣는 얘기도 아니면서 금시초문인 듯 화들짝 놀란 척을 했다.

"응. 생전 고생 한번 안 해보고 나름대로 원하는 대로 살아온 느낌. 우리 부회장님도 귀공자 같지만, 또 다른 분위기로."

허공에 시선을 두고 인생 전반을 돌아본 익준은 이내 고개를 끄덕였다.

"맞습니다. 부족한 게 없었고 형제가 많다 보니 부모님 간섭도 적었으니까요. 그런데 부회장님은 제약이 많은 삶을 살지 않았을까요?"

"하긴 최상류층은 그렇다더라. 하여튼 요즘 성 대리님은 꽤 진중해 보여요."

"칭찬이죠?"

"그렇죠. 나이가 들었으면 무게감이 좀 있어야 하니까."

"이제 그만 놀아야겠다고 결심해서 그런가? 누구 덕분에."

두 사람은 그 누구를 떠올리며 동시에 웃음을 터트렸다. 덕심이 다크 초콜릿을 담기에 좋은 작은 접시를 골라서 건네주며 물었다.

"연애, 많이 해봤죠?"

"음……. 나, 여기서 뭐라고 말해야 가산점 얻어요?"

"사실대로."

"많……죠. 가볍게. 한없이 가볍게."

"어휴."

감탄인지 질타인지 모를 한숨 소리를 들은 익준은 열없이 관자놀이를 문질렀다.

"가볍든 무겁든 저하고 은수 누나가 알아서 해볼게요."

"그래요. 그리고 이거."

익준의 앞에 봉투 하나가 내밀어졌다.

"뮤지컬 티켓이에요. 캣츠. 은수가 제일 좋아하는 작품. 고등학교 때 이 뮤지컬 보고 홀딱 반해서 특수 분장에 관심 가졌거든요."

"와, 고마워요."

"나도, 고마웠어요."

구닥다리 안경 너머 덕심의 눈이 따뜻하게 반짝였다. 평소와 사뭇 다른 분위기를 느낀 익준은 봉투와 덕심을 번갈아 쳐다봤다.

"부회장님 출출하시겠다. 어서 가지고 들어가요."

가볍게 웃고 탕비실을 나서는 덕심의 뒷모습을 보던 익준이 나직이 외쳤다.

"그만두는구나……."

일 년도 안 되는 짧은 기간이었지만 덕심과 함께 한 날들은 가장 인상 깊은 시간으로 기억될 것 같았다.

점심 식사 후 면담을 요청한 덕심은 호군의 앞에 꽤 커다란 상자를 내려놓았다.

"이게 뭔가."

"선물이요. 양말이에요. 3년 치는 될 거예요."

"응?"

덕심은 두 손으로 호군의 전신을 훑는 시늉을 하며 안타깝게 혀를 찼다.

"잘생겼지, 점잖지, 유능하지, 재력 있지, 이 나이에 똥배는커녕 복근이 장난 아니라는 소문도 들리던데. 이렇게 완벽한 장호군 실장님께서 구멍 나기 직전의 양말을 신고 다닐 줄 누가 알겠어요?"

"참나, 늙은 남자를 자세히도 봤다."

피식 웃고 난 호군은 포장을 풀어서 양말 한 켤레를 꺼냈다.

"오, 이거 진짜 좋아 보이네."

"중소기업 제품인데 입소문 타서 잘 팔린대요. 발가락이랑 뒤꿈치가 이중 직조 어쩌구래요. 구멍도 잘 안 날 거예요."

"그런데 갑자기 웬 선물이야?"

알게 모르게 많이 의지했던 사람이었다. 덕심은 부드럽게 미소 짓는 호군을 보자 섭섭한 마음이 더 커졌다. 눈을 마주치면 눈물이 날 것 같아 괜스레 양말 포장지를 끌어와 꼬깃꼬깃 접기 시작했다.

"어제, 회장님 뵀어요."

호군에게서 나직한 한숨 소리가 들렸다.

"그랬구나. 조만간 부르실 줄 알았다."

"저 때문에 고생 많으셨어요."

"아니지. 나 좋자고 한 일이야. 나야말로 괜히 강 비서를 끌어들여서 힘들게 했지."

"그래도 재미있었어요. 매일 스릴 넘치고, 잘생긴 부회장님도 실컷 보고. 일도 배웠고."

밝게 웃는 덕심을 보자 호군도 마음 한구석이 저릿했다. 이렇게 잘 적응할 줄 알았으면 애초에 본 모습 그대로 들일 걸 그랬나. 아니다. 어차피 안 될 일이었다. 부회장이 저렇게 될 줄 누가 알았나. 이쯤에서 헤어지는 것이 서로를 위해 나은 일이라는 판단이 섰다.

"덕심이는 긍정적이고 활기차서 금방 다시 성공할 거야."

"네! 그동안 감사했습니다."

꾸벅 고개를 숙이는 덕심을 보던 호군의 표정이 짐짓 무거워졌다.

"부회장님께는 그만두는 내색 하지 말고."

"그럼 저는 어떻게……."

"뒤처리는 내가 알아서 할 거야."

마지막까지 아무렇지도 않게 있다가 떠나라는 뜻이었다. 홀연히, 연기처럼.

슈트 재킷을 걸친 성훈은 오후 내내 느슨하게 끌렀던 넥타이를 바르게 고쳐 맸다. 노크 소리가 들리자 성훈의 입가에 웃음이 배어 나왔다. 기대하던 모습이 보이자 입가의 옅은 미소가 만면으로 번졌다.

"부회장님, 차량 대기했습니다."

"네. 서산 연수원에서 일 마치고 바로 부산으로 내려갈 겁니다. 오늘은 일찍 퇴근하세요."

"조심해서 다녀오세요. 그리고 이거."

한 걸음 성큼 다가간 덕심은 성훈의 몫으로 준비한 이별 선물을 넌지시 내밀었다.

"이게 뭐죠?"

"룸 스프레이예요. 집무실에서 나는 향기가 좋다고 하셔서 준비했습니다.”

“그럼, 집에서도 같은 향이 나겠네요.”

“네. 스트레스 완화에 효과가 좋습니다.”

“어쩐지 요즘 들어 목덜미 뻐근한 게 많이 좋아졌더라. 진짜 고마워요.”

의미가 어떻든 성훈은 덕심에게 개인적으로 선물을 받았다는 것이 기뻤다. 덕심은 익준보다 더 소년 같이 좋아하는 성훈이 신기해서 시선을 떼지 못했다. 요리 보고 조리 봐도 한없이 잘생긴 얼굴도 이제 안녕. 순전히 얼굴에 혹해서, 남장까지 했던 무모함이 시작이었는데. 감회에 젖어있는 덕심의 귀에 성훈의 사무적인 목소리가 들렸다.

“참, 목요일 호텔 예약은 끝났습니까?”

“네. 말씀하신 대로 M 프레지던트 호텔 25층 스위트룸으로 예약했습니다. 그 외의 특별한 지시 사항은 없으십니까?”

“나머지는 성 대리와 장 실장이 알고 있으니까 의논해서 처리하면 됩니다. 일정 새어 나가지 않도록 조심해 줘요.”

“알겠습니다.”

브리프 케이스와 선물 상자를 챙겨서 나가던 성훈이 출입문 앞에서 우뚝 멈췄다. 뒤따르던 덕심의 발걸음이 제대로 멈추지 못하고 주춤거렸다.

“오늘은 이게 마지막이네요?”

“네?”

“우리 얼굴 보는 것 말입니다. 내일 점심 이후에나 보겠다고요.”

“네……. 그렇습니다.”

그래서 어쩌라는 건지. 어리둥절한 덕심을 세워 놓은 채로 성훈은 아무 말이 없었다. 멀뚱멀뚱, 덕심의 눈동자가 어색하게 헤매는 모습을 세세히 눈에 새겨 넣었다.

언제 어떻게 폭로할까. 내가 다 알고 있는데, 날 속인 건 괘씸하지만 그래도 네가 좋다. 그냥 지금 말할까?

"뭐, 잊으신 거라도 있으신지."

"갖고 가고 싶네."

"네? 무엇을."

"그런 게 있습니다."

알쏭달쏭한 말을 남긴 성훈의 손가락이 핸드폰을 조작하느라 바빴다. 찰칵!

"……!"

분명 카메라 렌즈가 이쪽을 향했다. 정신이 돌아온 덕심이 와락 얼굴을 구겼다.

"혹시, 지금 저를 찍으셨어요?"

"네. 내일 낮까지 못 보는 대신."

이 꼬락서니를 왜 찍어! 덕심은 방방 뛰면서 악을 쓰고 싶은 것을 꾹 참았다. 눈을 감고 치미는 성질을 차분하게 가라앉혔다.

"부회장님, 무방비 상태에 있는 사람을 그렇게 찍으시면."

"강 비서가 하는 대로인데. 말도 없이 그냥 막 찍지 않습니까?"

"그건!"

"릴렉스, 릴렉스가 필요해. 쓰읍, 하. 쓰읍, 하."

"그건, 사전에 부회장님께서 OK 하신 거고요. 말도 없이 그냥 찍으면 대부분 사진이 이상하게 나오지 않습니까?"

"으응? 아닙니다. 내가 찍은 강 비서 사진은 무척 자연스럽고 예 뻤습니다."

방금 찍은 따끈따끈한 사진을 들여다보는 성훈의 표정이 무척 즐거워 보였다. 그러나 정말 기분이 좋아서 웃는 모습조차 덕심의 눈에는 야비한 비웃음이었다.

"그럴 리 없습니다."

이 거지 같은 몰골이 예쁘게 나올 리가 없었다. 인생의 암흑기인 데! 없애버리고 싶은 모습인데! 그래서 체육 대회 인터뷰도 극구 사양했는데. 반드시 소멸해야 할 사진이었다.

"이리 주십쇼."

"싫습니다. 나중에 강 비서 얼굴이 기억 안 나면 어떡합니까?"

"네……?"

가슴이 철렁 내려앉는 말이었다. 꼭 어떤 의미가 숨어있는 것처 럼 들렸다.

"강 비서가 언제까지나 내 비서로 있지 않을 거란 뜻입니다."

당신 본연의 모습으로 영원히 내 옆에 있어야지.

"이상한 소리는 그만 하시고 이리 주세요."

"안 됩니다."

성훈은 핸드폰을 뺏으려 드는 덕심을 피해서 이리저리 팔을 휘 둘렀다. 팔이 얼마나 긴지 따라다니는 덕심만 동분서주 바빴다.

"그냥 잘 나왔나 확인만 하겠습니다."

"그 말을 믿으라고?"

성훈은 높이 들어 올린 팔을 향해 깡충깡충 뛰는 덕심을 여유롭 게 내려다보며 싱글거렸다.

"내 사진은 수백 장도 넘게 찍었으면서 너무 인심이 야박하네요."

"네. 저는 야박합니다. 이리 주세요!"

이런 식으로 깡충거려서 뺏을 길이 없었다. 입술을 질끈 문 덕심은 그대로 성훈의 어깨를 짚고 팔짝 뛰어올랐다. 머릿속으로 그린 그림은 그의 어깨를 짚은 힘을 지렛대 삼아 날아오르는 것이었다. 그러나 현실은.

"지금 뭐 하는 겁니까?"

"그, 그러는 부회장님이야말로."

마치 이런 것을 원했던 사람처럼 성훈의 한쪽 입꼬리가 얄밉게 치솟아 있었다. 덕심은 한 손은 너른 어깨에 다른 한 손은 탄탄한 가슴에 댄 채 성훈의 품에 안겨 있었다. 쿵덕 쿵, 방아 찧듯 요란한 성훈의 심장 소리가 덕심의 손바닥을 두드렸다. 얼른 손을 떼고 떨어지려 했지만, 턱도 없었다. 제 허리를 감은 성훈의 긴 팔이 옭아맨 밧줄이라도 되는 것처럼 빈틈없는 탓이었다.

"왜, 왜! 갑자기 안고 그러십니까? 놓아 주세요."

황망함에 삑사리 난 새된 목소리가 성훈의 귀를 찔렀다.

"넘어질까 봐 잡아준 것뿐입니다."

불퉁하게 내뱉으며 놓아주는 성훈의 품에서 아쉬움이 느껴졌다.

"사진은 지웠습니다. 이제 됐습니까?"

진작에 이럴 것이지. 덕심은 순순히 내어준 성훈의 핸드폰을 수색했다. 휴지통까지 뒤져서 사진이 완전히 사라진 것을 확인한 후에야 돌려줬다.

"죄송합니다. 저는 찍는 건 좋아해도 찍히는 건 싫어합니다."

"나도 괴롭혀서 미안합니다."

장난기가 쏙 빠진 성훈의 정중한 사과에 덕심도 기분을 풀었다. 사소한 실랑이로 장거리 이동과 빡빡한 일정을 소화해야 할 사람의 진을 빼고 싶지 않았다.

"다녀오세요. 내일 뵙겠습니다."

"그래요. 내일 봅시다."

성훈과의 치열한 사투를 벌인 탓에 지친 덕심은 그가 나가자마자 풀썩 주저앉았다. 책상에 엎드려서 머리를 비운 채로 널브러지기를 한참. 띠링! 기운 빠진 손을 더듬어 핸드폰을 들었다. 톡 메시지를 확인하던 덕심의 얼굴이 사납게 일그러졌다.

"아아악! 진짜 가만 안 둘 거야!"

[항상 백업 파일 확인. 명심할 것.]

성훈의 톡 메시지와 함께 전송된 사진을 본 덕심은 울고 싶은 심정이었다. 분명 그가 지웠다고 장담했던 덕심의 사진이었다.

달리는 차 안에서도 쉴 틈 없었던 성훈은 미간을 주무르며 눈의 피로를 달랬다. 회의, 서류, 검토, 결재로 이어지는 일상이 유난히 버거운 하루였다. 성훈이 눈을 감은 채 피로에 눌어붙은 목소리로 물었다.

"장 실장님, 상대편 입찰가는 어느 정도로 예상합니까?"

"전문가들이나 도박사들은 10조가 마지노선이라고 떠들고 있습니다.”

“그럼, 거뜬하게 넘겨 버릴까요……?”

“아무리 노른자위라도 그렇게까지 투자할 가치가 있을지 조심스럽습니다.”

“그렇습니까?”

성훈은 개구쟁이처럼 짓궂은 미소를 짓고 있었다. 하지만 저 표정이 정말 장난인지, 진심인지, 객기인지는 아무도 모른다. 강남 요지에 자리한 거대한 부지를 차지하기 위한 기업들의 눈치 싸움이 치열했다. 그곳에 새로운 랜드마크를 세우는 것은 돈으로 환산할 수 없을 만큼 상징적인 의미가 컸다.

“목요일부터 입찰 서류 넣는 순간까지 우리 모두 한배를 타는 겁니다.”

사운이 걸린 프로젝트 때마다 호텔 한 층을 빌려서 동고동락하는 것은 마윤의 오랜 전통이었다. 아차, 강덕심. 호군은 당장 다음 주부터 사라질 존재가 마음에 걸렸다. 부회장이 어떻게 받아들일지 미지수였다.

“전략 기획실 직원들 모두, 강 비서까지입니다. 열외는 없습니다.”

“네. 알겠습니다.”

태연하게 대답하는 호군의 눈가에 피로보다 짙은 그늘이 내려앉았다. 고작 여비서 하나 때문에 흔들릴 성훈이 아닌 건 알지만, 꺼림칙한 느낌을 떨칠 수 없었다.

주섬주섬 짐을 챙기는 덕심은 콧노래까지 흥얼거리고 있었다. 그러나 도망자도 아니고, 느닷없이 거처를 옮기는 덕심을 지켜보는 은수는 마음이 어수선했다.

"어쭈, 집 나가는 주제에 노래까지."

"빚이 대폭 줄었는데 노래가 안 나오겠냐?"

"아직도 남았어? 도대체 빚이 얼마나 많았던 거야?"

티셔츠를 개던 덕심이 시원하게 한숨을 쉬었다. 빙그레 웃는 얼굴이 그나마 후련해 보였다.

"이제 1금융권 대출 쬐끔 남았어."

"숨통 좀 트였겠네."

"숨통? 완전 산소호흡기 달았지. 폐가 건강해진 기분이다."

"나머지는 내가 메꿔줄게. 그 쬐끔이 눈덩이 되는 것 한순간이야. 너는 덕준이 학비도 챙겨야 하잖아."

덕심은 급히 손사래를 치며 거절했다.

"에이, 됐어."

"나도 부업으로 이자놀이 좀 해보자. 은행 좋은 일만 시키지 말고."

애를 써가며 트렁크를 꾹꾹 눌러 닫는 덕심은 아무 말이 없었다. 트렁크에 열쇠까지 채우는 동안 생각 없는 척 시큰둥한 것 같더니 번쩍 고개를 들었다.

"그러게. 은행보다 내 친구한테 이자 주는 게 낫겠다."

피식 웃고 난 은수가 심란한 얼굴로 물었다.

"어디에 가 있을 거야?"

"알면 다쳐."

반쯤 장난처럼 대꾸하던 덕심이 짐짓 가라앉은 눈빛으로 은수를 쳐다봤다.

"그리고 당분간 너한테 연락 못 할 거야. 네 SNS도 당분간 닫아 놔."

"야, 네가 회사 기밀을 빼돌린 것도 아닌데 그렇게까지 조심해야 해?"

"실장님이 그렇게 하는 게 좋겠대. 아마도 고이란 회장님 뜻일 거야. 여간 깐깐하지 않거든."

"그래?"

"응. 그러고 보니 은근 네가 노출되어 있어. 성 대리랑도 그렇고."

"아우, 야! 이러니까 네가 무슨 큰 범죄자라도 되는 것 같잖아. 무서워."

"그러게 말이야. 어차피 보스는 내 진짜 얼굴도 모르는데 너무 호들갑이야."

정말 며칠 안 남았구나. 손에 꼽는 날짜를 세어볼수록 덕심은 시원함보다 섭섭함이 더 컸다.

사적인 용무로 일찌감치 성훈이 자리를 비운 전기실은 긴장감 없이 유유자적했다.

"오랜만에 부회장님도 안 계시는데 오늘 우리끼리 술 한잔하죠."

갑작스러운 익준의 제안에 호군이 고개를 저었다.

"정신 차려. 내일부터 합숙이야."

"그러니까요. 내일부터 주말도 없이 초긴장 상태로 지내야 하는데 오늘 우리끼리 간단하게 놀자고요. 어때요, 강 비서님?"

환송회도 없이 떠날 것을 눈치 챈 익준은 적극적으로 회식을 요구했다. 덕심도 익준의 말이 솔깃했다. 당장 내일부터 극비 합숙이 시작되면 다들 정신없이 바쁘고 예민해질 터였다. 아무리 원래부터 없었던 사람처럼 떠날 처지여도 그렇지 이대로 헤어지는 것은 서운했다.

"그래요. 실장님, 저 입사하고 오늘처럼 널널한 날은 없었어요. 비록 폭풍전야의 평온일지라도 오늘을 즐기자고요."

덕심까지 나서자 호군도 어쩔 수 없었다. 그대로 보내는 것이 마음에 걸린 건 그 역시 마찬가지였다. 못 이기는 척 웃으며 승낙하고 말았다.

"그럼. 간단하게 저녁만 하지. 서둘러서 남은 업무 마무리 지어."

평소라면 꿈도 못 꿀 이른 시간에 집에 돌아온 성훈에게서 옅은 술 냄새가 풍겼다. 검은 정장과 검은 넥타이를 맨 성훈이 정원을 가로질러 오는 것을 발견한 명림이 손을 흔들었다.

"부회장! 마성훈 씨."

마냥 신나 보이는 명림을 보는 순간 어쩔 수 없이 성훈도 웃게 되었다. 덕분에 종일 그에게 드리워졌던 우울한 기운이 조금 가셔졌다.

"추운데 왜 나와 계세요. 감기 걸리면 어쩌시려고."

"내내 안에만 있었어. 가끔 찬 공기도 쐐야 건강해지지."

"네. 할머니는 안에 계시죠?"

"응. 그런데 그렇게 입고 인사하려고?"

어떻게 해야 하나. 짧은 고민 끝에 성훈은 그냥 명림을 따라 벤치에 주저앉았다.

"오늘은 생략하는 게 좋겠네요. 선생님이 대신 말씀 잘해 주세요."

"그래. 술 마셨네? 네가 웬일이야?"

생각 없이 묻고 난 명림은 머쓱해졌다. 오늘 같은 날, 이 정도로 버티는 게 어딘가. 여러모로 정신력이 대단한 녀석이었다. 벤치에 허물어지듯 기대어 앉아있던 성훈이 조용히 명림을 불렀다.

"선생님, 강 비서 말입니다. 진짜 왜 추천하신 거예요?"

대답이 없어 돌아보니 땅바닥에 쪼그리고 앉은 명림은 돌멩이로 흙을 파고 있었다. 하. 오늘은 속아줄 기력이 없습니다.

"장난하지 마시고 대답이나 해보세요."

쥐고 있던 돌멩이를 멀리 던진 명림이 힝, 하고 웃으며 일어났다. 흙을 탁탁 털고 자리에 앉더니 덤덤하게 말을 이었다.

"전에 말했잖아. 그냥 촉이라고. 무모하고 간도 크길래 쟤라면 버티겠다 싶었어."

"진짜 그게 다라고요? 그럼, 왜 힘들게 나이 든 사람 흉내를 내게 했어요. 고생스럽게."

짝 소리가 나도록 무릎을 내려친 명림의 눈이 화등잔만 하게 커져 있었다.

"너, 알고 있었구나?"

"얼마 전에 우연히 알게 됐어요."

한동안 눈만 끔뻑거리던 명림이 술술 털어놓기 시작했다.

"네가 여직원이라고 하면 오죽 치를 떨었어? 내가 덕심이만이 너를 고칠 수 있다고 약을 쳤잖아. 그랬더니 회장님이랑 장 실장이 겨우 생각해 낸 게 그 방법이었어."

"어이없지만…… 뭐, 어쨌든 고맙습니다."

하늘에 뜬 달을 보는 성훈은 기분 좋게 웃고 있었다. 일 년 중 가장 괴로운 날이라 해마다 예민했던 모습이 아니었다.

"강 비서가 좋구나?"

"네."

선뜻 나오는 대답을 들은 명림이 입술을 삐죽거렸다. 맨날 아니라고 쌍심지를 켜고 대들더니 이제야 인정하는 모양새가 우스웠다.

"그럴 줄 알았다. 너희는 단군 이래로 환웅과 웅녀만큼 대단한 궁합이란다."

"단군 이래라니요? 단군은 환웅과 웅녀의 아들인데요. 순서가 안 맞잖아요."

잔뜩 미간을 좁힌 성훈이 집요하게 파고들자 명림은 모르는 척 자리에서 일어났다.

"아이고, 삭신이야. 아함, 졸려 죽겠네."

"어딜 가세요. 더 말씀해주고 가세요. 진짜 강 비서하고 저하고 뭐가 있어요? 궁합, 그거 맞기는 해요?"

애타게 묻는 성훈의 말에 명림이 걸음을 멈췄다. 허리를 통통 두드리며 어기적대던 사람답지 않게 휙, 몸을 돌리더니 크게 호통을 쳤다.

"이놈아! 가는 여자나 붙들어! 지금 네가 이러고 있을 때가 아니야."

뜬금없이 무슨 소리인가. 가긴 누가, 어디를 간다고? 성훈은 엄습하는 불안에 돌처럼 굳어버렸다. 예전의 명림은 항상 뜬구름 잡듯 언질을 줘서 듣는 이를 감질나게 했었다. 반면에 지금은 곧이곧대로 말하는 대신 완전히 틀릴 때가 많았다. 장난인지 치매의 영향인지도 듣는 사람이 알아서 판단해야 했다.

"가긴 어딜 가. 절대 못 놔줘. 단군 이후로 최고 궁합이라잖아."

만사는 유비무환이니 예의주시할 필요를 느꼈다. 굳게 결심하는 사이 외투 주머니에서 은은한 멜로디가 울려 퍼졌다. 발신자를 확인한 성훈의 눈매가 가늘어졌다. 호군이라면 몰라도 익준이 개인 번호로 전화한 일은 처음이었다.

"마성훈입니다."

수화기 너머가 시끌벅적했다. 혀가 꼬부라진 익준의 몇 마디 말을 들은 성훈의 걸음이 거침없었다.

"얼씨구, 성 대리님!"

익준을 찾으러 나온 덕심이 소스라치게 놀라 소리쳤다. 잠깐 통화한다며 나가더니 함흥차사였던 익준은 얇은 셔츠만 입은 상태로 술집 입구에 고꾸라져 있었다.

"세상에, 은수가 이 꼴을 알면 당장 연락 끊겠다고 할 거야."

"정말요?"

사랑의 힘이란 이런 것일까? 은수의 이름이 알코올을 단숨에 휘발시켜 버린 모양이었다. 한잔도 마시지 않은 사람처럼 멀쩡하게 일어선 익준이 파랗게 얼은 입술을 간신히 움직였다.

"누나한테 이르면 안 됩니다."

얼어붙은 입술에서 새어 나오는 말투가 어눌해서 절로 웃음이 터졌다.

"알았어요. 그런데 이런 데서 자면 입 돌아가요. 추우니까 어서 들어가요."

"강 비서님."

채근하는 덕심의 손목을 잡은 익준이 세상 측은한 얼굴로 서 있었다.

"왜요?"

"왜 말을 안 하세요?"

"뭘요."

"우리 언제까지 볼 수 있어요?"

"……."

"정말 이러기에요? 그간 든 정이 얼만데. 말도 없이."

덕심의 복잡한 표정 위에 힘없는 미소가 덧씌워졌다.

"월요일부터 저 없어요."

"헐……."

"너무 갑작스럽죠? 그렇게 됐어요."

배시시 웃는 덕심을 애처롭게 바라보던 익준은 곧 눈물이라도 흘릴 태세였다. 덕심은 부잣집 막내 도련님의 울먹이는 얼굴을 질색하며 쳐다봤다.

"울기만 해봐요. 은수한테 다 이를 거야. 술 취하면 길에서 자더라고."

"강 비서님 너무해! 매정합니다. 어떻게 이럴 수 있습니까!"

끄어어어! 기괴한 소리로 우짖으며 다가온 익준이 서슴없이 덕심을 끌어안았다. 친누나가 이역만리로 시집을 간다 해도 이렇게 슬플까 싶도록 기묘하고도 서러운 소리였다.

끼이이이익! 갑자기 타이어가 아스팔트를 긁는 소리가 들렸다. 웬 택시? 하는 생각과 동시에 문이 열리더니 다급하면서도 냉혹한 목소리가 들렸다.

"거기! 떨어져!"

어라, 저 인간이 여기를 왜 왔지? 성훈을 알아본 덕심의 눈이 휘둥그레졌다.

"이봐! 택시비 주고 가야지! 문은 왜 안 닫아!"

기사 아저씨의 호통에도 아랑곳하지 않고 성큼성큼 다가온 성훈은 바로 익준의 덜미를 잡아챘다. 성훈의 형형한 안광은 살갗이 따끔거릴 만큼 살벌했다.

"성 대리는 가서 택시비 지불하도록."

"넵."

언제 주접을 떨었나 싶게 멀쩡해진 익준은 성훈이 건넨 지갑을 들고 택시로 갔다.

"부회장님, 여긴 어떻게 오셨어요?"

"추운데 왜 나와 있어요. 들어갑시다."

"여기서 옷은 왜 벗으세요? 으아아, 그러지 마세요."

덕심은 자신을 보자마자 코트를 벗는 성훈에게 손사래를 쳤다. 왠지 저것을 자신의 어깨에 걸쳐줄 것만 같아서 벌써 손끝이 오그라들고 있었다. 마치 버터 한 숟갈을 입에 처넣은 것 같은 부드러운 음성까지 더해 미쳐버릴 지경이었다. 바로 조금 전까지 잘생긴 눈을 부라리며 고함을 지르던 남자가 맞나? 급작스럽고 자연스러운 태세 전환이 어리둥절했다. 강하게 저항하는 덕심을 시무룩 쳐다보던 성훈이 말없이 걸음을 옮겼다. 혼자 술집으로 들어가는 성훈을 보자 이번에는 미안하기 그지없었다.

"강 비서님은 왜 안 들어가요? 어으, 추워."

이제야 추위를 느끼는지 목 부근에 소름이 잔뜩 돋은 익준이 어깨를 부르르 떨었다.

"부회장님이 여길 어떻게 알고 오신 거죠?"

"내가 불렀어요."

"왜요? 뭐 하러요?"

생각지 못한 익준의 오지랖에 놀란 덕심이 눈을 치뜨고 따졌다.

"친한 동네 형이거든요."

"뭐래. 술에 취한 거야, 깬 거야."

덕심은 익준이 남긴 영문 모를 소리에 짜증이 났다. 바지 주머니에 양손을 찔러 넣고 경쾌하게 뛰어 들어가는 익준이 어째 의뭉스러웠다.

널찍한 실내가 통으로 터진 낡은 술집에 성훈이 등장했다. 일순간 묘하게 술렁거리는가 싶던 실내가 놀랍도록 고요해졌다. 핸드폰으로 메일함을 확인하면서 일행을 기다리던 호군도 이상한 분위기를 감지했다. 사람들이 일제히 한곳을 쳐다보고 있는 기이한 광경. 성훈을 보필하면서 한두 번 겪어본 것이 아닌 이 분위기. 호군은 스멀스멀 피어오르는 불안을 안고 사람들의 시선을 따라갔다. 설마 했는데 그가 이곳에 나타나 버렸다. 왜, 어째서, 어떻게 알고 여기를 왔을까? 질문은 차치하고 자리에서 일어난 호군이 고개를 숙였다.

연장자가 분명한 호군이 인사하며 맞이하는 모습에 사람들이 동요하는 소리가 들렸다. 역시나 사람들은 성훈을 알아보고 말았다. 마윤, 꺅, 마성훈, 어머나, 재벌, 대박, 웬일. 그를 두고 수군거리는 소리가 난무했다. 그러거나 말거나 이런 상황이 익숙한 성훈은 왠지 상처받은 얼굴로 자리에 앉았다.

"강 비서 자리가 어딥니까?"

"지금 앉아계신 자립니다."

순간 호군은 성훈의 얼굴에 변태 같은 미소가 스친 것을 본 것 같았다. 하지만 노안 탓이라 치부하며 외면했다. 목을 조른 타이를 느슨하게 끌어내린 성훈이 앞에 있던 술잔을 들었다.

"저도 한 잔 주시죠."

"그건 강 비서가 쓰던, 새 잔으로 바꿔 달라고 하겠습니다."

종업원을 향해 손을 들던 호군이 슬그머니 손을 내렸다. 그러기만 해 봐라. 성훈의 이마에 딱 그렇게 쓰여 있었다. 하는 수없이 덕심이 마시던 잔에 소주를 채웠다.

"추모 공원은 잘 다녀오셨습니까?"

"네. 그럭저럭."

성훈의 쓸쓸한 미소를 보자 할 말이 없었다. 짝사랑하는 여자가 마시던 술잔으로 위로가 된다면 그나마 다행이다 싶었다.

"아으, 춥다. 저도 한 잔 주세요."

찬바람을 묻히고 들어온 익준이 눈치 없이 성훈의 옆자리에 앉으려던 찰나, 성훈의 발이 재빠르게 의자를 걷어찼다.

"어딜 앉아?"

"예. 예. 알겠습니다."

호군은 두 남자의 살가운 분위기에 어안이 벙벙해졌다. 당장 호형호제라도 할 듯 친밀해 보였다. 익준에게 태도 지적을 하려던 호군은 마침 들어오는 덕심 때문에 입을 다물었다.

"어? 여기 내 자리 아닌데."

"그냥 대충 앉아요."

익준은 머뭇거리는 덕심의 손목을 잡아끌어 성훈의 옆자리에 앉혔다. 나름 선의랍시고 나섰건만 익준은 차가운 소주잔을 입술에 가져가는 성훈의 눈매가 날카로워진 것을 몰랐다.

짧은 시간 동안 익준은 두 번이나 그의 심기를 거슬렀다. 끌어안고 손목을 잡고. 나도 어쩌지 못하는 강 비서의 몸을, 손을! 네 멋대로 응? 막! 성훈은 머리와 가슴을 가득 채운 질투에 휩싸여 연거푸 술잔을 비워댔다.

초조한 사색에 빠진 호군은 성훈이 술을 퍼마시는지 핥는지 살필 겨를이 없었다. 덕심을 향한 성훈의 마음이 생각보다 더 심각해 보여 걱정스러웠고, 도대체 익준은 어떻게 부회장과 부쩍 친해진 건지 궁금했다.

"어머, 뭐야……."

익준과 티격태격하던 덕심은 뒤늦게 홀랑 비워진 소주병을 보고 소스라치게 놀랐다. 주량이 턱없이 약한 성훈이 금세 한 병을 비워버린 탓이었다.

"진짜, 내가 못 살아!"

벌써 게슴츠레해진 성훈의 눈동자를 본 덕심이 탄식을 터트렸다.

"강 비서, 이해해라. 오늘 부회장님이 그럴 일이 있어."

제대로 헛다리를 짚은 호군은 피식피식 웃는 성훈을 안쓰럽게 바라봤다.

✽

성 대리이! 두고 보자. 또 어디로 사라진 거야. 덕심은 까만 밤하늘에 대고 이를 갈았다. 그리고 고해 성사라도 하듯이 고개를 깊이 숙이고 있는 성훈의 어깨를 흔들었다.

"부회장님, 여기 잠깐 앉아 계세요. 술 깨는 약이라도 사 올게요."

"가지 맙시다."

성훈은 차가운 벤치를 탕탕 두드리며 긴 숨을 내쉬었다.

"장 실장님은 어디 가셨습니까?"

"아까 성 대리님이 대리 불러서 보내 드렸어요."

"그럼 성 대리는 어디 갔습니까?"

"모르겠어요. 전화도 안 받고."

"그렇습니까?"

착한 우리 성 대리. 성훈은 오늘 밤 두 번이나 점수를 깎았던 익준을 쉽게도 용서했다.

"힘드시죠? 택시 부르겠습니다."

"지금 택시 타면 멀미합니다."

"아……."

술 약한 세자 저하는 취하니까 더 까탈맞게 굴었다. 하는 수 없이 덕심은 엉덩이가 쩍 들러붙을 만큼 차가운 벤치에 앉으려 했다.

"잠깐. 어딜 앉습니까?"

"앗, 죄송합니다."

치사한 마음에 된소리가 튀어나오려는 걸 꾹 참는 덕심의 눈앞에 놀라운 광경이 벌어졌다. 성훈이 더듬더듬 코트를 벗더니 벤치에 깔아 주었다.

"우리 덕심이는 차가운 데 앉으면 안 됩니다."

"가, 감사합니다."

이 순간 덕심이 할 수 있는 것은 그저 멀뚱멀뚱하게 서 있는 일뿐이었다. 그가 벗어준 곤룡포에 어찌 내 엉덩이 따위를 얹는단 말인가.

"강 비서."

"네."

"어서! 어서 앉아요."

코트를 팡팡 두드리며 채근하는 통에 덕심은 엉거주춤 그의 옷을 깔고 앉아 버렸다.

"강 비서, 나 말입니다."

"네. 말씀하세요."

"나, 오늘 추모 공원에 다녀왔어요."

"……"

"엄마, 아빠 보러."

"네……"

그랬구나. 그래서 이렇게 검은색 일색이었구나. 아무 생각 없이 잘 어울린다고, 오늘도 멋있다고 감탄한 자신이 부끄러웠다.

"어머니는……"

눈을 질끈 감았다 뜬 성훈이 느릿하게 말을 이었다.

"우리 모두를 데려가고 싶어 했습니다."

"네?"

내가 지금 무슨 소리를 듣는 거야? 갑자기 분위기가 전설의 고향이 된 탓에 덕심의 커다란 눈동자에 경악의 빛이 어렸다.

"아버지와 나를. 하지만 나는 실패했죠. 내가, 기를 쓰고 의식을 찾았거든."

들어서는 안 될 커다란 비밀을 엿듣는 죄책감과 오싹한 한기가 동시에 찾아왔다. 그리고 성훈이 한없이 가엾게 느껴졌다. 정작 어마 무시한 얘기를 꺼낸 성훈은 잠잠했다.

"주무세요?"

"……"

정말 잠이 들었는지 성훈은 아무리 부르고 흔들어도 미동이 없었다. @게다가 익준은 여전히 전화를 받지 않았다.

"어쩌나."

하는 수없이 희원정까지 함께 택시를 타고 가야 할 것 같았다.

"좋아해."

콜택시를 부르려고 전화번호를 찾던 덕심의 손가락이 멈칫했다.

"좋아합니다."

누구한테 하는 소리야. 와! 린 로이스? 진짜 좋아하게 된 거야? 덕심은 정말 깜짝 놀랐다. 성훈이 린 로이스를 좋아하게 된 것에 놀랐고, 자신이 질투하고 있음에 더 많이 놀랐다. 엄청난 실망과 시샘이 가슴을 빨갛게 불태우는 아픔이 느껴졌다. 아니야. 아니야. 최애가 연애를 하면 억울하고 아까운 것이 인지상정. 솔직히 그것과는 감정의 결이 다르다는 걸 알면서도 덕심은 애써 부정했다.

"강 비서?"

"네. 부회장님."

"왜. 대답을 안 합니까?"

씨!

덕심은 자신이 아는 된소리 낱말들을 걸판지게 쏟아내고 싶었다. 지금 나는 네 사랑을 축복할 기분이 아닙니다.

"제 대답이 왜 필요합니까?"

어마, 이 얼음장 깨지는 듯한 내 목소리 무엇이니? 덕심은 제법 싸가지 없게 들리는 제 목소리에 만족했다. 동공이 풀린 눈으로 덕심을 응시하던 성훈이 차가운 공기를 가득 들이마셨다. 그 바람에 정신이 좀 돌아온 성훈은 자꾸만 꼬이는 혀에 힘을 주고 말했다.

"덕심아, 나 너한테 물었어."

취했네. 많이 취했어. 내가 아무리 비서지만 나이가 몇 살 차인데 반말 찍찍이야.

"아무래도 안 되겠어요. 집으로 모시겠습니다."

"강 비서, 가면 안 됩니다. 떠나면 안 됩니다. 알겠습니까?"

"……."

"왜 대답을 안 합니까? 아니, 대답 필요 없어요. 내가 안 놔줘."

"지금, 무슨 말씀하시는 거예요?"

"내가, 강덕심을 절대 놔주지 않을 겁니다."

"왜요."

"아까 말했잖아요. 좋아한다고."

그저 주정으로만 받아들인 덕심은 싸늘한 한숨과 함께 되물었다.

"그게…… 저라고요? 저를 좋아해요?"

"네. 정말, 많이."

덕심을 바라보며 싱긋 웃는 성훈의 미소가 해맑고 따뜻했다. 주정인지 아닌지 따질 정신이 없을 정도로 대단한 유혹의 기술이었다. 그래. 이 자의 외모는 죄악의 열매이자 영험한 미약이었지. 흔들리지 않기 위해 부러 시큰둥해 있는 덕심의 손을 가만히 쥔 성훈이 나른하게 속삭였다.

"이 손만큼 뽀얀 얼굴. 매일 보고 살 겁니다."

경악에 질린 덕심의 얼굴이 새하얗게 표백되었다. 뭐야. 무슨 소리야? 헛소리인가? 설마…… 알고 있는 건가? 빳빳하게 굳어진 덕심이 순전히 추위 때문이라고 판단한 성훈은 뜨거운 손으로 작고 하얀 손을 감싸 쥐었다. 성훈의 안타까워하는 표정과 손에 깃든 열정적인 온기는 진짜 같았다. 혼란스러워진 덕심은 어떤 반응을 보여야 할지 판단이 서지 않았다. 성훈은 멍하게 있는 덕심을 자세히 보기 위해 고개를 기울였다. 이제는 그냥도 볼 수 있었다. 두꺼운 화장과 고리타분한 안경이 있어도 본래의 덕심이 보였다.

"예뻐."

어느새 크고 따뜻한 성훈의 손이 덕심의 차가운 볼에 닿아 있었다.

"내가 얼굴을 밝히나 봅니다. 당신처럼."

정말 알고 있는 건가. 뭔가 아는 것 같은데, 덕심은 두려워서 물을 수도 없었다. 이게 무슨 일이야. 며칠만 버티면 되는데.

"하아……."

털썩 내려앉는 마음과 함께 한숨이 터졌다. 넋을 놓은 덕심의 설핏 벌어진 입술에 뜨거운 살결이 내려앉았다. 순식간에 닿았다 떨어진 입술의 주인이 서글프게 웃고 있었다. 불이 붙은 듯 홧홧한 입술을 감쳐 문 덕심은 입맞춤을 감행한 남자를 망연히 바라보았다.

"나, 심장이 터졌나 봅니다."

사랑스러운 고백을 한 성훈의 고개가 풀썩, 덕심의 어깨 위에 떨어졌다.

"이봐요. 기절했어요?"

정말 기절하고 싶어 죽겠는 덕심이 망연자실한 얼굴로 물었다.

흔들리는 택시 안에서 덕심은 옆에서 곤히 잠든 성훈을 착잡한 마음으로 바라봤다. 아무래도 제정신이 아닌 건 성훈이 아니라 자신인 것 같았다. 이 와중에 먼저 드는 생각이 감질나서 짜증 난다, 라니. 할 거면 제대로 하지, 라니.

"왜 이래. 주책바가지야, 정신 차리자."

힝, 그래도 이왕 일어난 사고인데 너무 허무하지 않은가. 덕심은 자신도 모르게 입맛이나 다시고 있는 방정맞은 입술을 손으로 덮었다가 문질렀다가 혼자 바빴다. 가슴은 왜 이렇게 설레는 건데. 겨우 뽀뽀에 심장 떠는 게 말이 되냐고. 정작 심장 터졌다는 남자는 평온하게 잘 자고 있건만.

제멋대로 뛰는 가슴 때문에 헐떡이는 건 덕심이었다. 한숨 쉬었다가 남자를 노려봤다가 제 머리를 쥐어뜯다가, 안절부절못하는 덕심을 백미러로 힐긋거리던 택시 기사가 물었다.

"거의 다 왔는데요. 어디에 세워 드릴까요?"

"저기 큰 대문 보이시죠? 일단 그쯤에 세워 주세요."

덕심은 그림같이 앉아서 자는 성훈의 어깨를 살짝 흔들었다.

"부회장님, 댁에 도착했습니다. 일어나 보세요."

부회장님, 부회장님. 부회장님!

서너 번을 더 목 놓아 부르자 성훈의 눈꺼풀이 느릿하게 들렸다. 잠시, '여긴 어디, 나는 누구'의 시간을 가진 성훈이 자세를 고쳐 앉았다. 부스스하니까 더 섹시한 조화를 부리는 남자라니. 성훈은 마치 절륜한 밤을 보낸 남자 주인공 같은 얼굴로 두리번거리며 물었다.

"어떻게 된 겁니까?"

일단 오리발을 내미는 것인가. 나는 왜 고민이란 걸 했을까. 일어나면 우린 어떻게 되는 건지, 어떻게 쳐다봐야 하나, 그는 뭐라고 할까. 덕심은 쓸데없는 걱정으로 애 끓인 자신이 부끄러웠다. 완벽한 발음과 또렷한 눈동자를 보니 성훈은 이미 술이 깨고도 남은 상태였다. 그는 바로 한 시간 전에 있었던 어처구니없고 벼락같은 헤프닝 따위는 기억에도 없는 듯했다. 심장 터진 적 없어 보이는 건강하고 평온한 남자가 야속했다. 상심한 덕심의 목소리가 환절기 마른 대기처럼 건조하게 튀어나왔다.

"댁에 도착했습니다. 저는 여기서 내리겠습니다."

말이 집이지 희원정은 말 그대로 궁궐 같은 곳이었다. 자동으로 열리는 거대한 정문을 통해 차를 타고 한참 들어가야 별채가 나오고 거기서 또 걸어서 십여 분을 더 들어가야 본채가 나오는 고래등 같은 대저택이었다.

"무슨 소립니까. 이 지역은 어두워지면 인적도 없어요. 내가 내릴 테니까 이 차 타고 돌아가요."

말을 마치자마자 성훈은 다시 덕심을 붙들었다.

"아니. 어차피 몇 시간 후 출근인데 여기서 자는 게 어때요?"

"싫습니다."

잠깐의 망설임도 없이 덕심은 고개가 굴러 떨어질 정도로 세차게 도리질을 했다. 안 그래도 부회장 주변에서 알짱거리지 말라고 여러 차례 주의를 들었는데. 고 회장이 무서운 것보다는 배알이 뒤틀려서 싫었다.

"회장님 아시면 불호령 떨어집니다."

덤덤하게 거절하는 말에 성훈이 씁쓸하게 고개를 끄덕였다. 당신도 할머니를 두려워하는구나. 성훈의 얼굴에 묵직한 어둠이 드리워졌다.

"그럼, 이 차 타고 돌아가요. 어서 가서 눈 좀 붙이고."

완벽한 마윤의 부회장으로 돌아간 성훈은 자상하고 배려 넘치는 상사의 모습이었다. 피곤과 충격, 알 수 없는 실망감으로 뒤죽박죽이 된 덕심은 대답도 하기 싫었다. 그가 기사에게 꽤 많은 돈을 건네고 뭐라 뭐라 부탁하는 소리를 영혼 없이 쳐다볼 뿐이었다.

"그럼 조심해서 들어가요. 이따가 봅시다."

결국, 그는 아무것도 기억하지 못하는 것이다. 돌아가는 내내 기사가 흘끔거리는 것이 느껴졌다. 저 대단한 집에 사는 남자는 직장 상사? 썸? 그나마 눈으로만 묻는 기사님이 고마웠다. 대놓고 물었다면 변명하는 것도 힘겨웠을 새벽길이었다.

11. 잘난 남자는 싫어요

지난 3박 4일을 어떻게 지냈는지 모르겠다. 그날 이후로 성훈은 그저 마성훈 부회장이었다. 가끔 지나치게 친절한 것 빼고는 달라진 점이 없었다. 겨울밤 차가운 첫 키스의, 아니 첫 '뽀뽀'의 추억은 오롯이 덕심만의 것이었다. 어쩌면 꿈을 꾼 것인지도 모르겠다. 저 잘생긴 얼굴을 이제는 못 본다는 생각에 뇌가 만들어낸 달콤한 망상인가보다.

덕심은 방금 도착한 팩스를 추려서 가져갔다.

"고마워요."

쳐다도 보지 않고 받아든 성훈이 무감하게 대꾸했다. 직원들과 머리를 맞대고 속닥속닥 의견을 주고받고 전략을 짜는 남자는 한껏 예민한 상태였다. 거칠한 성훈의 옆모습은 며칠 사이 더욱 날렵해져 있었다. 회사에서와 달리 적당히 풀어진 모습도 보기 좋았다. 편안한 슬랙스에 단추를 두어 개 정도 풀어헤친 셔츠, 대충 걷어붙인 소매 아래로 보이는 잔근육이 꿀렁이는 팔뚝, 곧고 길쭉한 손가락. 그 손가락으로 쓰다듬고 있는 도톰한 아랫입술. 입술. 입술, 입술……. 덕심은 오늘로 마지막인 모습을 거듭거듭 눈에 담았다.

"후! 됐습니다."

성훈이 손에 든 서류 뭉치를 툭 던지며 만족스럽게 웃었다. 그와 함께 룸 안에 자욱하게 깔려있던 숨 막히는 긴장감이 순식간에 해소되었다. 팀원들이 한숨을 토해내는 소리와 기지개를 켜는 소리가 속 시원하게 느껴졌다.

"오늘 회의는 이쯤에서 마치도록 하죠. 주말인데 늦게까지 붙잡아놔서 미안합니다."

해산 명령이 떨어지자 다들 꽁지가 빠지게 자신들의 방으로 사라지기 바빴다.

"으아아아! 죽겠다."

요란한 소리를 내며 기지개를 켜는 익준을 못마땅하게 보던 호군도 자리에서 일어났다.

"저희도 방으로 돌아가겠습니다. 부회장님도 쉬십시오."

"저는 사우나나 할까 합니다. 같이 가실래요?"

성훈의 제안에 호군과 익준이 동시에 고개를 털었다.

"저희는 일단 잠부터 보충하겠습니다."

자정이 얼마 남지 않은 시각이었다. 덕심의 심장이 불안과 흥분으로 쿵쿵거리기 시작했다. 부회장님, 이제 안녕. 일에 치여 정신없이 보낸 오늘이 그와의 마지막이란 것이 아쉽기만 했다.

몇 시쯤 방을 나서면 안전할까. 덕심은 호텔을 빠져나갈 시간을 가늠하며 짐을 쌌다.

Rrrrr. 바로 잠부터 잘 거라고 큰소리친 익준의 전화였다. 마지막인데 이렇게 안녕이라니, 글썽글썽 타령할 것 같아 이름만 봐도 피곤했다.

"왜요?"

— 강 비서님, 나 좀 도와주세요. 아직 호텔이죠?

예상을 깨는 긴박하고 사무적인 목소리였다. 괜히 짜증을 담아 전화 받은 것이 미안했다.

"네. 무슨 일이에요?"

— 5분 후에 호텔 정문으로 퀵 아저씨가 가실 거예요. 극비 서류니까 꼭 직접 받아서 바로 부회장님 방에 갖다 놓아 주세요.

"부회장님 방이요?"

— 네, 실장님은 벌써 곯아떨어지신 건지 전화 안 받으세요.

"성 대리님은 지금 어딘데요?"

— ·······

설마! 이 시간에 은수 보러 간 거야?

"어휴, 체력 좋으시다."

살짝 비꼬는 덕심의 목소리를 알아들은 익준이 너스레를 떨었다.

— 하하! 난, 한창때의 연하남이니까.

"어련하실까요."

— 미안해요. 부회장님은 아마 사우나 가시고 방이 비었을 거예요. 마스터키 있죠?

"네. 알겠어요."

통화를 마치고 나자 시간이 촉박했다. 덕심은 벗어놨던 안경만 걸치고 튀어 나갔다.

조금 전까지 관련 부서별 릴레이 회의로 북적였던 성훈의 스위트룸은 난장판이었다.

"부회장님! 강 비서입니다!"

초인종에도 답이 없었지만 덕심은 혹시나 하는 마음에 큰소리로 방문 사실을 알렸다. 쫑긋 세운 귀에는 어떤 소음도 들리지 않았다. 그제야 마음이 놓인 덕심은 바닥에 흩어진 이면지와 사방에 널브러진 종이컵이 눈에 거슬렸다. 허리를 굽히고 사부작사부작, 부지런히 정리를 마친 덕심은 서류 봉투를 집어 들고 일어났다.

툭! 이것은 다행히 덕심의 심장이 아닌 서류 봉투가 떨어지는 소리였다. 언제부터 저기에 서 있었을까? 그런데 실물은 맞는 건가. 지은 죄도 없는데 너무 깜짝 놀란 이유는 미동 없이 서 있는 성훈의 흐드러진 자태 때문이었다.

"어……, 음. 서, 성 대리님이 부탁한 서류가 있어서요. 중요한 서류니까 바로 부회장님 방에 가져다 두라고. 계, 신 줄은 몰랐습니다.”

“아, 서류.”

어쩔 줄 몰라서 말까지 더듬는 덕심과 달리 성훈은 유유자적했다. 덕심은 가슴이 훤히 보일 정도로 대책 없이 벌어진 샤워 가운에 눈길이 묶였다. 시선을 의식한 성훈이 피식 웃더니 허리끈을 정돈했다. 분명 느슨하게 묶인 끈을 다시 잘 묶는 손길인데, 어째서 앞섶은 더 벌어질까. 덕심의 눈꺼풀이 깜빡일 때마다 성훈의 모습이 점점 더 가까워지고 있었다.

“강 비서.”

“네……”

“강덕심.”

“네.”

그가 부를 때마다 기계적인 대답이 튀어나왔다. 어느새 훌쩍 가까워진 성훈의 얼굴은 차갑고 딱딱했다. 재깍재깍, 평소 느끼지 못했던 벽시계의 초침 소리가 귓가에 쟁쟁했다. 뭔가 잘못됐구나. 실패를 예감한 덕심은 오히려 심경이 단순해졌다.

죄를 묻는 듯한 성훈의 엄격하고 집요한 검은 눈동자가 덕심을 꿰뚫으려 했다. 질식할 것 같은 긴장감에 압도당한 덕심은 가슴 가득 숨을 들이마시며 정신을 수습했다. 들켰어. 이제 어떻게 할 것인가. 너무 가까운 거리, 폐부를 찌르는 차가운 눈동자. 냉소적인 미소. 견딜 수 없으면 피해야지. 덕심은 시선을 틀어 벽시계를 확인했다. 자정이 코앞인 것을 확인한 덕심은 아랫입술을 꾹꾹 짓씹었다.

성훈은 다른 곳을 보는 덕심이 마음에 들지 않았다. 말도 없이 빠져나가려 했던 여자가 밉고 화가 나서 꼭지가 돌아버릴 지경이었다. 익준이 미리 귀띔해주지 않았으면 이대로 놓칠 뻔했지 않은가.

"왜 이런 짓을 했습니까?"

알면서 물어보는 심술궂은 마음 반, 그녀를 통해 제대로 듣고 싶은 마음 반. 성훈은 손을 들어 덕심의 안경을 벗기고 머리를 동여맨 끈을 당겼다. 항상 바짝 당겨 묶여있던 긴 생머리가 부드럽게 찰랑거렸다.

"이건 가발이 아니었나? 염색?"

덕심은 말이 없었다. 처음에는 놀란 것 같더니 금세 멀쩡해 보였다. 무심하게도 아름다운 갈색 눈동자는 다른 곳만 보고 있었다. 도대체 무슨 생각을 하는 거야? 성훈의 미간이 불만스럽게 일그러지는 순간 아리따운 분홍빛 입술이 고운 호선을 그리며 벌어졌다.

"땡!"

마침내 자정을 넘겼다.

땡? 나는 이렇게 진지하고 속이 까맣게 타는데 겨우 하는 말이 땡? 상심한 성훈의 미간이 사정없이 구겨졌다.

그의 속이 재가 되든 말든 덕심은 고비를 넘겼다는 생각만 했다. 고 회장과 약속한 시각까지는 버텼으니 받은 돈을 토해낼 이유도 없었다. 나 몰라라 해버리니 오히려 들켜서 속이 시원하기까지 했다. 덕심은 강렬한 시선을 고스란히 받아내며 천천히, 또박또박 말했다.

"부회장님, 실례지만 계약 기간이 종료되었습니다."

나른하고 답답한 목소리를 벗어던지자 생기 넘치는 명랑한 음성이 드러났다. 웃음기 머금은 밝은 목소리에 성훈의 가슴이 왈랑왈랑 뛰었다.

"강 비서, 그게 무슨 소립니까?"

계약…… 종료? 고용 계약을 말하는 거라면 누가 권고사직이라도 권유했단 말인가? 내 허락도 없이 누가 감히 이 여자를 잘라.

"부회장님은 저에 대해서 어디까지 알아보셨나요?"

"강 비서!"

내면의 마그마가 끓어 넘쳐 안달이 난 성훈과 달리 덕심은 여유로웠다. 여태껏 그것도 알아내지 못하고 뭐 했냐, 그의 나태함을 비웃기라도 하듯 덕심은 감췄던 진실을 털어놓았다.

"본명은 아시는 그대로 강덕심, 나이는 사십 대 후반이 아닌 서른입니다. 이력서에 있는 화려한 학력은 제 남동생의 학력입니다. 전에 하던 일은 W 아트앤컴퍼니의 매니지먼트 본부장이었습니다."

"그러니까 왜! 나한테 접근한 이유가 정확히 뭐냐 이 말입니다."

'계약'이라는 말이 성훈의 뇌리에 꽂혔다. 아무리 들춰도 나오지 않던 덕심에 관한 정보도 마음에 걸렸다. 마윤 그룹 부회장의 유일한 여비서 타이틀, 그것만이 아니란 소리였다.

"미리 알아보신 것 아니었어요?"

의외였다. 덕심은 이미 성훈이 속속들이 알면서도 다그친 거로 생각했다.

"고이란 회장님의 특별한 요청이 있었습니다. 부회장님이 멀쩡하고 정력적인 남자라는 것을 입증하는 데 총력을 기울일 것."

정말 그렇게까지는 몰랐던 모양이었다. 실소를 터트린 성훈의 날렵한 턱에 바짝 힘이 들어가는 것이 보였다.

"저는 세간에 파다했던 마윤 그룹 후계자 마성훈의 고자설 및 게이설을 잠재울 임무를 다했습니다. 그리고 조금 전 자정을 기해 고 회장님과 맺은 계약 기간이 종료되었고요."

"역시……."

진정한 속사정이 있었던 거였다. 그래서 린 로이스와의 데이트에 그렇게 열심히 매달렸던 거로구나. 열애설이 터지면서 계약이 종료된 모양이었다.

"계약 조건은?"

"그건 알리고 싶지 않은 저의 프라이버시인데요."

"회장님이 내건 조건이 아주 좋았을 것은 뻔하고……."

사실, 별로 궁금하지도 않았다. 몇 억 정도 쥐여 주고 부려먹었을 테지. 임무를 다했다고 실토하는 덕심의 후련한 표정이 불쾌했다. 미련 없이 훌훌 털고 가려는 태도가 서운했다. 하지만 그렇게는 못 하지.

"나하고도 합시다. 그런 계약. 할머니가 제시한 조건의 몇 배든 지급할 용의, 있습니다."

"어……떤?"

그렇다면 나는 너를 붙들어야지. 내가 가진 모든 것을 동원해서라도.

"연애. 강 비서가 손해 보는 일은 아닐 것 같은데."

돈, 능력, 얼굴…… 그게 뭐든지 전부 쏟아부을 각오가 되어 있었다. 언제나 자신을 향하던 덕심의 눈길, 자신 있었다. 미남 애호가 강덕심이 자타공인 '잘생긴 마성훈'을 소유할 기회를 마다할 리 없을 테니까.

나름 자신만만한 성훈을 앞에 두고 덕심은 잠시 잠깐 깊은 고민을 했더랬다. 미남이라면 숱하게 겪어 봤어도 역시 그중 최고는 마성훈이다. 솔깃한 마음을 주체할 길 없었지만, 현실적인 생각들이 줄을 이어 그녀에게 충고했다. 빈부와 수준의 차이가 커도 너무너무 컸다. 네가 감히 내 손자를, 얼마면 떨어지겠냐, 이 결혼 반댈세, 내 눈에 흙이 들어가기 전에는! 안 봐도 HD 고화질 동영상이었다. 서릿발 같은 고이란 회장의 목소리를 떠올리자 괜스레 성훈이 괘씸했다. 장차 한강에서 맞을 뺨을 여기서라도 분풀이해야 속이 시원할 것 같았다.

"부회장님, 그래요. 저는 얼굴 지상주의자예요. 그리고 마성훈 씨의 얼굴은 더할 나위 없이 제 취향이고요."

약이라도 올릴 생각에 얼굴을 들이대고 나긋하게 속삭여 봤다. 이런, 더는 못하겠다. 기술을 걸어볼 생각에 목소리 톤만 살짝 바꿨는데도 성훈은 눈에 띄게 긴장했다. 귀엽게시리 순진하고 난리다.

"하지만 그냥 딱, 얼굴만 제 취향입니다. 관상용이라고요. 저는 연애 따위 할 생각이 없어요."

그동안 누누이 말해온 사실이기도 했으니, 이쯤이면 알아들었겠지. 자존심으로 치면 우주 제일인 마성훈이니까. 먹음직스럽다고 다 먹어서는 안 된다는 교훈은 지금까지 배운 것으로도 차고 넘쳤다. 보기보다 맛이 없는 경우도 있었고, 소화도 못 하고 탈이

나기 일쑤였다. 단 하나, 아쉬운 게 있다면 겨우 뽀뽀로 스치고만 저 도톰하고 섹시한 입술이었다. 덕심은 가만히 한숨을 쉬며 저 속한 욕망을 단속했다. 이별을 고해야 할 시간이었다.

"안녕히 계세요, 부회장님. 인수인계할 것도 없어서 이대로 퇴사하겠습니다."

"누구 마음대로."

겨우 한 발자국을 뗀 덕심은 앞을 가로막는 성훈에게 붙들렸다.

"나를 이렇게 만들어 놓고 어딜 가십니까? 나는 강 비서를 놓아줄 생각이 없습니다."

이 남자가 왜 이래? 뭐가 이다지도 간절해? 덕심은 빨려 들어갈 것 같은 깊고 진한 성훈의 눈동자가 부담스러웠다. 원망스럽게 덕심을 노려보던 성훈이 신음과 함께 고개를 떨구었다. 이 와중에 자존심도 없이 욕망으로 들끓는 녀석 때문에 괴로워서 견딜 수 없었다.

"어……. 이게 왜……?"

그리고 덕심에게 들키고 말았다. 뭐가 그리 잘났는지 바짝 성이 난 그놈이 두툼한 타월 소재의 가운을 손쉽게 밀어내고 있었다. 이런 꼴까지 보여줬으니,

"책임져요. 나를"

우겨서라도, 억지를 써서라도 놓치지 않을 작정이다.

"좋아요. 강 비서 덕분에 내가 멀쩡한 남자라는 걸 알게 됐어요. 하지만."

터질 듯 흥분한 몸과 그렇지 않은 건조한 말투. 남자의 대단한 인내심과 절제력 탓에 덕심은 인지 부조화를 겪는 중이었다.

"내가 꽤 정력적이라는 건, 누가 알죠? 아직, 나도 모르는 사실인데. 그것까지 마저 밝혀야 계약이 종료되는 것 아닙니까?"

풋내기 사내를 들쑤셨으면 책임을 져야지. 끝날 때까지 끝난 게 아니다. 성훈은 슬금슬금 꽁무니를 빼는 덕심의 허리를 낚아챘다.

"헙!"

품에 갇힌 덕심을 바라보는 올곧은 눈은 거침없었다. 내가 선택한 너에게 집중하겠다. 그런 의지가 이글이글 타오르는 눈이었다. 성훈은 생애 첫 여자를 향한 사심을 망설임 없이 드러내 버렸다.

덕심은 말간 얼굴을 그대로 드러내 놓고 꾸벅꾸벅 졸고 있었다. 그런 여자를 바라보는 세 명의 남자는 적요한 침묵 속에서 서로의 눈치만 살피는 중이었다. 언제 끝날지 모를 침묵을 깬 것은 호군이었다.

"강 비서는 방으로 돌려보내죠. 이 상황에서도 저렇게 자는 걸 보면 많이 피곤한가 봅니다."

고개를 주억거린 성훈이 자리에서 일어났다. 자신의 방으로 들어가 시트 한 장을 들고 나오더니 덕심에게 덮어주었다. 그녀를 눈앞에서 치울 생각이 없다는 뜻이었다.

"도망갈까 봐 그러죠."

마치 성훈의 대변인처럼 익준이 보스의 생각을 고스란히 입 밖에 꺼냈다. 호군은 내부고발자를 매서운 눈으로 노려봤지만 더는 어쩔 수 없었다. 이미 한 차례, 방에 가 있겠다고 약속한 덕심이 호텔을 빠져나가다 로비에서 진 치고 있던 성훈에게 잡혀 들어온 바였다.

"어떻게 하실 생각입니까."

우려 섞인 호군의 말에 성훈이 눈썹을 치켜세웠다. 아무리 고 회장의 충복인 것을 이해한다 해도 괘씸한 마음은 어쩔 수 없었다. 익준이 넌지시 알려주지 않았으면 덕심과 영영 헤어졌을 터였다. 성훈은 단호하고 단순하게 결심을 밝혔다.

"Go straight. 내가 후퇴하는 것 봤습니까?"

지그시 눈을 감은 호군의 입에서 긴 탄식이 쏟아졌다.

"강 비서는 잘 버텨 줄 겁니다."

"강 비서가 왜 그래야 합니까. 회장님이 어떤 분인지 잘 아시면서 어떻게 이리도 이기적입니까?"

"내가……. 내가 잘 지켜줄 수 있습니다."

계획적이고 철저한 인간이 무모해지면 더 무서운 법이었다. 아무리 말해도 듣지 않을 태세였다. '나는 벽이다.' 성훈은 온몸으로 그렇게 외치고 있었다.

"돌아가신 부친도 처음에는 그런 마음이셨습니다. 하지만 그러지 못하셨죠."

"나는 절대로 변하지 않습니다."

"시간이 지나면 뭐든 변합니다. 백번 양보해서 변하지 않아도 흐릿해집니다."

"장 실장님은 여전하지 않으십니까?"

"……."

먼저 간 아내를 언급하자 호군은 더 반박하지 못했다. 하필 샘플이 자신이라니.

"회장님은 사전에 강 비서에게 못을 박았습니다. 절대로 부회장 눈에 들어서는 안 된다. 얼씬할 생각도 말아라."

적나라한 호군의 말을 들은 성훈의 미간에 깊은 골이 팼다. 꽉 움켜쥔 주먹에서 고통과 분노가 느껴졌다.

"아무것도 하지 않고 제 역할에 충실한 아이에게도 그렇게 눈치를 주셨습니다."

"많이 불쾌했겠네요."

가만히 듣고만 있던 익준이 불쑥 손을 들었다.

"잠깐만요. 여기서 중요한 것이 빠졌습니다."

"뭔가."

"덕심 누나요. 회장님이 뭘 어떻게 할 것을 걱정하기 전에 덕심 누나가 부회장님을 받아들이는 것이 먼저 아닙니까?"

세 남자가 동시에 말썽의 원인인 잠든 주인공을 쳐다봤다.

"자는 것도 예쁜 것 봐."

나직이 흘러나오는 성훈의 주접스러운 감탄에 호군과 익준이 슬며시 고개를 돌렸다.

"지금 깨워서 물어보죠."

금방이라도 덕심을 깨울 듯이 자리에서 일어나는 익준을 성훈이 불러 세웠다.

"놔둬요. 곤히 자는 사람 깨워서 좋냐 싫냐 물으면 멀쩡한 답이 나옵니까?"

시간을 확인한 성훈이 자리에서 일어났다.

"일단 다들 방으로 돌아가세요. 강 비서에게도 시간을 줘야지요. 나를 좋아하고 있다는 것을 깨달을 시간."

익준은 자신을 싫어할 리 없다는 순도 백 프로의 자신감이 어이없었다. 자신 역시 불과 얼마 전까지 그런 마음으로 살았던 걸 떠올리며 비웃음을 숨겼다.

"무슨 소립니까. 강 비서에게 흑심이 있는 걸 뻔히 아는데 두고 가라니요. 저도 여기서 자겠습니다."

"지금 저를 그런 파렴치한이라고 생각하시는 겁니까?"

전에 없이 날을 세우는 호군과 성훈 사이에서 익준은 엉거주춤 일어났다. 졸려 죽겠는데, 내일도 강행군일 텐데 왜 잘 생각을 안하는지 이해할 수 없었다. 저라도 실속을 챙겨야 했다.

"저는 그럼 방으로."

"내부고발자도 앉아."

호군의 날카로운 소리에 익준은 끽소리 한번 못해보고 주저앉았다.

잠자리가 불편했다. 덕심은 자세를 바꾸느라 뒤척이다가 번쩍 눈을 떴다. 잠들기 전의 일이 파노라마처럼 펼쳐졌다.

로비에서 잠복하고 있던 성훈에게 도로 끌려왔다. 그가 호군과 익준을 호출했고, 그들을 기다리다가 잠이 들었다. 눈동자를 기민하게 굴렸다. 남자들이 모두 소파 하나씩을 차지하고 잠들어 있었다. 오직 한 사람, 성훈만이 덕심이 잠든 소파 아래에 앉아서

자고 있었다. 살금살금 조심스럽게 몸을 일으킨 덕심이 한쪽 다리를 내려 바닥을 디뎠다. 상체를 일으켜 소파를 빠져나가려던 순간, 턱! 하고 잡혔다. 자는 줄 알았던 성훈이 그녀의 손목을 붙들고 있었다. 얼마나 피곤한지 흰자위에 실핏줄이 터진 눈으로 덕심을 빤히 응시하고 있었다.

"화장실이요."

대충 둘러대면서 깨달았다. 이놈은 제대로 집착남이란 것을.

이건 뭐 수갑도 아니고. 자신의 손목을 그러쥔 성훈의 단단한 손을 쳐다보는 덕심의 마음이 복잡했다. 튀기만 해 봐. 딱 그렇게 쓰여 있는 강렬한 시선까지 마주하자 현장에서 붙들린 범죄자가 된 기분이었다. 하긴, 어젯밤 성훈의 손아귀에서 벗어나려 시도하다 붙잡힌 현행범 처지이긴 했다.

"데려다줄게요."

"어디를……요. 화장실? 아니, 저 혼자."

쉬잇! 동그랗게 오므린 입술에 검지를 갖다 댄 성훈이 작게 미소 지었다. 피로에 찌들었을망정 미모를 잃지 않은 남자는 열심히 페로몬을 발산하는 중이었다. 자발적 포로가 되고 싶은 순간이었다. 덕심은 두 팔 벌려 '나를 가져요!'라고 외치고 싶었다.

"다들 피곤해요. 깨우지 맙시다."

낮게 속삭인 성훈이 덕심의 손을 잡고 일어났다. 화장실이 십 리만큼 떨어진 것도 아닌 데 데려다주기까지, 참으로 부담스러운 에스코트였다. 철컥, 욕실 문을 잠근 덕심은 거울부터 봤다.

"뭐야, 이 꼬라지를 그런 눈으로 봤다고? 진짜 어쩌면 좋아."

쑥대밭이 된 머리는 그렇다 치고, 오른쪽 눈 앞머리에 떡하니 붙은 이물질은 부정할 수 없는 눈곱이었다. 이런 것도 예뻐 보인다면 이미 콩깍지 하드 렌즈 장착인 것이다.

"그나저나 내 얼굴은 언제 본 거지?"

덕심은 순전히 자신의 본래 얼굴을 알고 나서 성훈이 저리된 것으로 오해했다. 우선 정신을 차리기 위해 찬물로 세수를 했다. 진득하니 변기에 앉아서 생각이란 걸 해 보고 싶었지만 포기했다. 시간을 지체했다가는 도망간 줄 알고 문을 부수고 들어올 남자였다. 자신을 바라보던 성훈의 시선을 떠올리자 가슴 속에서 뭉근한 열기가 피어올랐다. 회사에서 간혹 보았던, 중요한 일을 앞두었을 때의 강렬하고 집요한 눈이었다. 차이가 있다면 내장이 시릴 정도의 냉철함이 없다는 점. 오히려 상대를 태워버릴 것 같이 뜨거웠다.

찬물로 세수한 것이 무색하게 얼굴이 발갛게 달아올랐다. 손부채로 열을 식히며 욕실 문을 연 덕심은 선 채로 얼어붙었다. 잠시 커피 광고인가 착각했다. 머그잔을 들고 문 앞에서 기다리고 있는 성훈의 모습은 감동과 경악을 동시에 주었다. 집착의 결정체가 바로 너로구나.

"여기서 뭐 하세요?"

'큰일'이라도 봤으면 정말 큰일 날 뻔했지 않은가? 덕심의 원초적 걱정을 알 리 없는 성훈은 부드럽게 미소 지으며 머그잔을 내밀었다.

"마셔요. 피곤할 텐데."

"고맙습니다."

뜨겁고 진한 커피가 절실하던 참이긴 했다. 한 모금 들이켜자 혼란스러웠던 마음이 조금 잠잠해졌다.

은은한 커피 향 때문인지 덕심의 경계심도 느슨해진 듯했다. 성훈은 발갛게 상기된 촉촉한 얼굴을 쳐다보느라 커피도 마시지 못했다. 목이 꽉 잠긴 것 같아 삼키지도 못할 듯싶었다.

"좀 더 자요. 아직 두 시간…… 십오 분 정도 잘 수 있어요."

손목의 시계를 확인한 성훈이 당연하다는 듯이 손을 내밀었다. 마치 최면에 홀린 듯 덕심은 그 손 위에 제 손을 얹었다. 달칵, 침실 문이 닫히는 소리와 함께 정신이 돌아온 덕심의 눈이 동그래졌다. 엉큼한 작자! 어려서부터 영재였다고 하더니 어느 방면이건 진도를 빼려는 욕심이 남다르구나. 주저하는 덕심에게 싱긋 웃어 보이는 성훈의 손에 꽈아악, 힘이 더해졌다.

"편하게 잤으면 해서."

"그럼요. 편히 주무셔야죠."

덕심은 입가에 긴장된 미소를 올린 채 성훈과 침대를 번갈아 봤다. 방 한가운데 자리 잡은, 안락하기로 유명한 구름 매트리스가 어찌나 편안해 보이든지. 당장 뛰어들고 싶은 마음을 억누르는 덕심의 귓가에 유혹하는 목소리가 들렸다.

"가서 누워요."

거침없는 작자! 밖에 사람들이 있는데? 덕심을 이끌고 침대로 간 성훈은 시트를 젖혔다.

"어서 자요. 나는 이 밑에 앉아있을 테니."

"저 혼자요?"

어머, 입이 미쳤다. 허락도 없이 입술 근육이 나불거리다니.

"아니, 제가요?"

즉시 고쳐 말한 덕심은 고개를 저었다. 그의 침대를 차지하고 마음 편히 잘 자신이 없었다. 물론 함께 눕겠다는 건 더더욱 아니었다.

"아닙니다. 저는 제 방에 가서 자는 게 좋겠습니다."

성훈의 눈썹에 날카로운 각이 섰다. 아무래도 방으로 돌아갈 생각은 당분간 접는 게 나을 듯했다.

"그게 싫으시면 소파에 가서 자면 되거든요."

"일단 앉아요."

성훈은 매트리스 위에 덕심을 앉히고 자신은 그 아래에 앉았다. 조용히 커피를 마시는 간간이 시선이 부딪혔다. 어색함을 달래기 위해 열심히 마시다 보니 금세 잔이 비었다.

"편하게 자요. 나는 나가 있을 테니. 눕지 않으면 계속 여기 있을 겁니다."

"하……. 알겠어요."

하는 수없이 침대에 눕자 언제 꺼렸나 싶게 편안했다. 몸이 매트리스 속으로 푸욱 스며드는 것 같은 안락함에 절로 눈이 감겼다.

"잘 자요."

"네. 감사합니다."

쏟아지는 잠기운과 함께 눈꺼풀이 묵직하게 가라앉는 느낌이 꽤 좋았다. 아, 편해. 졸려. 그런데……. 왜 아무 소리도 나지 않는 것인지. 발소리도 나고 문 닫히는 소리도 들려야 하는데, 어떤 움직임도 느껴지지 않았다. 힘겹게 눈꺼풀을 들어 올리자 물끄러미 바라보는 성훈의 얼굴이 코앞에 있었다.

"부회장님?"

"……."

상념에 잠겼던 성훈의 입술이 느긋하게 열렸다.

"미안. 여기서 눈이 떨어지지 않아서."

성훈의 시선은 덕심의 입술에 꽂혀 있었다.

"입 맞췄던 게 떠올라서 도저히 발길이 떨어지지 않았습니다."

"기억, 못하시는 줄 알았는데요."

알고 있었단 말이야? 잠이 확 달아난 덕심이 상체를 일으켰다.

"곤란해 하는 것 같아서 모르는 척했죠."

그랬었지. 겨우 스친 입술에 애송이처럼 안절부절못했었지. 나만 기억하는 줄 알고 혼자서, 혼자서……. 흥! 마음에 못된 뿔이 난 덕심은 부러 시큰둥하게 대꾸했다.

"겨우 그런 일로 곤란하지 않습니다."

"겨우……?"

실소인지 탄식인지 모를 숨을 내뱉은 성훈은 차라리 눈을 감아 버렸다. 화가 나고 눈앞의 여자가 야속했다. 성질대로 하면 자신이 나가든지 덕심을 내쫓든지 하면 되는데 그러지도 못했다. 그러니 눈이라도 감을 수밖에.

한껏 일그러진 눈썹이 그의 상처받은 마음을 드러냈다. 그 상심한 반응에 우쭐해진 덕심은 더욱 새침하게 굴었다.

"유치원 꼬꼬마도 합니다. 그 정도 뽀뽀는."

성훈은 쓰라린 상처에 천일염을 뿌린 여자를 아픈 눈으로 바라봤다. 자존심이 상했지만 반박할 수 없었다. 경험 미숙으로 인한 보잘것없는 입맞춤, 인정해야 했다.

"미안합니다. 잘하지 못해서."

덕심은 보고 말았다. 콧대가 에베레스트인, 자신감이 하늘을 뚫는 남자의 패배 짙은 얼굴을 보고 말았다. 아차, 실수다. 그까짓 것이 뭐라고 이 잘난 남자의 기를 꺾었단 말인가.

겨우 뽀뽀인데, 잘하고말고 판단할 여지도 없는 피부 접촉일 뿐인데.

"못했다고는 하지 않았습니다."

"⋯⋯?"

"그게, 그러니까. 아주 짧게, 뭐가 지나갔나? 그런 정도라서⋯⋯."

"잘 모르겠다는 겁니까?"

"그⋯⋯렇죠."

성훈의 진지한 시선이 덕심의 눈, 코, 볼을 천천히 훑더니 마침내 입술에서 멈췄다. 오늘따라 멋대로 나불거리는 덕심의 입술이 성훈의 승부욕에 불을 지폈다.

"키스합시다."

부회장님, 저는 같은 실수를 반복하고 싶지 않습니다. 라고 말하려고 했지만, 이번에도 입술은 제 마음대로 침묵을 지켰다.

키스, 해보고 싶은 마음이 눈덩이처럼 불어나는 것은 순식간이었다. 3박 4일 동안 그와의 뽀뽀를 곱씹으며 얼마나 아쉬워했던가. 그 감질나는 감촉에도 얼마나 가슴이 싱숭생숭했던가. 그러니까 맛보고 싶은 욕구가 이성을 압도해 버렸단 말이다. 하고 싶은 본능과 예의상이라도 밀어내야 한다는 공방전이 치열한 틈에 성훈은 가까이 와 있었다. 코와 코가 거의 맞닿아 내쉬는 숨결에 솜털이 흔들렸다. 비스듬히 얼굴의 각도를 튼 성훈이 눈을 내리

뜬 채 속삭였다.

"내가 처음이라……."

그 말에 덕심의 심장이 경망스럽게 다듬이질을 해댔다. 처음이래. 이 남자의 처음을 내가 가져도 될까? 그런 고민을 하려던 찰나 이미 심장이 녹아내리고 있었다. 펄펄 끓는 열을 동반한 부드럽고 폭신한 입술이 덕심의 입술에 적당한 압력을 가했다. 치이이익, 소리를 내며 인두질을 하는 것 같았다. '너는 이제 내 것'이라고 불도장이 새겨지는 기분이었다.

열기에 놀란 덕심의 팔이 반사적으로 들려 성훈의 팔뚝을 움켜잡았다. 아, 이래도 되는 걸까. 그런 고민은 소용없었다. 더 가까워진 성훈이 조금 더 입술을 밀어붙이자 덕심은 속절없이 입술을 열어주었다. 성훈은 기다렸다는 듯이 벌어진 입속으로 매끄럽게 침입했다. 에스프레소에 들이붓는 따뜻한 우유처럼 부드럽게 섞여들었다.

"흐음."

키스에 취한 성훈이 낮은 신음을 토하며 덕심의 몸을 당겨 안았다. 커다란 손으로 뒤통수를 감싸고 더 깊숙이 파고들었다. 맞물린 입술이 떨어질 생각을 하지 않았다. 숨 쉬는 법도 잊은 것처럼 몰입한 두 사람의 키스는 고요하기만 했다.

성훈은 적요하고 망망한 우주를 유영하는 기분이었다. 경이로운 시간이 영원히 이어지길 바랐다. 이렇게 달콤하고 황홀한 쾌락이 존재한다니, 나는 지금까지 뭘 하고 살았단 말인가. 헛살았던 지난 시간을 원망할수록 덕심에 대한 집착과 소유욕은 크기를 모르게 팽창했다.

"흐읍."

결국, 백기를 든 건 덕심이었다. 숨이 차서 더는 견딜 수 없어 성훈을 밀어내며 고개를 흔들었다.

"하아!"

입술이 떨어지자마자 덕심은 가쁜 숨을 몰아쉬었다. 만약 심박계를 차고 있었다면 기계가 터져버렸을지도 모를 만큼 가슴이 뛰었다.

하아, 하아, 하아…….

이제는 처음이라는 그의 말을 믿을 수 없었다. 덕심은 물기에 젖고 붉게 부푼 성훈의 아랫입술을 미심쩍게 쳐다봤다.

"처음이라면서요."

"그래요. 처음 맞아요."

천연덕스러운 남자가 더 못 미더웠다.

"처음인데 이렇게 잘한다고요?"

성훈은 아직도 숨을 몰아쉬는 덕심의 얼굴을 가만히 감쌌다. 아직 만족하지 못한 기색이 역력한 남자가 피식 웃으며 속살거렸다.

"처음이라고 했지, 처음이라서 못할 거라고 한 적은 없습니다."

뭐, 이런 괴물이 다 있어.

"나는……."

성훈은 엄지로 젖어있는 덕심의 입술을 천천히 쓰다듬었다. 손길에 따라 일그러지는 입술을 보며 군침을 삼킨 성훈이 여유롭게 웃었다.

"가르치지 않아도 이미 열을 꿰차는 마성훈입니다."

그는 첫 키스 따위에 떠는 애송이가 아니었다.

침실은 거대한 용광로인 양 뜨겁게 달아올랐다. 젖은 살성이 접
촉하는 소리가 끊어질 듯 아련하게 이어졌다.

"부회장ㄴ……."

쪼오오옥.

"무, 문 밖."

춥, 추웁. 진득하게 들러붙어서 욕심을 채우는 이것은 입술이
아니라 차라리 촉수였다.

"그만!"

더는 견디기 힘들어진 덕심이 성훈의 어깨를 사정없이 두드려
패고 나서야 입술이 떨어졌다. 진이 빠져 흐물거리는 덕심과 달리
열에 들뜬 성훈은 활력이 넘쳤다.

"조금만 더 합시다."

"해 뜨는 것 보이세요? 이러다 밖에 있는 사람들 다 깨서 들켜
요."

"그게 뭐."

성훈은 목소리를 낮추고 속닥거리는 덕심을 이해하지 못했다.
타인의 눈치를 볼 필요 없이 살아온 성훈에게 전혀 타격감 없는
경고였다. 덕심은 자신의 몸을 칭칭 끌어안은 길고 커다란 남자
를 온 힘 다해 밀어냈다. 시식 한번 해보려다 질리고 물릴 때까지
맛을 보는 지경에 이르렀다.

"더워요. 저 좀 풀어주세요."

"많이 힘들어요?"

"네. 갑갑해요."

단지 키스만 했을 뿐인데 더한 '무엇'이라도 한 것처럼 두 사람

은 땀으로 축축해져 있었다. 정염에 불이 붙은 성훈의 극한 인내
가 만들어 낸 땀방울 탓이었다. 어디서나 우등생일 자신이 있는
남자는 진도를 나가지 않고 오랜 시간 복습만 하느라 죽을 지경
이었다. 사랑은 달콤한 고통이었다. 입술에 남은 감각은 달콤했지
만, 거기가 몹시 아팠다. 아쉬운 미련을 남기고 덕심을 품에서 놓
아준 성훈은 그대로 자리에 뻗었다. 시트를 끌어와 통증을 호소
하는 키다리 녀석을 가려주는 것도 잊지 않았다.

성훈에게 풀려난 덕심은 기진맥진하게 널브러져 땀을 식혔다.
여러모로 대단한 남자라는 생각과 함부로 건드려서는 안 되겠다
는 경각심이 들었다. 뭐든 끝장을 보는 성격은 침대에서도 마찬가
지일 모양이니. 숨이 가라앉고 땀이 식자 제정신이 돌아왔다. 키
스를 해버렸다. 그것도 실컷, 진하게. 옆에 누운 남자를 흘끔 쳐다
보니 눈을 감고 있었다. 졸린 건지, 생각에 빠진 건지. 생각에 빠
졌다면 무슨 꿍꿍이인지. 덕심은 순간의 호기심과 욕정에 굴복했
던 자신의 나약함을 탓했다. 장차 얼마나 복잡하게 얽히고 곤란
을 겪으려고 일을 저지르고 말았나.

천장에서 반짝거리는 정교한 샹들리에를 멍하게 쳐다보던 덕심
이 나직이 한숨을 내쉬었다. 그러자 덕심의 손가락 사이사이로 성
훈의 손가락이 파고들었다.

"책임질 겁니다."

"……!"

키스 때문에 심란한 건 맞지만 그 방향은 아닙니다만. 옆을 돌
아본 덕심은 터져 나오려던 웃음을 황급히 삼켰다. 천장에 시선
을 둔 성훈의 진지하고 심각한 옆모습을 보자 역시 함부로 웃을

수 없었다. 뭐라고 설명해야 하지? 빤한 시선을 느낀 성훈이 고개를 돌려 덕심과 마주했다. 왠지 후련해 보이는 얼굴 위로 만족스러운 미소가 번져 있었다. 꿈을 꾸는 듯 행복해 보이기도 했다.

"사람 미안하게 만드시네요."

"무슨 말이죠?"

"단지 키스일 뿐이에요. 너무 큰 의미를 두고 계셔서 당황스러워요."

"……."

덕심은 침묵하는 남자의 시선을 피해 다시 천장의 샹들리에를 쳐다봤다. 크리스틸이 몇 개나 달렸을까? 값비싼 스왈로브스키일까? 몇 와트 전구를 쓰는 걸까? 등등, 쓸데없는 생각으로 부담스러운 성훈의 시선을 외면하려 노력했다. 덕심은 열기로 홧홧한 손을 꼼지락거리며 잡힌 손을 풀어보려 했다. 그럴수록 더욱 얽어매는 힘이 강해졌다.

"단지, 겨우, 고작, 한낱 같은 말로 가볍게 지나갈 생각하지 말아요. 무려, 나하고 한 키스니까."

그렇지. 세자 저하의 성은을 입은 거나 마찬가지지. 키스에서 더 나갔으면 청첩장 찍으러 갈 양반이네.

"평안 감사도 저 싫으면 그만이랬어요."

단호한 덕심의 거절에 돌아오는 대답이 없었다. 꽤 긴 시간 잠잠하던 성훈이 옆으로 돌아누워서 덕심을 바라봤다. 이렇게 바로 옆에 누워서 보고 있으면서도 믿어지지 않았다. 안고 만지고 입을 맞추는 친밀한 연인의 행위를 나누었다는 게 거짓말 같았다. 무심하게 깜빡이는 길고 풍성한 속눈썹이 신기해서 절로 손이 올라갈 뻔했다. 이목구비가 그려 낸 유려한 옆모습도 기가 막히게 곱고 아름다웠다.

"이렇게까지 예쁜 줄 몰랐어요. 얼마나 놀랐던지. 뭐, 전에도 예뻤지만."

"전에도?"

덕심이 의아한 눈으로 그를 쳐다봤다.

"처음부터 그렇게 생각했습니다."

"언제부터 저한테 그런 마음을 가지신 거예요?"

"그런 마음이라고 하지 말고 좋아했냐고 물어요."

잔뜩 이마를 찡그린 덕심이 고개를 돌렸다.

"그런 말을 입에 올리는 것⋯⋯. 민망하고 이상해요."

"부끄러운 겁니까?"

"부끄럽기도 하지만 그것보다 더 부정적인 감정이에요."

명백한 거부 의사를 감지한 성훈의 눈매가 가늘어졌다. 지금까지 자신의 곁에 남지 못해서 안달하는 여자는 봤어도 곁에 둘까 봐 철벽 치는 여자는 처음이었다. 하나에서 열까지 특별한 여자다.

"하여튼 언제부터예요?"

"모르겠어요. 따져보면 강 비서가 편하다고 생각한 순간부터 기분이 묘해진 것 같으니까 그때부터인가⋯⋯."

"그럼, 내가 위장이라는 걸 몰랐을 때부터 그랬다고요?"

"네."

"뻥!"

성훈은 펄쩍 뛰며 의심하는 덕심을 보며 불만스럽게 실소를 터트렸다.

"사람을 어떻게 보고……. 나는 거짓말은 하지 않습니다."

그런 사람인 건 알지만 도저히 믿을 수 없었다. 반짝 뜬 눈으로 성훈을 응시하던 덕심이 자리에서 일어나 앉았다.

"그게 말이 안 되잖아요. 내 나이가 몇 살인데. 일찍 사고를 쳤으면 부회장님만 한 아들이 있을 나이였다고요."

"그게 무슨 상관입니까. 내가 좋다는데."

이는 미친 자로다. 꽂히면 아무것도 거칠 것이 없다는 그에 대한 소문을 이런 식으로 확인하게 될 줄이야.

"혹시 내가 마음에 안 듭니까?"

"네. 싫어요."

사색이 된 성훈이 벌떡 일어났다.

"싫어?"

"네. 계속 말했잖아요. 잘난 남자는 싫어요. 지긋지긋해요."

"지그……."

싫은 것을 넘어서서 지긋지긋하다는 말까지 들을 줄은 몰랐다. 백발 양보해서 부담스럽다, 조심스럽다, 거기까지는 예상했었다. 하지만 단칼에 싫어요, 지긋지긋해요, 라니. 이미 덕심과 결혼식은 물론 은혼식, 금혼식까지 치르며 백년해로 중인 성훈의 헛꿈이 와장창 깨졌다.

"혹시 잊었습니까? 우리 조금 전에 여기서 키스했습니다."

"그게 뭐, 어쨌다고요. 원나잇을 해도 다음 날 쿨하게 헤어지는 세상입니다."

"내 세상은 그렇지 않습니다!"

"부회장님의 세상은 지구상 0.1%의 세상입니다. 저는 나머지 99.9%에 속한 평범한 소시민이고요."

시원하게 거절한 덕심은 꿈결 같았던 구름 매트리스에서 내려왔다. 바닥을 딛자 그와 나누었던 잠깐의 밀애도 꿈처럼 흩어졌다. 성훈은 여지없이 잘라 내고 떠나는 덕심을 다급하게 붙들었다.

"어디를 갑니까?"

"안 가요. 안 가!"

버럭 소리를 지른 덕심은 그를 뿌리치고 총총히 걸어 나갔다. 성훈은 매정한 덕심의 뒷모습을 맥없이 바라보았다. 자신이야말로 키스하자마자 차인 현실이 꿈만 같았다.

침실 문을 닫고 나오자 호군과 익준이 심각한 얼굴로 이쪽을 응시하고 있었다. 그들의 눈이 쏘아대는 레이저를 가볍게 물리친 덕심은 퉁명스럽게 쏘아붙였다.

"아무 일도 없었어요. 아, 배고파."

룸서비스 책자를 뒤적거리는 덕심을 보며 익준이 소곤거렸다.

"진짜 부회장님 문제 있는 것 아니겠죠? 어떻게 단둘이 아무 일도 없어요?"

"신사니까."

"진짜 그렇게 생각하세요? 잠시 충성심을 내려놓아 보세요."

"……."

호군은 가느다란 신음을 흘릴 뿐이었다. 부회장 본인도 모르는 것 같은데 자신이 어떻게 장담할 수 있겠는가. 눈을 뜨자마자 비어 있는 덕심의 자리를 보고 안도했었다. 그리고 성훈마저 없어진 것을 확인하고는 망연자실했다. 혹시나 하는 마음에 방문을 노크하려다 다투는 듯한 소리를 듣고 물러났다. 덕심의 표정이 매우 좋지 않은 것으로 봐서 다툰 것이 확실해 보였다. 아무 일도 없었다는 덕심의 말을 믿자니 익준의 말이 걸렸고, 안 믿자니 정말 두 사람이 정분이 난 것일까 걱정이었다.

"하여튼 내부고발자 너 때문에 일이 다 꼬였어."

험상궂은 얼굴로 다그치는 호군에게 당당하게 어깨를 으쓱해 보인 익준이 대꾸했다.

"실장님이 모르셔서 그래요. 부회장님이 얼마나 진심인지."

"그러거나 말거나 네가 왜 끼어들어."

안 되겠다는 듯이 짧은 한숨을 내쉰 익준이 적극적으로 성훈의 상황을 대변했다.

"생각해 보세요. 평생 여자라면 질색하던 남자가 처음으로 누군가를 좋아하게 됐어요. 고백하고 시도할 기회조차 빼앗는 게 말이 됩니까?"

"……"

"강 비서님 보내고 나서 다른 사람 못 만나면 우리 부회장님은 저대로 끝이에요."

"흐음……"

"평생 한 여자만 생각하는 마음, 실장님이 누구보다 잘 아시잖습니까?"

"그래 좋아. 하지만 강 비서는 부회장님이 마음에 없어 보이는

데?"

"그건 두 사람이 알아서 할 일이죠. 적어도 방해는 하지 말자 이 겁니다."

중립을 지키라는 익준의 말은 꽤 설득력 있었다. 하지만 평범한 사람이었던 성훈의 모친을 생각하면 덕심도 같은 전철을 밟게 될까 봐 망설여졌다. 오직 남편만 바라보다 돌이킬 수 없이 병이 깊어진 사람은 결국, 주변 사람들 모두를 구렁텅이 몰아넣었다. 그런 비극이 되풀이되는 것이 가장 걱정스러웠다.

✳

슈트를 다 차려입은 성훈은 덕심의 방문 앞에 장승처럼 버티고 있었다. 오랜만의 본사 출근인데, 오늘부터 비서가 아닌 덕심을 두고 가는 것이 불안했다.

"다녀오세요. 오실 때까지 여기 있을게요."

"……."

"약속할게요."

"그럼, 믿고 다녀올게요."

덕심은 신뢰감을 주려고 일부러 그와 눈을 맞추고 고개를 끄덕였다. 그제야 경직됐던 성훈의 표정이 조금 풀리는 것이 보였다.

"다녀와서 그 계약인지 뭔지에 대해서 다시 의논하죠."

"알겠어요. 이러다 늦겠습니다."

덕심은 뒤에서 대기하는 호군과 익준을 곁눈질하며 재촉했다.

"이따 봅시다."

성훈은 한 번 더 안아보고 싶어 들어 올렸던 손을 머뭇거리다
내려놓았다.

회의실 문이 열리자 임원진들이 일제히 기립했다. 일주일 넘게
밤을 새운 사람답지 않게 성훈은 활력이 넘쳐 보였지만, 표정은
그 어느 때보다 싸늘했다. 성훈의 뒤를 따라 들어온 호군이 희미
한 고갯짓으로 부회장의 심기가 별로임을 알렸다. 낭패한 임원들
의 눈가에 시커먼 빗금이 그어졌다. 자리에 앉은 성훈은 기분을
드러내지 않으려고 미소를 지어 보였으나 오히려 부작용이었다.
그 사이코패스 같은 미소를 본 임원들은 사색으로 파랗게 질렸
다. 좌중들의 반응이 썩 별로인 것을 확인한 성훈은 쯧, 하고 혀
를 차더니 무심하게 고백했다.
"오늘 제가 차였습니다."
이게 도대체 무슨 소리인가. 제 귀를 의심하느라 눈동자만 굴리
던 사람들이 술렁거리기 시작했다.

12. 아직 끝나지 않았다

윙윙 울리는 핸드폰을 집어 드는 덕심의 손을 밀어낸 익준이 핸드폰을 가로챘다. 번호를 확인한 익준의 얼굴이 긴장으로 굳어졌다.

"이거, 희원정이죠? 부회장님이 차단하라고 하셨어요."

"뭐요. 내가 알아서 해요."

"강 비서님이 이 전화 받으면 나는 부회장님한테 죽어요."

"성 대리님이 왜 죽어요?"

익준은 핸드폰을 내놓으라고 손을 내민 덕심에게 고개를 흔들었다. 힘이 들어간 눈과 입매를 보니 익준의 각오도 단단한 듯했다.

"부회장님이 희원정에 직접 통보하신다 했어요. 오늘만 참아 주세요."

통보? 보고나 허락이 아닌 통보라고 했다. 오싹한 어르신의 뜻을 거스르겠다는 성훈의 강한 의지가 느껴졌다. 젊은 혈기에 한두 번쯤 대들긴 하겠지……. 덕심은 전혀 가망성 없는 도전이라고 생각했다.

"주변 정리 제대로 했는지 확인 차 전화하셨을 텐데."

끊겼던 진동 소리가 다시 이어지자 불안이 더해졌다. 죽이 됐든 밥이 됐든 제 손으로 끝을 맺고 훌훌 털고 싶었다.

"실장님이 아침에 보고해야 했는데 걸렀거든요. 지금은 회의 때문에 전화 못 받으실 거고요."

벌써 점심시간을 훌쩍 넘었는데 전화 한 통 없는 걸 보면 아직도 회의 중이란 뜻이었다. 밤을 새우다시피하고 출근한 성훈과 호군의 건강이 걱정이었다.

"입찰이 당장 코앞인데 뭔가 내가 방해되는 것 같아서 기분이 별로네요."

걱정 깊은 얼굴로 뇌까리는 덕심의 소리에 익준이 코웃음을 쳤다.

"부회장님은 뇌가 여러 개니까 걱정하지 마세요. 아무리 여자한테 빠졌어도 공든 탑을 무너트리진 않습니다."

"언제부터 그렇게 충성이었어요? 이까짓 회사, 돈 벌려고 다니는 것 아니라면서."

"남자 대 남자, 인간 대 인간. 그런 마음입니다."

도대체 뭔 소린지. 또 그놈의 사나이 의리 타령인 듯했다. 비아냥대는 덕심을 지켜보던 익준이 사뭇 진중한 태도로 물었다.

"강 비서님은 나 같은 놈도 좋게 봐서 은수 누나랑 잘 되게 밀어줬잖아요. 부회장님은 왜 싫다는 거예요?"

"싫다기보다는 심각하게 부담스러워요. 부회장님 자체도 그 주변도. 저는 되도록 심플하게 살고 싶어요."

"부회장님은 완전히 꽂혔는데. 몸과 마음이 강 비서님 외에는 동하지 않는 사람인데. 천생연분일 거란 생각 안 해봤어요?"

피이, 바람 빠지는 웃음소리를 낸 덕심이 웃는 낯으로 말했다.

"남자들, 처음에는 다 그래요. 간이고 쓸개고 다 빼줄 것처럼. 나중에는 다들 본전 생각하더라고요."

"부회장님은 본전 생각 따위 할 필요가 없는 갑부인데 부담 없이 만나라도 봐요."

"성 대리님도 참 고생 안 한 티가 난다. 난 재벌가의 신데렐라가 되고 싶지 않아요. 내 멋대로 편하게 살 거라고요."

마성훈을 둘러싼 모든 것이 부담투성이인데 어떻게 편한 마음으로 즐길 수 있겠어. 덕심은 내심 '아니다!'라고 결론을 내렸지만, 이상하게 확신이 들지 않았다.

그 시간, 고 회장은 침묵하는 핸드폰을 끈질기게 응시하고 있었다. 몇 번이나 전화를 걸어도 받지 않는 덕심이 괘씸하면서 알 수 없는 불안에 시달리는 중이었다. 화투장의 짝을 맞추며 운세를 점치던 명림이 흘깃 시선을 들었다.

"안 받아요?"

"……."

"덕심이 쫓아냈어요?"

제법 서늘한 명림의 질문이 신경에 거슬린 고 회장이 미간을 좁혔다.

"쫓아내기는 쓸모를 다했으니 돌려보냈지."

"누가 그래요? 쓸모를 다 했다고."

"명림아, 너는 강 비서를 어디까지로 본 거야?"

점괘가 마음에 안 드는지 화투장을 팽개친 명림이 담요 채로 뭉쳐서 한쪽으로 밀어 놨다.

"내가 보긴 뭘 봐요."

"네가 그랬잖아. 강덕심이 성훈이 문제를 풀어줄 실마리라고."

골똘히 기억을 더듬던 명림이 순진한 눈을 깜빡거리며 시치미를 뗐다.

"내가…… 그렇게까지 이빨을 깠나?"

"뭐어?"

처음부터 반신반의하긴 했지만, 막상 명림이 발뺌을 하려 들자 화가 치밀었다. 고 회장의 꼬장꼬장한 눈빛에도 명림은 심드렁했다.

"점쟁이가 별건 줄 알아요? 99%는 그냥 촉이유. 덕심이, 재미있잖아요. 성실하고 영리하고. 결국은 성훈이도 홀랑 넘어갔고."

"성훈이가 뭘 어쨌다고? 그게 무슨 소리야?"

"오늘 내로 성훈이가 설명해줄 텐데 왜 나한테 물어요."

그렇게 주의시켰건만. 고 회장은 애먼 덕심을 탓하며 주먹을 꼭 쥐었다.

"말도 안 되는 소리!"

"흐르는 대로 두시라고요."

"그랬다가 또 어떤 사달이 날지 불을 보듯 뻔한데 어떻게 가만 두나."

고통스러운 기억을 떠올린 고 회장의 결기가 누그러지며 안색이 어두워졌다. 같은 기억을 공유한 명림도 장난기를 걷어 내고 후회의 한숨을 쉬었다.

"그때도 그냥 두셨어야 했어요. 악에 받친 듯 반대했을 때부터 성훈이 어미는 병의 싹이 난 거라고요."

"그래서 뭐. 이후로 이 집안사람으로 받아줬잖아."

"꽃이 되라 했지요. 돌이 되라 했지요. 목소리를 죽이고 마음을 죽이라고. 그랬더니 형님 원대로 아드님 마음이 떠나고 불쌍한 사람은 병이 깊어지고. 남자 하나 보고 온 사람한테서 남자를 뺏었으니……."

"그러니까 안 된다는 거야."

"둘이 좋아 살게 두지도 못하고, 헤어지고 싶다 할 때도 막았어요. 뭐 하나 먼저 간 두 사람 뜻대로 하지 못하게 막은 것은 형님이에요."

"……."

"그냥 두세요. 성훈이가 유일하게 원하는 사람인데."

고집스럽게 다물고 있는 고 회장의 얄팍한 입술을 본 명림이 마뜩잖게 혀를 찼다.

"막을 수 있으면 해보시든가요. 손자가 얼마나 미친놈인데."

"지금 누구한테 그따위 저급한 말을 올려?"

두고 봅시다. 형님 입에서도 곧 나올 테니. 명림은 여유롭게 관자놀이를 긁으며 콧방귀를 뀌었다.

― 전화 바꿨어요.

덕심의 목소리가 들리자마자 어떤 생각을 하기도 전에 성훈의 입이 헤벌쭉 벌어졌다. 흘깃거리는 호군의 시선과 마주치는 바람에 이성을 찾은 성훈이 목소리를 가다듬었다.

"바로 보러 가려고 했는데 급히 처리할 일이 생겼어요. 한 시간만 기다려 줘요."

― 그러세요.

고저 없이 심심하기만 한 덕심의 목소리마저 기분 좋게 들리니 큰일이긴 했다.

"나, 되게 힘든 일 하러 가는데 응원 좀 해주지."

― 파이팅……?

또 웃음이 비죽비죽 새어 나왔다. 전에는 나름대로 숨길 수 있었던 마음이 이제는 차고 넘쳐서 주체 못 할 지경이 됐다.

"응원입니까? 묻는 겁니까?"

― 힘이 남았냐고 묻는 거랄까.

"힘이야 뭐. 남아도는데 쓸 곳이 없는 게 문제일 정도죠."

은근한 의도를 알아들은 덕심의 야유하는 목소리가 새치름했다.

― 아유, 네. 어련하세요. 조금 이따 뵙겠습니다.

통화를 마치자마자 성훈은 거친 손길로 넥타이를 풀었다. 대충 감아서 주머니에 넣고 눈을 감았다. 쌓이고 쌓인 피로가 파도처럼 몰려와 온몸을 부숴버리는 느낌이었다.

"장 실장님은 바로 퇴근하세요. 이제부터 희원정은 모두 제가 맡을 테니."

"저는 하던 대로 하겠습니다."

호군의 고지식한 답변이 왠지 마음에 든 성훈은 눈을 감은 채 빙긋 웃었다. 곧이곧대로인 호군이 이 정도까지 양보해 준 것이 고마울 따름이었다.

"그럼 할머니 하소연이나 들어주세요. 당분간 피곤하실 텐데. 미안합니다."

"저는 괜찮습니다. 제 생각에 회장님도 회장님이지만 강 비서가 만만치 않을 듯합니다."

"그러게나 말입니다."

"저 왔습니다."

성훈이 기척을 알리자 문가에 서 있던 집사가 조심스럽게 문을 열어주었다. 고 회장의 침실 겸 서재로 들어간 성훈은 돌 소파에 누워 잠든 명림을 보고 실소를 터트렸다.

"명림 선생님은 왜 여기서 주무세요?"

"뭐라, 나이 들더니 뭐든 제멋대로구나. 점점 애가 되어 가니 귀엽긴 해."

보던 책을 정리한 고 회장은 돋보기를 벗고 성훈을 똑바로 응시했다. 산 넘어 산이라더니. 게이네 뭐네 하던 망측한 소문의 싹을 잘라 놨더니 이번에도 만만치 않은 씨앗을 품고 왔다. 생각해 보면 자라는 동안 수월한 듯하면서도 뭐 하나 쉽지 않은 녀석이었다.

"우스운 소리가 들리더구나."

"도대체 누가 그렇게 잘도 일러바치는지. 장 실장님은 오늘 그럴 정신이 없었는데. 마동준? 계진상? 아니면 싱가포르 총괄 마이사인가요?"

고 회장은 남 이야기하듯 싱글거리는 성훈을 못마땅하게 노려보았다.

"웃음이 나와? 차인 게 뭐가 자랑이라고, 그것도 회의 시간에 떠벌려."

점점 높아지는 고 회장의 음성에도 불구하고 성훈은 빙그레 미소만 짓고 있었다. 피로에 지친 얼굴로 기분 좋게 웃는 모습이 한심하기만 했다.

"채신머리없이 성질대로 굴었다면서!"

그제야 성훈의 얼굴에서 웃음이 사라졌다.

"그럴 리가요. 공명정대하고 합리적인 시간이었는데요. 자기들이 못나서 질타받은 것을 제 탓으로 돌리다니. 하긴, 평소보다 약간 감정적이긴 했네요."

"큰 사업 하는 놈이 그거 하나 조절 못 해?"

"거절과 실패에 익숙하지 못하다 보니 미숙한 모습을 보였습니다."

거절과 실패. 그렇게 말하는 성훈의 표정이 시무룩 어두워졌다. 처진 꼴이라니. 고 회장은 기업인이 아닌 손자를 보는 할머니로서 마음이 아렸다.

"아니! 강덕심은 뭐가 잘나서 너를 마다한다니?"

"여기서 강 비서가 왜 나오나요?"

"너, 차였다고 했다면서?"

영문을 몰라 하는 고 회장을 보며 성훈은 시큰둥하게 대꾸했다.

"네. 린 로이스한테 차였어요. 세 번만 만나 달라고 해서 열심히 노력했는데 만나보니 생각보다 별 것 아니라고."

이러나저러나 충격인 건 마찬가지였다. 그쪽 역시 고 회장의 마음에 들지 않는 것은 마찬가지였다. 오히려 사람 하나만 두고 결정하라고 한다면 당연히 덕심 쪽으로 기울 정도였다. 그런데 뭐, 만나보니 별 것 아니야? 기가 차고 열이 뻗친 고 회장은 책상에 있는 아무 종이나 주워들고 부채질을 했다.

"내 귀에 들리는 건 로이스 쪽이 아니었다. 그럼 강 비서 쪽은 사실무근인 게야?"

"솔직히 강 비서한테도 차였어요. 그런데 제가 허락하지 않았어요."

"어이구."

만점 받은 시험지를 자랑하듯 신나 하는 성훈을 보자 이제는 뒷목까지 뻣뻣하게 굳어졌다. 들었다 났다 하는 성훈의 능글맞은 말장난에 놀아난 것도, 연이어 두 여자한테 차였다는 소리도 분통이 터졌다.

"이런 헛똑똑이. 차였는데 허락하지 않았어? 그게 말이냐 방귀냐. 어이구 미친놈."

결국, 고 회장의 입에서도 미친놈 소리가 나오고 말았다. 난생 처음 상욕을 먹었음에도 성훈은 별다른 반응이 없었다. 본인이 생각해도 제정신을 잃고 지낸 지 꽤 되었기에 반박할 이유가 없었다.

"그런 제안은 결재할 수 없습니다. 제가 차이다니요. 할머니라면 추진하시겠어요?"

"당장 올스톱……."

자연스럽게 성훈의 말에 수긍할 뻔했던 고 회장은 급히 정신을 챙겼다. 나이가 드니 감정에 쉽게 휘둘리는 일이 종종 있는데 오늘 특히 심했다.

"흠! 로이스 쪽에는 차였다면서. 거긴 왜 괜찮아?"

"그쪽은 애초에 안중에 없었어요. 덕심이가 하도 애를 쓰길래 안 쓰러워서 협조한 것뿐이죠."

고 회장은 사랑스러운 이의 이름을 부르듯 정겨운 성훈의 말투에 그저 웃음이 나왔다. 헛웃음이.

"덕심이……. 잘한다, 잘해. 언제부터 덕심이야."

"무엇보다 동준 형이 붙여준 여자와 결혼할 생각 없고요."

줄곧 기분 좋아 보이던 성훈의 표정이 단번에 차가워졌다. 그 부분에서는 고 회장도 할 말이 없었다. 정혼녀를 형수님이라 부르게 만들어 놓고 오히려 동준이 성훈을 못 잡아먹어 안달이었다. 동준과 연주를 생각하면 고 회장도 이가 바득바득 갈렸다. 둘을 절벽 끝에 몰아세우고 앞날이 까마득한 삶을 살게 하고 싶었다. 성훈이 만류하는 통에 마음을 접은 것이 아직도 천추의 한이었다.

"하여튼 할머니까지 저를 힘들게 말아 주세요. 덕심이가 꿈쩍도 안 해서 죽겠어요."

"흥! 고생이 많구나."

그나마 고것이 말귀는 잘 알아들어 다행이었다. 헛꿈 꾸지도 않고 딴생각도 하지 않는 점은 처음부터 마음에 들었다. 오히려 성훈과 마윤을 대수롭지 않게 여기는 언행 때문에 자존심이 상할 정도였다. 지금도 마음이 놓이면서 묘하게 섭섭했다. 마성훈이 어디가 어때서, 무엇이 모자라서 제깟 것이 단박에 걷어차냔 말이다.

"그 잘난 자존심은 얻다 팔아먹었어? 싫다는 애한테 뭘 그리 매달려. 네가 누구냐. 마윤의 마성훈이야."

"그러면 뭐해요. 나는 병신인데."

코웃음을 친 성훈이 자조적으로 대꾸했다.

"강 비서 아니면 아무것도 아닌 병신이라고요. 저는 강덕심이 좋습니다. 첫눈에 반한 것 같아요."

"요즘 들어 김 박사한테도 적극적으로 협조한다면서. 곧 나아질 게다."

"그러니까요. 어서 나아서 덕심이한테 프러포즈하려고 열심히 협조하는 거예요."

"끄응……."

성훈은 이마를 짚으며 신음하는 고 회장을 두고 자리에서 일어났다.

"저 이만 일어나 보겠습니다. 덕심이 취미생활을 도와야 합니다."

"뭐야? 지금 제 할 말만 하고 일어나는 게냐?"

역정이 난 고 회장이 책상을 탕, 내려치는 소리와 함께 갑자기 신난 목소리가 들렸다.

"덕심이 취미생활이 뭔데?"

언제 깼는지 돌 소파에 모로 누운 명림은 말똥말똥 뜬 눈으로 두 사람을 쳐다보고 있었다.

"보신과 미식이요. 자기 몸 챙기는 데 어찌나 열심인지. 일주일 넘게 호텔에 갇혀 있어서 제대로 된 밥도 못 먹었어요. 오늘도 새벽까지 저한테 시달려서 많이 지쳤을 텐데."

"너, 너……! 벌써?"

놀라서 까무러치기 직전의 고 회장과 달리 명림은 흐뭇하게 고개를 끄덕였다. 마치 자신의 손자를 보는 것처럼 대견해 죽겠는 얼굴이었다.

"형님, 축하해요."

"뭐가 축하해! 자네는 지금 이게 재미있어?"

"경사구먼, 뭘! 우리 성훈이가 고자가 아니었네. 내가 말했잖아요. 실한 놈이라고."

성훈은 자신도 모르는 걸 아는 명림의 호언장담에 힘을 얻었다. 키스 잘하는 건 새벽에 검증됐지만, 나머지는 아직 확신할 수 없었는데 사전 검증이라도 받은 듯 든든했다. 쫄래쫄래 따라 나온 명림은 고 회장을 대신해서 성훈을 배웅했다.

"나는 덕심이가 좋다. 잘 해줘라."

"꽤 좋아하시는 것 같아요. 왜 좋으세요?"

"나를 아줌마라고 불러서 좋아."

"예?"

항상 생각지도 못한 이유를 갖다 대는 명림이었다.

"선생님 소리야 하도 들어서 그런가 보다 하는데 염병, 다들 나를 할머니라고 부르잖아. 그런데 덕심이는 명림 아줌마라고 불러. 그게 좋아."

"그러셨구나. 그럼, 저는 가보겠습니다. 들어가세요. 명림 아줌마."

명림은 호호 웃으며 멀어지는 성훈을 지켜보았다. 서둘러 걷는 품새에서 보고 싶어 하는 마음이 여실히 느껴졌다.

"좋을 때구나. 잘 됐다. 잘 됐어."

싸늘한 바람에 진저리를 치며 뒤를 돌자 멀찍이 서 있는 고 회장이 보였다. 꼿꼿하게 허리를 펴고 손자를 지켜보는 고 회장의 눈동자는 여전히 고집스러웠다.

✳

엘리베이터 문이 열리자 덕심이 작은 캐리어를 끌고 나왔다. 어우, 깜짝이야. 덕심은 볼 때마다 새로운 잘생김에 또 놀랐다. 진짜 외모만 놓고 보면 갑 중의 갑이고 참 취향인데……. 게다가 얼어 죽을 키스도 너무 잘한다. 육체의 본능에 무릎 꿇지 말자고 종일 결심해놓고 또 이렇게 약해진다.

덕심이 나오길 기다리고 있던 성훈이 싱긋 미소 지었다.

"종일 보고 싶었어요."

게다가 이런 말을 정중하게 하고 난리다.

"음……. 잠깐만 안아 봐도 됩니까?"

섹시한 예의범절이란 이런 것인가. 피로에 지친, 거칠한 얼굴로 나긋하게 웃는 남자의 부탁을 거절하지 못하겠다. 외모에 약한 팔자를 탓하며 우두커니 서 있는 덕심을 말끄러미 보던 성훈이 한걸음 가까워졌다.

"허락입니까?"

가볍게 끌어안는 성훈의 품은 넓고 향기로웠다. 오늘 누울 자리는 여기인가 보다. 진짜 누워 버릴까. 왜 이 사람을 보면 무력해지는 거냐고. 덕심은 온종일 고민하고 결심했던 것들을 맥없이 무너트리는 자신이 어이없었다. 등을 토닥이던 남자가 덕심의 머리에 지그시 턱을 문지르며 속삭였다.

"와, 이게 뭐지. 내 마음이 아픕니다."

너무 좋으면 이런 것일까. 심장에 짜르르 퍼지는 통증과 함께하는 안도감. 아픔이 오히려 행복감으로 느껴지는 기묘한 경험이었다. 이 여자, 죽어도 놓을 수 없겠구나. 성훈 역시 가볍게 안아 보기만 하려 했던 결심을 손쉽게 집어던지고 두 팔에 힘을 더했다.

"그건 또 무슨 소리예요?"

욕심부리는 그의 가슴을 밀어낸 덕심은 어느새 피로가 몽땅 가신 생생한 눈과 마주쳤다.

"잠깐만 안아 보겠다고 했잖아요."

"몇 날 며칠을 안고 있어도 나한테는 잠깐일 것 같은데요."

"어욱! 닭살."

넌더리를 떨며 빠르게 멀어지는 덕심을 따르며 성훈은 큰소리로 웃었다.

"같이 가야지!"

호텔 로비를 울리는 성훈의 유쾌한 목소리가 사람들의 이목을 집중시켰다. 안 그래도 시선을 끄는 남자의 정체를 알아본 이들이 핸드폰을 꺼내 들었다. 세상에서 가장 빠르다는 발 없는 말이 초고속으로 달리기 시작했다.

쓰읍!

덕심은 벌어진 입술 사이로 떨어질 뻔한 침을 다급히 삼켰다. 통통하게 살이 오른 장어가 빨간 숯불 위에서 먹음직스럽게 익어가고 있었다. 맡기만 해도 건강해질 것 같은 구수한 냄새가 후각을 자극했다. 덕심은 멀리 떨어져 있는 남자의 넓은 등판을 보며 핸드폰에서 흘러나오는 목소리에 집중했다. 정신 차리지 않으면 은수가 하는 말을 자꾸만 놓치게 되었다.

"은수야, 있잖아. 어떤 남자가 두 팔을 걷어붙이고 정성스럽게 장어를 굽는 모습이 엄청 다정해. 어떤 여심이든 저격당하지 않을까?"

– 그 남자가 잘생기면 더 그렇겠지.

후우, 고개를 끄덕인 덕심이 한숨을 내쉬었다.

– 그 남자가 다른 인간들한테는 업소용 냉동고보다 차가운 캐릭터라면 더 그렇겠지.

"내가 잘못된 건 아니지?"

– 그럼. 잘생기고 다정한 남자가 나를 위해 손수 장어를 구워.

그런데 그놈이 돈도 많아, 능력도 쩔어.

"그치."

─ 게다가 마성훈이야.

"바로 그게 문제야. 거기서 걸린다고."

─ 장애물은 넘어야 제맛이지.

"야! 너, 내 친구 맞아?"

─ 너, 오늘 새벽에 뭐 했어?

"으응?"

기습적인 질문에 덕심의 귓불이 벌겋게 달아올랐다. 숯불에서 피어오른 빨간 열꽃이 덕심의 심장으로 옮아왔다.

─ 익준 씨한테 들었다. 바른대로 말해봐라.

"대, 대화 좀 했지."

─ 몸의 대화?

"아니거든!"

─ 나한테도 숨기는 거야? 그러고도 네가 친구야?

매섭게 따지는 은수의 목소리에 주눅이 든 덕심이 어렵사리 입술을 뗐다.

"원래 대화는 이…… 입술로 하는 거잖아."

─ 잘해?

"대박! 처음이라는데 믿을 수가 없었어. 얼굴만큼 잘해."

덕심은 희원정에서 도청이라도 하는 것처럼 소곤거리며 주위를 흘끔거렸다.

─ 복 받은 년. 처음부터 잘하는 놈을 꿰차다니.

"아직 꿰찬 것 아니거든. 그러는 너도 미사일하고 사귀잖아."

– 아직 발사 전이야. 내가 카운트를 느리게 하고 있거든.

"독한 년."

핸드폰 너머로 은수가 깔깔대는 소리가 요란했다. 미간을 찡그린 덕심이 발을 구르며 닦달했다.

"야, 나 진짜 심각하거든?"

– 일단, 먹어. 그리고 너희 보스가 하는 소리 잘 들어 봐. 아직 계약 조건이 충족되지 않았다고 했다면서.

"나 있잖아. 저 남자 얼굴 보고 대화하면 정신이 사나워서 자꾸 넘어가."

– 너, 작업용 감언이설에 익숙하잖아. 마성훈이 하는 얘기도 일단 들어 봐. 대답은 미루고 천천히 생각해 보겠다고 하면 되잖아.

"오, 그래."

– 어서 가서 먹어랏! 장어 타겠다.

"고마워. 은수야. 그리고 성 대리님이 요즘 좀 말라 보여서 너를 의심했는데 내가 오해했다. 애가 타서 말라가고 있었구나."

덕심은 은수가 박장대소하는 소리를 들으며 핸드폰을 종료했다. 자리로 돌아오자 성훈은 장어집 아주머니에게 특급 칭찬을 듣는 중이었다. 처음이라면서 장어를 어쩜 이렇게 잘 굽냐면서 감탄하는 소리를 들으며 덕심은 피식 웃었다. 이 남자, 인생 2회 차일지도 모른다. 처음인데도 잘하는 게 왜 저렇게 많으냐 말이다.

"전생에 뭐 했어요?"

"응? 전생이요?"

자신의 앞접시에 놓인 장어 꼬리를 덕심의 접시로 옮겨 주던 남자가 입매를 부드럽게 말아 올리며 되물었다. 귀한 장어 꼬리를

양보하는 것도 고마운데 감미로운 미소까지. 이러니 자꾸 정신
이 혼미해진다.

"전생에 뭐였는지 기억하는 것 같아서 물어봤어요."

"무슨 소린지. 일단 먹기나 해요. 배고팠죠?"

"아유, 꼬리는 여자보다는 남자가 먹어야지!"

아주머니가 숯불 위의 꼬리를 성훈의 접시에 올려주며 은근하
게 웃었다.

"저 오늘, 이 꼬리 먹으면 큰일 납니다."

이따위 꼬리, 필요 없다며 다시 덕심의 접시에 옮겨 놓는 성훈의
표정이 자신만만했다. 한쪽 눈썹을 찡긋 추켜세우며 꼬리를 치는
남자는 전생에 요물이었을 것이다.

이렇게 배가 튀어나왔으니 묘한 분위기에 넘어갈 의욕 따위는
안 생기겠지. 실컷 부른 배를 쓰다듬은 덕심은 이상한 구실을 갖
다 붙이며 안심했다.

계절이 무안할 정도로 바람이 온화한 겨울밤이었다. 뒤숭숭해
지기 쉬운 분위기를 파하고 싶은데, 성훈의 손에 들린 캐리어는
주인에게 돌아올 기미가 없었다. 먼저 걸음을 멈춘 덕심이 내내
입안에 맴돌았던 말을 꺼냈다.

"시간이 늦었네요. 저는 이만 돌아가야겠어요."

"우리 아직 할 얘기가 남았어요."

아까부터 캐리어를 힐긋거리는 덕심의 속을 꿰뚫고 있던 성훈

은 눈에 띄는 카페의 문을 열었다. 둘은 옷에 밴 숯불과 장어 향 때문에 카페테라스에 자리를 잡았다. 차가운 밤공기가 그나마 정신을 차리게끔 도와주니 다행이었다.

이만 돌아가야 한다고 했을 때, 덕심은 자신을 올곧이 바라보던 어두워진 눈동자에 가슴이 떨렸다. 온 마음을 다해 너와 있고 싶다고 말하는 눈빛 앞에서 어쩔 수 없이 뜻을 꺾었다. 솔직히 말하면 기다렸다는 듯이 꺾어졌다. 이 남자가 붙잡을 줄 알았으면서 앙큼을 떨다니. 원래 내가 이렇게 음흉한 사람이 아닌데 왜 이러나. 멍한 눈으로 테이블을 보며 자아비판 중인 덕심의 귀에 사무적인 성훈의 목소리가 들렸다.

"오늘 계약서를 꼼꼼히 살펴봤습니다."

"……."

"전에 말했듯이 강덕심 씨는 아직 회장님이 제안했던 조건을 완전히 충족하지 못했어요."

조금 전까지 다정하면서도 집착이 드렁드렁하던 그 남자는 어디 가셨어요? 정신 차려 보니 마운 그룹의 부회장님이 앞에 계셨다. 갑자기 바뀐 분위기에 잠시 당황했던 덕심도 마음을 다잡았다.

"하지만 계약의 주체인 회장님께서 이만하면 됐다고 하셨습니다. 이미……."

돈도 다 받았으니 계산은 끝. 덕심은 왠지 돈 이야기를 꺼내는 것이 부끄러웠다. 그는 순수한 열정인데 자신은 돈에 환장한 사람으로 보일 것 같아 작아지는 기분이었다.

"그래서 강 비서는."

찻잔을 내려놓은 성훈이 야비해 보일 정도로 나른한 미소를 지었다.

"계약이 완료되었다는 증명서라도 받았습니까? 원래 기한은 1년이던데."

그런 게 있을 리 없었다.

"돈이 오고 간 통장 내역도 좋습니다만. 아니면 녹취라도."

현찰 박치기를 해 버려서 그런 것도 없었다. 고 회장이나 덕심이나 이 남자가 이렇게 나올 줄 몰랐기에 마무리가 허술했었다. 다 끝났다는 해방감과 어서 치워 버려야겠다는 조바심의 콜라보가 만들어 낸 실수였다. 허를 찔린 덕심은 득의양양한 남자의 얼굴을 어이없이 바라봤다.

"그 문제는 회장님께 여쭤야겠어요."

"이제 와서요? 뒤늦게 받은 확인서는 아무 소용 없을 겁니다."

자신만만한 표정을 보자 문득 세계 최고의 법무팀을 소유한 남자라는 데 생각이 미쳤다. 설마, 나를 상대로 소송을 걸겠어?

「마윤 그룹 마성훈 부회장, 전 여비서 상대로 거액의 소송 진행」

자극적인 기사 제목을 떠올렸던 덕심은 재빨리 망상을 털어 냈다. 으음, 아니야. 나를 좋아한다면서 그렇게까지 할 리 없지. 안일하게 생각하며 성훈을 쳐다본 덕심은 흠칫 놀랐다. 지금 그의 표정은 잘생겼지만, 비정하기 이를 데 없는 냉혈한 사채업자 그 자체였다.

"그래서, 지금 저더러 받은 돈을 도로 내놓으라는 거예요?"

다 쓰고 없는데. 이제 허리 펴고 사는가 싶었는데. 도로 캄캄해질 미래를 생각하니 눈시울의 습도가 올라갔다. 원망이 가득한 덕심의 슬픈 얼굴을 본 성훈 역시 당황했다. 아직 본론은 꺼내지도 못했는데 점수만 왕창 깎인 것 같아 걱정스러웠다.

"그런 것 아닙니다. 그냥 출근이나 해 달라고 제안하는 겁니다."

"정말, 그거면 되는 거예요? 1년 되는 그날까지 출근만 하면 된다고요?"

"네. 일단은."

"일단은?"

덕심은 뻔한 속셈을 내비치는 성훈을 노려보았다. 찻잔을 들어 올린 성훈은 인적 드문 어두운 거리로 시선을 돌렸다. 덕심을 계속 보고 있자니 표정 관리가 힘들었다. 아무리 표독스럽게 쳐다봐도 마냥 사랑스러워 보이는 걸 어떡하나. 심각한 덕심을 생각하면 웃으면 안 되는 건데 웃음이 멈추질 않는다.

"꾸며진 모습 말고, 지금 내 눈앞에 있는 강덕심 그대로 출근하도록 해요."

"다들 놀라겠네요. 하루아침에 젊어져서 나타났으니."

"신경 쓰이면 동명이인이라고 할까요?"

"그게 말이 되겠어요?"

"그럼 전에는 말이 됐습니까?"

꾸짖는 것 같은 성훈의 핀잔에 덕심도 설핏 웃음이 나왔다. 하긴, 분장쇼나 회춘쇼나. 이제 와 생각하니 제대로 미친 짓이었다. 순전히 얼굴에 눈이 멀어서 그런 무모한 일을 몇 달이나 해냈다니.

"우선 이번 주는 쉬고 다음 주부터 봅시다. 새로운 강 비서로 입사해 주세요."

"네. 알겠습니다."

"피곤할 테니 일어나죠. 데려다줄게요."

"저 혼자 갈 수 있어요."

경계하는 덕심을 본 성훈이 코웃음을 쳤다.

"오늘 하루 동안 내가 강덕심에 대해서 얼마나 알아냈을까요."

"민간인 사찰은 불법이거든요!"

"농담이에요. 당신이 말해줄 때까지 기다릴 겁니다. 그런데 장실장이 마련한 곳은 내 마음에 안 들어요."

나의 소중한 비서가 협소한 원룸에 머무른다니. 그것도 혼자서. 도저히 용납할 수 없었다.

"그럼 어디로 가라고요."

"내 집 어때요."

"희원정이요?"

덕심이 오만 인상을 찌푸리며 펄쩍 뛰었다.

"그럴 리가. 내가 집이 하나만 있겠어요?"

쓸쓸하게 웃으며 자리에서 일어난 성훈이 손을 내밀었다. 그 손을 묵묵히 보던 덕심이 고개를 저었다. 사소한 접촉이 거듭될수록 마음속의 소용돌이가 점점 더 거세지는 것을 이겨낼 자신이 없었다.

결국, 덕심은 다시 제자리로 돌아왔다. 어느새 익숙해진 은수의 아파트 현관을 보자 괜스레 눈물이 핑 돌았다.

"혼자 지내는 건 내가 불안해서 안 되겠어요. 내 집은 우리가 더 친해지면 초대할게요."

그럴 일 없어. 그럴 일 없어. 덕심은 마음속으로 부정의 말을 거듭하며 태연하게 인사했다.

"고맙습니다."

"음……."

아랫입술을 감쳐 문 성훈은 대꾸도 없이 심각한 얼굴이었다. 무슨 꿍꿍이인지 불안해진 덕심이 넌지시 물었다.

"왜요. 뭐가 잘 못 됐어요?"

"그런지도. 후회하는 중이었어요."

"뭘요?"

"그냥 내 집으로 가서 밤새 키스하고 싶다."

"저희, 그런 사이 아니……."

잔잔한 미소를 띤 성훈이 덕심의 머리에 손을 얹는 바람에 나머지 말을 뱉지 못했다. 머리통을 감싼 것뿐인데 이상하게 따스하고 편안했다. 성훈은 바람에 흐트러진 긴 머리를 가닥가닥 매만지며 속삭이듯 말했다.

"나는 후퇴가 없는 사람입니다. 강 비서는 내가 싫습니까?"

"네."

"정말?"

"진짜, 싫습니다. 너무너무 싫습니다."

성훈은 푸스스 웃으며 정면을 바라보았다. 강한 부정은 강한 궁정이라더니. 덕심의 강직한 눈동자는 그녀가 얼마나 마음을 덮으려고 애쓰는지 정직하게 보여주고 있었다. 흔들리는 마음을 확인한 것 같아 만족스러웠다.

"나는 좋아서 죽겠습니다."

덕심은 거친 동작으로 차 문을 열었다. 그와 같은 공간에 갇혀 있자니 가슴이 터질 것 같았다.

"안녕히 가세요."

"잠깐만."

서둘러 운전석에서 내린 성훈이 트렁크에서 캐리어를 꺼내왔다. 짐 챙길 생각조차 못 할 만큼 설레 버린 사실을 들킨 것 같아 덕심의 얼굴이 뜨겁게 달아올랐다. 아무것도 안 했는데 왜 이렇게 숨이 차는지 모르겠다. 마음을 숨기느라 애쓰는 덕심을 물끄러미 응시하던 성훈이 한숨처럼 말했다.

"잘 자요. 그리고 한 번만 더 안아봅시다."

미간을 찡그린 덕심을 가볍게 끌어안았던 성훈의 팔에 조금 더 힘이 들어갔다. 뒤이어 펄펄 끓는 입술이 덕심의 이마에 닿았다.

"이제 진짜 잘 자요. 갈게요."

멀어지는 성훈의 차를 멍하게 쳐다보던 덕심은 손을 들어 이마를 살며시 더듬어봤다. 그가 얼마나 버티고 참는지 알 것 같은 열기가 아직도 이마에 남아 있었다.

덕심의 옆머리를 장식했던 새하얀 새치는 세련된 색상으로 탈바꿈 중이었다. 염색약을 꼼꼼하게 발라주던 은수가 슬쩍 눈치를 보며 운을 띄웠다.

"익준 씨랑 호군 오빠 말을 들어보니까 마 씨 그 남자 괜찮더라."

"처음에 이상한 놈이라고 팔팔 뛰면서 말리던 것 누구였냐."

"그땐 이상한 소문만 들어서 그랬지. 야, 그냥 사귀어 봐. 연애만 해."

"언제는 연애만 안 했어?"

"하긴……. 맞다. 그리고 보니 그놈들은 너한테 결혼하잔 소리
를 한 번도 안 했네?"

"진짜 그러네."

 연애만 했다 하면 남자들이 결혼하자고 달려들었던 은수와 달
리 덕심은 프러포즈를 받아 본 적이 없었다. 생각하니까 슬슬 열
이 올랐다. 처음부터 잠깐 만나고 말 작정이었단 말이야? 그럼 마
성훈은? 곰곰이 생각에 빠졌던 덕심은 아득하게 들리는 전화벨
소리에 주위를 둘러봤다.

"야, 저거 내 전화벨인데."

"잠깐만 기다려. 갖다 줄게."

 발신 번호를 확인한 덕심의 낯빛이 급격히 어두워졌다. 고이란
씨. 액정에 뜬 이름을 한동안 보고만 있던 덕심이 크게 심호흡을
했다. 결연한 눈빛만큼 목소리도 또렷하니 힘이 들어가 있었다.

"네. 회장님. 안 그래도 오늘 전화 드리고 찾아뵐까 했어요."

 덕심은 고 회장이 일러주는 약속 장소와 시간을 머릿속에 잘 새
겨 넣었다.

 어제까지 묵고 있었던 M 프레지던트 호텔에 다시 발을 들인 덕
심은 30층 라운지에서 내렸다. 자세를 가다듬고 라운지 데스크
로 걸어갔다.

"강덕심입니다."

그 한마디에 호텔 직원이 긴장하는 것이 느껴졌다. 친절하게 안내를 받아서 룸으로 들어가자 평소보다 훨씬 완강해 보이는 고 회장이 있었다.

"안녕하셨어요."

말없이 고개를 끄덕이는 고 회장을 확인한 덕심이 자리에 앉았다. 선택의 여지 없이 시키지도 않은 녹차가 앞에 놓였다. 고 회장과 덕심은 동시에 녹차로 목을 축였다. 찻잔을 내려놓자마자 덕심이 먼저 입을 열었다.

"회장님. 저는 이 연애, 반대입니다."

그거, 내가 할 말이었는데? 생각지도 못한 선방을 맞은 고 회장은 얼떨떨한 표정을 감추지 못했다.

보통 이런 대사는 우위를 점한 쪽이 하는 게 아니었단 말인가. 아니, 그렇다면 지금 이 관계의 우위는 정말 강덕심 쪽이란 말이야?

"방금 뭐, 뭐라고 했나?"

"회장님의 손자 되시는 마성훈 부회장님과 연애 같은 것 하고 싶지 않습니다. 부디 말려주십사 부탁드리러 나왔습니다."

손자도 차이고 나도 차인 것인가. 어젯밤 성훈이 웬 여자의 뒤를 졸졸 따라다녔다는 소문을 입수했을 때만 해도 믿지 않았다. 고 회장의 자존심이 그런 소문을 믿도록 허락하지 않았다. 이제야 성훈의 기분이 어땠을지 조금 이해할 수 있었다. 실패와 거절이 없는 인생을 살아온 것은 고 회장이 더했으니까. 바짝 마르는 입안을 녹차로 적신 고 회장이 냉정을 되찾은 후 물었다.

"왜……. 이유가 뭔가?"

"싫으니까요."

구질구질하게 설명하고 싶지 않은 덕심은 단호하고 깔끔하게 대답했다. 이유가 길어질 필요가 없다고 판단했다. 먼저 들이댄 것은 저쪽이고 열심히 밀어내고 있는 건 자신인데 억울하게 쓴소리 듣고 싶지 않았다.

"싫다……. 그래. 그거면 됐지."

찻잔을 쥔 고 회장의 손에 힘이 들어갔다. 이해하고 싶은데 용납이 되지 않았다.

"아니, 그래도 싫은 이유는 들어야겠네."

덕심은 잔잔히 미소 띤 얼굴로 차분하게 설명했다.

"그럴 필요가 있을까 싶습니다. 이유를 듣고 나서 그래도 사귀어 보라고 하실 것도 아니실 테니까요."

어쩌면 저렇게 맞는 말을 따박따박 잘하는지. 고 회장 일생을 통틀어 세자 저하로 통하는 성훈 이외에 이렇게 기 센 아이는 처음이었다. 공손하되 기죽지 않는 덕심이 괘씸하면서도 신기하고 기특했다. 그래서인지 너저분하게 매달리는 기분이 썩 좋지 않으면서도 이 아이를 건드려 보고 싶었다.

"그래도. 우리 성훈이가 인물도 훤하고 키도 크고 몸도 좋고 능력도 출중한데……. 그리고 너희들 벌써."

흠흠! 난처한 기색을 한 고 회장은 헛기침을 하면서 차를 들이켰다. 설마……? 시종일관 침착했던 덕심의 동공이 심하게 흔들리기 시작했다. 체온이 급상승하는 바람에 볼까지 분홍빛으로 상기되었다.

"우리 성훈이가 새벽까지 잠도 안 재웠다던데."

"……!"

일순간에 침착이고 평정심이고 다 무너져버린 덕심은 빈 입을 벙긋거리기만 했다. 성훈이 빈말하지 않았다는 것을 확인한 고 회장은 만감이 교차했다. 명림의 말대로 경사가 난 것인지, 두 발 벗고 말려야 하는지 혼란스러웠다. 이런 애들이 말린다고 말려지겠나. 가만, 칼자루를 쥔 것도 우리가 아닌 저 아이지 않은가. 고 회장이 이런저런 생각으로 분주한 사이 겨우 놀란 가슴을 진정한 덕심이 솔직하게 시인했다.

"죄송합니다. 저희가 젊은 혈기를 참지 못하고 그만 실수했습니다."

실수?

"하이고……."

고 회장은 지끈거리는 골을 짚으며 탄식했다. 덕심이가 좋다고 해사하게 웃던 성훈을 생각하자 마음이 아팠다. 어려서부터 정해진 정혼자도 시큰둥하던 녀석이 처음 마음에 둔 여자에게 '실수'라는 소리나 듣다니.

"그리고 부회장님께서 계약 조건을 모두 충족하지 못했다고 계속 출근하라고 하십니다. 소송도 불사하시겠다고."

"뭐?"

"그러니까 제가 빨리 벗어날 수 있도록 회장님께서 힘 좀 써 주십시오."

하소연하는 덕심은 딱 골치 아파 죽겠는 사람 같았다. 자존심과 아이를 동시에 상실한 고 회장이 떨리는 음성으로 물었다.

"너, 정말 우리 성훈이가 싫으니?"

차마 대답하지 못하는 덕심은 시선을 떨어뜨렸다. 왜 자꾸 물으십니까. 저도 제 마음을 모르겠는데, 그래서 이렇게 회장님을 만나서 선언하는데요. 기운 빠진 한숨만 쉬는 덕심을 본 고 회장도 그녀를 따라 무거운 한숨을 쉬었다. 덕심의 어두운 안색이 거절의 의미로 읽혔다. 당장 떨어지라고 단단히 못을 박으러 나왔던 고 회장은 하마터면 한 번 더 생각해 보라고 사정할 뻔했다.

"우리, 방법을 생각해 보자꾸나. 성훈이가 쉽게 뜻을 꺾을 것 같지 않으니."

이제 고 회장도 자신의 마음을 모르게 되었다. 속세의 욕심과 본능적 끌림 사이에서 골치 아픈 방황이 시작되었다.

또각또각. 구두 소리를 울리며 로비를 가로지르는 덕심에게 수많은 시선이 달라붙었다. 화용월태(花容月態). 아무나 소화할 수 없는 파스텔 색조의 슈트를 입은 늘씬하고 세련된 모습이 시공간을 지배했다. 누구야? 어디 소속이야? 죽인다. 예쁘다. 협력 업체에서 왔나? 호기심을 품은 목소리가 수군수군 소란스러웠다.

"어어, 이봐요!"

덕심의 거침없는 걸음이 그대로 게이트로 향하자 보안팀이 그녀를 막아섰다.

"왜 그러시죠?"

아이디카드를 게이트에 갖다 대던 덕심이 돌아서서 태연하게 물었다.

"어라? 그 사원증, 본인 것 맞아요? 처음 보는 얼굴인데."

마윤 본사의 경비로 입사해서 30년 넘게 근무한 보안 팀장이 갸웃 고개를 기울였다. 신입사원까지 꿰차고 있는 자신이 모르는 인물이 있다는 사실을 믿을 수 없었다.

"25층, 부회장님 비서실 소속이에요."

호군이 새로 만들어준 사원증을 보여주자 보안 팀장의 표정이 더욱 심각해졌다.

"응? 이 이름에 이 얼굴은 아닌데. 여기서 잠깐 기다려요. 비서실에 확인해 볼 테니."

"그럴 필요 없습니다."

"엇, 부회장님."

갑자기 끼어든 목소리의 주인공을 확인한 보안 팀장이 급히 허리를 숙였다. 게이트 너머에서 성훈이 빙긋 웃으며 서 있었다.

"새벽부터 기다렸잖아. 빨리 들어와요."

지켜보는 눈이 수두룩했다. 수군거리던 소음은 웅성거림으로 확대되었다. 성훈이 처음 보는 여자에게 지나치게 친밀한 모습을 보였으니 당연한 결과였다. 실패와 거절 그리고 후퇴를 모르는 남자의 브레이크 없는 직진이 실감 났다.

"안녕하세요."

덕심은 자신이라도 중심을 잘 잡아야 한다고 거듭 다짐하며 사원답게 인사했다.

"바로 출근하라고 할걸, 일주일이나 휴가 줬던 것을 얼마나 후회했는지 모릅니다."

성훈이 무슨 말을 하든지 잠자코 있던 덕심은 엘리베이터에 오르자마자 입을 열었다.

"부회장님, 왜 이렇게 티를 내세요?"

"별로. 티 내지 않았는데요."

"안 그래도 직원들이 관심 집중하고 있어서 부담스러워요. 당분간이라도 참을 수 없으세요?"

"강 비서는 재채기를 참을 수 있습니까?"

"코를 비비면 참을 수 있습니다."

픽 하고 웃은 성훈은 고개를 내저었다. 일주일 동안 전화도 안 받아준 여자. 애꿎은 아파트 단지만 바라보며 컵라면만 먹게 한 여자가 왜 이렇게 예쁜지 모르겠다. 무정한 여자가 서운한데 미워할 수 없다니. 뭐 이런 경우가 다 있나. 마성훈, 바보가 되었구나.

오랜만에 비서실에 들어온 덕심의 입가에 절로 미소가 떠올랐다. 내가 이 정도로 비서실에 정이 깊었나. 자신을 보고 손을 흔드는 익준과 인자하게 웃고 있는 호군을 보자 코끝이 시큰해졌다.

"이렇게 만나니까 진짜 새롭네. 허허."

"회춘한 강 비서님을 환영합니다."

"다들 잘 지내셨어요?"

덕심은 동생 같고 삼촌 같은 두 사람이 너무 좋았다. 그래서 악수를 청하는 두 남자를 아무 사심 없이 끌어안을 수 있었다.

"앞으로도 잘 부탁드려요. 당분간 저 때문에 시끄러울 거예요."

"어……. 강 비서님."

"이것 참."

사색이 되어 굳어버린 호군과 익준은 눈꼬리가 끝 간 데 없이 치솟은 성훈의 눈치를 보며 몸을 사렸다.

"강 비서는 나 좀 봅시다."

"네. 알겠습니다."

싸늘하게 식은 성훈의 목소리에 관심이 없는 건지 알아차리지 못한 건지. 대답하는 덕심의 목소리는 한없이 가뿐했다. 성훈이 집무실로 들어가고 나서 태블릿을 찾아 자신의 자리로 가던 덕심이 환호했다.

"우와! 이제 여기가 제 자리에요? 강덕심 출세했다."

드넓은 비서실의 한 귀퉁이, 볕도 들지 않고 존재감도 없던 구석 자리에 있던 책상이 양지바른 곳에 놓여 있었다.

"음……. 누가 여기로 옮기자고 했어요?"

생각해 보니 성훈이 집무실 문을 열고 나오면 바로 맞닥뜨리는 자리였다. 문 열다 엎어지면 이마를 책상에 박을 만큼 코앞이었다. 누군가의 사심이 가득한 위치 이동이었다.

"누구겠어요. 어서 들어가 보세요. 부회장님이 벼락을 내리기 전에."

"앗. 네."

아이, 깜짝이야.

덕심은 노크 후 문을 열고 들어가자마자 화들짝 놀랐다. 문 앞에 버티고 선 성훈의 심상치 않은 분위기에 어깨가 움츠러들었다. 줄곧 기분 좋아 보이더니 갑자기 왜 저러나. 태블릿을 가슴에 껴안은 덕심은 영문을 몰라 입술을 오물거리며 생각을 더듬었다.

바지 주머니에 손을 찌르고 있던 성훈이 고개를 삐딱하게 기울였다. 한쪽 입꼬리가 비릿하게 올라가 있어서 그런지 굉장히 불량

해 보였다. 집무실에 들어왔는데도 넥타이 매듭이 아직도 똑바로 단단하게 매어져 있었다.

"목이 답답하시면 넥타이를 조금 느슨하게 조절하심이."

덕심이 겨우 생각해 낸 이유였다.

"강 비서."

"네. 말씀하세요."

"당신은 나에게 형벌인가 봅니다."

"⋯⋯?"

왠지, 달콤하고 로맨틱한 말이 쏟아져 나올 것 같았다. 발가락에 힘을 꽉 준 덕심은 단단히 각오했다. 흔들리지 않을 거다. 마성훈 소리는 개 짖는 소리. 마성훈 소리는 개소리. 개소리⋯⋯.

"학창 시절에 간혹 짝사랑을 앓는 친구들을 보면 그렇게 한심할 수가 없더라고요. 뭐하러 저렇게 에너지를 낭비하나. 제 마음인데 그거 하나 조절 못 하나. 멍청하고 약해 빠진 새끼들."

잠시 말을 멈춘 성훈이 자조적으로 웃었다.

"오만했습니다. 나 역시 괴롭네요."

개소리가 이렇게 감미로우니 큰일이다. 아, 그래. 나는 애견인 이었지.

"할머님께 들었습니다. 마성훈이 너무너무 싫다고 했다면서요."

"아⋯⋯. 그건."

"할머니도 저만큼 충격을 받으신 것 같아요."

설핏 웃은 성훈이 굳었던 표정을 부드럽게 풀면서 한 걸음 다가왔다.

"거짓말."

"……!"

"그렇지 않습니까?"

속마음을 투시하는 것 같은 가늘게 뜬 눈과 숨을 내쉬는 것조차 조심스러운 거리. 덕심은 날카롭게 들이켠 숨을 뱉지도 못하고 얼어 버렸다.

"나도 한번 안아 봅시다."

그렇게 각오했는데, 이 남자는 첫날부터 고난도였다.

"자꾸 은근슬쩍, 너무 자연스러운 것 아니에요?"

"장 실장하고 성 대리는 스스럼없이 안아 놓고 나는 어렵습니까? 다른 마음이 생깁니까?"

"아닙니다."

오기가 솟은 덕심이 한쪽 팔을 들어 올렸다. 그 모습을 본 성훈의 커다란 품과 긴 팔이 덕심을 반겨 안았다.

"잘 부탁드립니다……. 부회장님."

이상하다. 분명 내가 끌어안았는데 왜 안겨 있는 걸까?

"나도, 잘 부탁해요."

귓가를 간질이는 목소리에 다리가 풀썩 꺾였다. 그가 단단히 안아 주지 않았다면 바닥에 주저앉았을 것이 뻔했다.

"흐어엄마야."

성훈은 갑자기 품 안에서 주르륵 미끄러지는 덕심을 부축하듯 끌어안았다.

"아니, 강 비서! 왜 이래요? 어디 불편합니까?"

네가 불편해! 때는 이때다 싶도록 꼬옥 안고 있는 성훈의 품을 영차 하고 밀어낸 덕심은 간신히 다리에 힘을 주고 섰다.

"쉬는 동안 그 좋아하는 몸보신도 안 했습니까? 어째서 더 말랐습니까?"

덕심은 몇 번 끌어안아 봤다고 마른 것까지 알아차리는 예리한 남자를 흘겨보았다. 이게 다 누구 때문에 빠진 살인데. 사라진 내 가슴, 내 엉덩이!

"아닙니다. 오랜만에 높은 힐을 신었더니 적응이 안 돼서 그만."

"왜 이렇게 거짓말을 하지?"

냉소적으로 중얼거린 성훈은 불만스러운 눈길로 덕심을 훑어보았다. 어리둥절한 덕심을 끌고 와 소파에 앉힌 성훈은 갸름한 턱을 가볍게 쥐고 이리저리 돌렸다.

"……?"

"얼굴도 반쪽, 목은 부러질 것 같고, 어깨도 한 줌……."

조금 과장해서 말했지만, 이렇게 자세히 살펴보니 덕심은 정말 가녀려 보였다. 조막만 한 창백한 얼굴에 청초함을 자랑하는 갈색 눈동자를 보고 있자니 뼛속부터 흐물흐물 녹아내리는 느낌이었다. 다리만 후들거렸던 덕심을 걱정한 것이 우습게도 성훈은 온몸이 떨려 왔다.

"이래서야, 나를 수행할 수 있겠어요?"

탓하는 목소리와 눈동자가 어찌나 애틋한지, 덕심의 양 볼이 설핏 붉어졌다. 마른침을 넘기는 성훈의 굵은 목울대를 지켜보던 덕심이 멍한 목소리로 물었다.

"그런데 왜 자꾸 가까이 오세요?"

"내가요?"

"네. 지금도 조금씩……."

느리게 깜빡이는 덕심의 시야는 성훈의 도톰한 아랫입술로 가득했다. 아침부터…… 이 남자의 입술이 땡긴다. 미쳤다. 강덕심. 입안에서 군침이 홍수를 이루었다. 고민도 하기 싫을 만큼 강렬한 키스의 욕구가 덕심의 이성을 장악했다. 벌써 맛본 입술, 한 번 더 한다고 뭐. 마음이 말랑말랑 너그러워진 덕심은 살포시 눈을 내리깔았다.

"미안합니다."

응? 뜬금없는 사과에 눈을 들자 어느새 또렷해진 성훈의 눈동자가 보였다.

"강 비서가 너무너무 싫어하는 놈 주제에……."

뜨거운 한숨을 내쉰 성훈은 덕심의 어깨를 감싸려고 했던 손을 가까스로 말아 쥐며 일어났다. 지그시 눈을 감은 얼굴이 고통스러워 보였다. 아니, 왜 참고 그러지? 나는 이미 열린 마음인데. 그것도 활짝. 인내하려고 애쓰는 성훈이 오히려 얄미웠다. 혼자 달아올랐던 것 같아 겸연쩍어진 덕심은 애써 태연한 척하며 자리에서 일어났다.

"지시하실 내용 없으시면 나가보겠습니다."

"오늘 일정 브리핑 안 합니까?"

"성 대리님이 할 겁니다."

감정을 채 정리하지 못한 덕심은 싸늘한 바람을 일으키며 자리를 떠났다. 혼자 남아 책상에 턱을 괴고 있던 성훈의 입가에 짓궂은 미소가 떠올랐다.

✳

"전략 기획본부와 부회장실 출입 제한의 건. 특별한 용건 없이 드나들 시……."

"뭐해요?"

덕심은 중얼거리며 메일을 작성하는 익준을 들여다봤다.

"각 부서장에게 돌릴 알림 메일 써요. 벌써 소문이 돌아서 강 비서님 보려고 들썩거리는 인간들이 있어서."

"전 괜찮아요. 한번 겪어 봐서."

빠르게 키보드를 두드리는 익준이 아니라는 듯 고개를 내저었다.

"부회장님이 직접 지시하셨어요. 애지중지하는 강 비서를 두고 왈가왈부하는 꼴을 견딜 수 없답니다."

"설마, 진짜 그렇게 말씀하셨다고요?"

"네. 토씨 하나 빼먹지 않고 전달해드리는 거예요."

덕심은 성훈이 대놓고 애지중지 어쩌고 했다는 사실에 아연했다. 이러다가는 홍보용 사내 유튜브 채널에까지 직접 나가서 떠들지 싶었다.

"그런데 성 대리님하고 부회장님, 부쩍 친해지신 것 같아요."

"우리 어쩌다가 편의점 파트너가 돼서 그래요."

"그게 무슨 소리예요? 편의점 파트너라니?"

"그런 게 있어요."

메일 발송을 마친 익준은 진지한 얼굴로 덕심을 올려다봤다. 무슨 말인지 할까 말까 망설이는 것 같더니 결심한 듯 고개를 한번 끄덕였다.

"강 비서님, 부회장님이 싫은 건 아니죠. 솔직히 싫을 수가 없지. 저런 남자를.”

“대리 자신감이에요?”

“은수 씨한테 듣긴 했는데. 부회장님 믿고 기회 한번 주시죠. 진짜 순정파던데.”

강력 추천하는 익준이 부담스러워 시선을 돌리자 건너편 책상에서 조용히 고개를 끄덕이고 있는 호군이 보였다. 뭐야, 이 남자들. 그 사이 부회장한테 매수라도 당했는지 대동단결한 분위기였다.

“근무 시간이에요. 일이나 해야겠어요.”

출근하자마자 성훈에게 휘둘리고 동료들에게 설득당하고. 남자들에게 철벽을 치다 보니 벌써 체력이 고갈된 듯 진이 빠졌다. 양지바른 곳에 자리한 책상에 앉은 덕심은 새로 산 홍삼 절편을 씹어 먹었다. 노크와 함께 벌컥 문이 열리면서 굵고 힘찬 목소리가 비서실을 울렸다.

“좋은 아침입니다.”

“안녕하십니까!”

성훈을 못 잡아먹어 안달인 무선사업부 마동준 전무였다. 그 역시 소문을 들었는지 덕심을 위아래로 스캔하며 들어왔다.

“신입? 그전에 있던 강 비서는 갑자기 그만뒀어요?”

엄청난 미녀가 25층에 입성했다는 소문은 삽시간에 마윤 그룹 전체에 퍼졌다. 계열사는 물론 해외 지사까지 자자하게.

“안녕하셨어요? 그 강 비서는 그대로 여기 있습니다.”

“그게 무슨 소리…….”

반듯하게 서 있는 덕심을 유심히 관찰하던 동준의 입이 서서히 벌어졌다.

"닮긴 닮았는데. 설명 좀 해주시죠. 내 머리가 안 돌아가는데."

"죄송합니다. 고 회장님 지시로 아무것도 알려드릴 수 없는 점 양해 바랍니다."

뻣뻣한 덕심의 태도가 달갑지 않은 동준의 미간이 불쾌하게 구겨졌다.

"무슨 쇼를 하는지. 성훈이 안에 있죠?"

"네."

"병신새끼 하나 때문에 할머니가 고생이 많으시네."

비릿하게 코웃음을 치며 집무실로 향하는 동준의 뒤통수에 덕심의 건조한 목소리가 달려들었다.

"말씀이 지나치십니다."

"뭐?"

"저희가 모시는 분이고 엄연히 마윤의 오너입니다. 비속어는 자제해주십시오."

"자제? 안 되긴 뭐가 안 돼. 감히 비서 따위가."

'감히'는 자신이 우위에 있다고 자만하는 인간들이 상대를 깔볼 때 흔히 쓰는 말. 덕심이 가장 싫어하는 단어였다. 출근하자마자 사표 쓰고 싶은 심정이었다. 무시당한 것도 성훈에게 막말한 것도 그냥 넘기고 싶지 않았다. 동준을 똑바로 응시하는 눈에 그녀의 노기가 드러났다.

"이봐, 무슨 빽이라도 있어? 고이란 회장님하고 뭐 있냐고. 아니면 마성훈한테 몸이라도 바쳤나?"

"마 전무님, 그만하시죠."

동준은 앞을 가로막으며 나서는 호군을 매섭게 노려보며 목소리를 높였다.

"장 실장, 지금 어딜 나서? 누구를 막아야 하는지 몰라? 윗대가리가 이따위니까 말단 비서 나부랭이가 주제를 모르고 모가지를 쳐들잖아."

점점 험악해지는 분위기를 어떻게 수습해야 하나 고민하던 익준은 천천히 열리는 집무실 문을 발견했다.

"마동준 전무."

조용하면서도 힘이 있는 목소리가 일시에 소란을 잠재웠다. 어수선해진 비서실 내부를 둘러본 성훈이 설핏 미소 띤 얼굴로 동준을 바라봤다.

"마 전무님, '감히' 어디서, 누구한테 큰소리를 칩니까?"

"야, 마성훈. 너 밑에 애들 교육 똑바로 해라."

"마 전무, 여기는 회사입니다. 경박한 입 단속하세요. 그리고 여기 애들이 어디 있습니까? 엄연한 내 파트너들입니다."

"웃기네. 분명히 위아래, 계급이 있어."

한심한 눈길로 동준을 쳐다보던 성훈이 턱짓으로 집무실 내부를 가리켰다. 붉으락푸르락해진 동준이 덕심과 호군을 노려본 후 성훈을 따라 들어갔다.

"저 계집애 뭐냐? 연극이라도 한 거야?"

무례한 동준의 언사에 기분이 상한 성훈의 눈썹이 사납게 일그러졌다.

"연극을 하건 영화를 찍건 마동준 넌 알 필요 없어. 그리고 입조심 하라고 했어. 강덕심 씨는 내 비서야."

"웃기고 있네. 진짜 쟤하고 뭐라도 있는 것처럼 굴면 내가 의심을 풀 것 같아?"

성훈은 쓴 한숨을 내쉬며 고개를 흔들었다. 정작 정신과 치료를 받아야 하는 것은 자신이 아니라 마동준이란 생각이 들었다. 덕심 때문에 좋아하는 감정의 실체를 알게 된 성훈은 자신 있었다. 한 번도 연주를 여자로 생각해 본 적이 없었다.

"형수님 들먹거리지 마. 그거야말로 나하고 전혀 상관없어."

"그 말을 나더러 믿으라고?"

"믿거나 말거나. 너희 부부 문제야. 나는 마동준 전무의 아내가 누구든 애초부터 관심 없었어."

동준은 높낮이조차 없는 성훈의 무감한 말투와 무미건조한 태도를 눈여겨보았다.

"사고 나기 직전에 내가 말했어. 아무래도 약혼 관계를 정리해야겠다고."

"……."

"어른들께 알리러 가는 도중에 나와 부모님이 사고를 당했고. 깨어나 보니 이미 정리가 끝났더라고."

놀라는 기색도 없이 묵묵하게 듣는 걸 보니 이미 연주에게 듣고도 남은 모양이었다. 의심이 깊은 사람이니 길게 말할 필요가 없었다.

"내 말을 믿든 말든 상관없어. 나가 봐."

역시나 의혹의 눈초리를 거두지 못한 동준은 자리에 붙박여 있었다.

"아, 그리고 내 사람들 특히 강 비서한테 함부로 하지 마."

성훈은 방금 들은 내용을 곱씹고 있는 동준에게 냉혹하고 날카
로운 목소리로 못을 박았다.

"그 사람, 나한테 중요해."

13. 강덕심의 애인

　성훈과 호군이 자리를 비운 사이, 사원들의 지대한 관심을 피하고자 덕심은 익준과 외부에서 점심을 먹고 있었다. 덕심은 파스타 면을 포크로 뒤적거리며 익준의 말에 귀를 기울였다.

　"부회장님만 아니면 가장 유력한 후계자가 마 전무죠."

　"그래서 그렇게 날을 세우고 비아냥거리는 거예요?"

　"아마도? 어릴 때부터 기를 쓰고 노력했는데 부회장님이 모든 방면에서 월등하니까 턱도 없었다고 해요. 자격지심이 안 생길 수 없었겠죠."

"아무리 그래도 그렇지. 잘 모르는 사람이 보면 억울하게 자리 뺏긴 줄 알겠어요."

가만히 있는 성훈을 긁어대는 것을 본 게 한두 번이 아니었다. 덕심은 말도 안 되는 억지를 쓰고 어떻게든 꼬투리를 잡으려고 드는 동준의 태도가 항상 불쾌했었다.

"부회장님의 아킬레스건은 새파랗게 어린 나이와 경험 부족이죠. 그런데 그 부족한 점을 천재적인 머리와 타고난 경영 감각으로 충분히 메꾸고 있거든요. 회장님도 뒤에서 받쳐 주고 계시고."

"그러게요. 통계 자료만 봐도 부회장님 취임 후에 매출이며 주가며 전반적으로 안정적이더라고요."

"그러니까 너무 걱정하지 말아요. 부회장님 자리는 굳건합니다."

그런 것을 걱정하는 게 아니었다. 자꾸 건드리니까 성질이 나서 그렇지.

"어라, 얼른 고개 숙여요."

"왜요?"

얼결에 레스토랑 출입구를 쳐다본 덕심은 익준의 말대로 고개를 숙였다. 아침부터 비서실을 쑥대밭으로 만든 장본인이 들어오고 있었다. 그의 아내인 서연주도 함께였다.

"그리고 마 전무가 좋아하지도 않는 부회장님 약혼녀를 빼앗은 거라는 말도 있어요."

익준의 말을 들으며 힐끔 쳐다본 연주는 전보다 야위고 시들어 보였다. 우아한 분위기는 그대로였으나 손만 대도 꺾어질 것 같이 생명력 없는 마른 꽃 같았다.

보지 말라고 하면 더욱 보고 싶은 것이 인간의 심사. 덕심은 자구만 동준과 연주의 자리를 훔쳐보는 자신을 탓하면서도 호기심을 끊어 내지 못했다.

"그런데 전무님은 꼭 다른 사람 같네요."

그런 관음의 욕구는 익준도 마찬가지였나 보다. 그는 아예 대놓고 두 사람을 관람하고 있었다. 익준의 말대로 동준은 아침의 그 재수 없던 인간이 맞나 싶도록 다른 사람이 되어 있었다.

"전무님이 저렇게 잘 해주는데 사모님 표정은 왜 저럴까요."

"글쎄요. 부부 사이 일은 아무도 모른다잖아요."

쇼윈도 부부인가. 그런 타이틀을 가져다 붙이기에는 무리가 있었다. 아내가 먹기 편하도록 하나하나 신경 쓰는 동준은 전혀 가식적으로 보이지 않았다. 연주가 오물거리며 먹는 모습을 바라보는 눈은 보는 사람의 가슴이 저릿할 정도로 다정했다. 충분히 사랑받고 사는 것 같은데 왜 저렇게 시들시들할까. 역시, 재벌가는 이해하기 힘든 일투성이다.

"다녀왔다."

집에 돌아오자마자 소파에 몸을 던진 덕심은 유난히 지쳐 보였다. 퇴근 시간에 맞춰 데이트가 예정된 은수는 한쪽 귀에 귀걸이를 걸면서 덕심의 옆에 앉았다.

"오랜만이라 힘들었어?"

"오랜만은 무슨. 겨우 일주일 만에 출근했는데."

"일이 많았나 보네. 애가 초주검이 됐네."

"일……. 많았지. 오늘 하루 다사다난했다."

엎드려서 쿠션에 얼굴을 묻었던 덕심이 벌렁 돌아누웠다. 멍 때리듯 한참을 천장만 보고 있다가 남 이야기하듯 주절거렸다.

"조만간 넘어가지 싶다."

"어디를?"

치마를 걷어 올리고 반투명한 검은색 스타킹을 신던 은수의 손이 멈칫했다. 머릿속에 반짝 떠오른 생각을 확인하기 위해 크게 뜬 눈을 덕심의 얼굴에 바짝 들이댔다.

"왜? 갑자기 어째서 그런 예감이 들었어?"

"내가 알기로 우리 보스는 연애 경험조차 없는."

"순수 동정남이지."

덕심의 말끝을 가로챈 은수가 손뼉을 치며 외쳤다. 순수 동정이란 말이 왠지 부끄러우면서도 귀엽게 느껴진 덕심은 배시시 미소 지었다.

"어…… 음. 그렇다고 알고 있는데 여러모로 믿을 수 없어."

"키스를 그렇게 잘했다면서. 알고 보니 밤의 황제. 희대의 카사노바. 그런 것 아닐까? 여자를 질색한다는 건 순전히 정체를 숨기기 위한 설정이고."

"그런가……."

넋 놓고 대답한 덕심은 말도 안 된다는 생각에 쿡쿡대며 웃었다. 생각해 보면 어이없게도, 별것 아닌 것들에 휘둘리고 있었다. 지나고 나면 얼마든지 거절하고 벗어날 수 있는 상황이었던 것 같은데 그 순간에는 귀신에 홀린 것처럼 그에게 홀딱 넘어가 버리기 일쑤였다. 바라보는 눈빛, 장난에 가까운 모호한 말들, 다정한 목소리, 서슴없는 접촉, 그 사람만의 은은한 체취 같은 것들이 익숙해지더니 기대하게 되었다. 그런 순간의 떨림이 점점 좋아졌다. 안겼을 때, 입 맞췄을 때, 몇 시간 동안 뜨겁게 키스했을 때, 모두 좋았다.

"하여튼 그 사람이 직진하면 주저하면서도 어느새 즐기고 있어. 꼭 내숭쟁이가 되는 기분이야."

"오, 어쨌든 너도 마음이 생긴 거지? 보스가 좋아?"

"아마도, 그런 것 같아."

"왜 아직도 한 발 빼고 대답해?"

"은수야, 나 무섭다."

"왜? 엄청난 사람이라서? 재벌가라서?"

"그것도 그렇고. 그 사람 주변이 날 반길 리 없잖아."

이번에는 정말 사랑할 것 같아서. 너무 사랑해 버려서 많이 아플까 봐. 열렬히 사랑한다고 고백 받고 어느새 정떨어졌다고 차이는 일은 익숙해져도 많이 아프기 마련이었다. 그리고 더욱이 성훈의 마음이 식는 과정을 견딜 자신이 없었다.

딱! 손가락을 튕기는 소리가 경쾌했다.

"강 비서."

싱긋 웃는 성훈의 눈치가 '나를 따르라!', 그런 분위기였다.

"잘 다녀오세요."

익준은 손을 흔들며 능청스럽게 웃고 있었다. 며칠 만에 돌아온 비서실의 분위기는 달라도 너무 달랐다. 아예 대놓고 비서실이 일치단결하여 부회장의 첫사랑을 지지하는 분위기였다. 믿었던 호군까지 말로만 중도노선이지 은근 성훈을 응원하는 티가 났다.

"제가 따라가면 부회장님이 불편하세요. 전혀 도움이 안 된다고요."

"잘하면서 엄살은."

엘리베이터에 올라탄 덕심은 뾰로통 입을 내밀고 투덜거렸다.

"공사 현장은 위험하니까 내 옆에 딱 붙어 있어요."

"역할이 바뀐 것 같습니다. 수행은 제 역할이잖아요."

"아니요. 이게 맞는 겁니다. 덕심이를 좋아하는 남자 역할."

"어휴. 그런 말을 막……. 낯간지럽게."

성훈은 눈살을 찌푸리고 입속에 담은 말을 우물우물하는 덕심을 예뻐 죽겠다는 듯이 곁눈질했다. 적당히 떨어진 거리에서 시선을 마주치지 않으려고 애쓰는 모습이 안타까우면서도 재미있었다. 그냥 같이 있는 것 자체가 너무 좋았다.

마윤의 아시아 최대 첨단 소재 연구단지 현장은 현재 70퍼센트 정도 공사가 진행된 상황이었다. 기계와 연장 소리가 사방에서 쾅쾅 울렸다. 안전모를 착용했음에도 굉음에 가까운 공사 소음이 터질 때마다 덕심은 온몸의 내장과 정신까지 흔들리는 것 같았다.

생각보다 혼란스럽고 거친 현장 상황에 성훈도 당황했다. 티 내지 않으려고 바짝 긴장한 덕심이 깜짝 놀라는 것을 여러 번 목격한 탓이었다.

"괜히 데려왔네."

"네?"

연장이 부딪히는 소리 때문에 잘 들리지 않는지 덕심이 큰 목소리로 되물었다. 성훈은 제 옆으로 다가와 귀를 기울이는 덕심의 손을 살짝 잡았다 놓았다.

"……?"

놀란 눈으로 주변의 눈치를 살피는 덕심이 더욱 안 되어 보였다. 마치 죄라도 지은 사람처럼 움츠리고 조심하는 모습을 보자 미안한 마음이 커졌다.

"미안해요. 이 정도로 위험할 줄은 몰랐어요."

"괜찮습니다!"

일부러 씩씩하게 대답한 덕심은 굽었던 허리와 어깨를 곧게 폈다.

현장 감독관이 공사 진척 상황을 설명하는 소리를 듣던 덕심의 얼굴이 점차 굳어졌다. 멀찍이서 작업복을 입고 분주하게 오가는 한 남자의 모습이 눈에 익었다. 특유의 걸음걸이와 낯익은 체형을 그냥 지나칠 수 없었다. 뇌리를 스치는 그 사람이 맞는지 확인하고 싶으면서도 정말 자신이 생각하는 그 사람일까 봐 두려웠다.

"강 비서?"

"앗, 죄송합니다."

한눈을 파느라 성훈을 비롯한 수행 인원들이 움직이기 시작한 것을 몰랐다. 급히 걸음을 떼다가 발이 꼬여 넘어지기까지 했다.

아픈 것보다 무안했다. 비서랍시고 따라와서 허둥대는 꼴을 보인 것이 부끄러웠다. 빠르게 일어나 아무렇지 않은 척하려던 덕심의 얼굴이 새빨개졌다. 덕심에게 시선을 모은 사람들은 혀를 차면서 경직된 성훈의 눈치를 봤다.

"죄송합니다! 어서 가시죠."

멋쩍게 웃고 난 덕심이 후다닥 따라붙었지만, 성훈의 굳은 표정은 풀어질 줄을 몰랐다. 일행이 향하는 곳은 덕심이 확인하고 싶어 하는 인물 근처였다.

결국, 그 얼굴을 확인하고야 말았다. 그러지 말았어야 했는데 덕심은 고생에 찌든 남자를 집요하게 응시했다. 그 바람에 시선을 느꼈는지 남자도 덕심이 있는 곳을 쳐다보았다. 덕심을 알아본 남자는 황급히 시선을 돌리더니 다른 곳으로 도망치듯 사라졌다. 흥, 코웃음을 친 덕심이 무거운 한숨을 내쉬었다. 실컷 고생이나 하길 바랐던 아빠가 정말로 고생하는 꼴을 본 소감은 서글픔이었다.

성훈은 어느 시점부터 일에 집중하지 못하는 덕심을 느꼈다. 지금도 기계적으로 일 처리를 하고 있지만, 수심에 찬 얼굴 하며 딴생각에 빠져 있는 눈치였다.

"강 비서? 혹시 무슨 일 생겼어요?"

"부회장님……."

"말해 봐요."

"저 잠시 시간 좀 주세요. 대략 십 분이면 될 것 같습니다."

"왜냐고 물어도 됩니까?"

"나중에 말씀드릴게요."

그늘진 얼굴로 웃는 덕심을 물끄러미 보던 성훈이 가볍게 고개를 끄덕였다.

"감사합니다."

다시 공사 현장으로 뛰어간 덕심은 아까부터 제 주변을 기웃거리던 그림자를 쉽게 찾아냈다.

"덕심아!"

덕심을 발견한 후 춘우 역시 일에 집중하지 못하고 작업장을 이탈하고 말았다. 대단하신 마윤 그룹 부회장이 시찰한다는 소식을 들었지만, 그 옆에 떡하니 딸이 있을 줄은 몰랐다.

"네가 여기 웬일이야?"

"그건 내가 물을 말이지. 아빠야말로 언제부터 이런 일을 했어?"

"꽤 됐어. 그래도 대기업 현장이라서 대우도 좋고 일당도 세."

한숨을 푹 쉬는 덕심의 눈치를 살피던 춘우가 조심스럽게 물었다.

"어떻……게 지내고 있어? 집은…….."

"아빠가 진 빚 갚느라 집도 차도 심지어 내 가방하고 옷까지 다 팔았어. 그렇게 했는데도 빚은 아직도 한참이야."

덕심은 일부러 빚을 거의 갚았다는 말을 하지 않았다. 사업 병이 있는 아빠는 여유가 생기면 잃은 돈을 만회하겠다고 또 허튼 짓을 꾸밀 것이 뻔했다.

"우리 딸, 고생이 많다. 미안하다. 그나저나 어디서 지내?"

"은수 집에서 지내."

"결혼한 친구 집에서 불편하겠네."

"나 불편한 건 됐고. 아빠는 어떻게 지내?"

"방 한 칸 얻어서 살고 있어. 그리고 다음 달부터 네 계좌로 조금씩 보낼 수도 있겠어."

"알았어요. 빚 갚는데 보탤게. 한 십수 년 고생하면 갚을 수 있을 것 같아."

일부러 냉정하게 말한 덕심이 핸드폰을 내밀었다.

"연락처나 주세요. 그래도 일 년에 몇 번은 봐야지. 덕준이는 지금 집이 이렇게 된 것도 모르는데 아빠 연락 안 된다고 불안해하고 있어."

핸드폰에 연락처를 남기는 춘우의 손을 보는 덕심의 눈시울이 붉어졌다. 일생 몸 쓰는 일이라고 제대로 해본 적이 없는 아빠의 손은 못이 박히고 상처가 수두룩했다. 터덜터덜 걷던 덕심은 멀찍이서 자신을 지켜보고 있는 성훈을 보고 정신을 차렸다. 허둥지둥 뛰어가서 부러 밝은 표정으로 물었다.

"왜 여기 계세요? 차는 어디에……."

"보냈어요."

"왜요? 서울에 어떻게 가실, 아니 우리 어떻게 가요?"

세상이 무너지기라도 한 사람처럼 야단을 떠는 덕심이 우스운지 성훈이 소리 내어 웃었다.

"이왕 늦었는데 저녁이나 먹고 갑시다. 차는 택시도 있고, 렌트카도 있는데 걱정은."

느긋한 걸음으로 앞장서 걷던 성훈이 뒤를 돌았다.

"이럴 때 아니면 내가 언제 덕심이하고 데이트를 하겠어요."

할아버지 때부터 오랜 단골집이라는 횟집에 앉은 성훈의 모습이 이질적이었다. 그와 전혀 어울리지 않는 허름하고 소박한 실내를 두리번거리는 덕심을 지켜보던 성훈이 물었다.

"전복죽 어때요?"

"좋아요. 그런데 웬 죽이에요? 입맛 없으세요?"

"나 말고 당신. 먹으면 체할 것 같은 얼굴이라서. 그렇다고 물 한 병만 사 줄 수도 없고."

아직 호군처럼 프로가 아니다 보니 혼란한 심사가 들통나고 말았다. 덕심은 뒷덜미를 쓸며 멋쩍은 사과를 했다.

"죄송합니다. 제가 오늘 정신 못 차리고 미숙한 티를 냈어요."

"아니. 처음인데도 잘했어요."

그녀는 콩깍지 씐 성훈의 칭찬을 곧이곧대로 믿을 수 없었다. 마치 신체의 일부처럼 알아서 움직이는 호군의 수행에 비하면 민폐만 끼친 형편없는 비서였다. 풀 죽은 덕심을 다독이던 성훈이 설핏 웃으며 덧붙였다.

"그래도 나는 같이 있어서 좋았어요. 이기적이죠?"

"네. 이기적이십니다."

농담 삼아 웃으며 대꾸한 덕심이 사뭇 가라앉은 표정으로 나지막이 말했다.

"그런데 감사하게도 저는 오늘 뜻밖의 수확이 있었어요."

무슨 뜻이냐고 물어볼 법도 한데 성훈은 조용히 고개를 끄덕이기만 했다. 이후로 무한히 이어질 것 같은 버거운 침묵의 시간이 찾아왔다. 어색한 끝에 수저와 젓가락을 만지작거리는 덕심을 보던 성훈이 주머니를 뒤져 핸드폰을 꺼냈다.

"미안한데 나 오 분만."

"네."

이후로 성훈은 핸드폰에 몰두했다. 잔뜩 미간을 찌푸린 남자는 가끔 눈을 감고 있거나 턱을 쓸며 생각에 잠겼다. 아마도 사내 결재 시스템에 접속해서 급하게 처리할 현안을 살피는 것 같았다. 그에게 쏟아지는 메일만 하루에 수백여 통, 대부분 그의 결정을 기다리는 문제들이었다.

매 순간 결정의 키를 쥐고 사는 무게감은 어떤 것일까. 언제나 여유롭고 자신감 넘치는 사람일지라도 힘겨울 때가 있을 텐데, 어떻게 견뎌 낼까. 문득 잘나디 잘난 남자가 가엽게 느껴졌다. 죽이 나옴과 동시에 성훈도 핸드폰을 내려놓을 수 있었다.

"미안해요."

"아닙니다. 항상 바쁘시잖아요."

"아니, 우리 데이트니까, 온전히 당신한테 집중해야 했어요. 되도록 이런 일이 없도록 할 겁니다."

아니, 아까부터 부회장님 당신 혼자 데이트라고 우기는 중인데요. 덕심의 멀뚱멀뚱한 눈이 핀잔하는 것을 알면서도 성훈은 여전히 진지했다.

"모든 것을 제치고 당신이 우선인 삶을 살도록 노력, 아니 그렇게 살 거예요."

"왜, 왜요?"

난데없이 묵직한 맹세를 한 성훈은 말없이 웃기만 했다. 태연한 말투와 다르게 절절 끓는 애정이 드러나는 눈빛이 부담스러워 덕심은 고개를 떨구었다.

그나저나 내가 기억 못 하는 사이, 사귀기로 약속한 적이 있었던가? 너무 중요한 결정을 한 충격 때문에 기억을 잃었나? 덕심은 마음속에서 쩌렁쩌렁 외치는 말을 입 밖에 꺼내지 못했다. '어머, 착각하지 마세요.', '누가 들으면 이미 여친인 줄 알겠네요.' 등등 새침하게 굴어야 마땅한데 이제는 그렇게 말하는 것도 민망했다. 말과 몸과 행동이 따로 놀고 있는 걸 눈치 빠른 성훈이 모를 리 없었다. 대단히 설레는 말을 던진 남자는 뒤숭숭한 여자의 마음을 아는지 모르는지 맛있게 먹기만 했다.

식사를 마친 두 사람은 후식으로 제공되는 달달한 믹스 커피를 들고 산책을 나섰다. 횟집 주인이 알려준 공원은 당장 귀신이라도 튀어나올 것처럼 어둡고 인적도 드물었다. 엉뚱하게도 거물이 납치당하기 최적의 조건이라는 생각이 든 덕심은 누가 뒷머리를 잡아당기는 것처럼 소름이 끼쳤다.

"그렇게 늦은 시간도 아닌데 엄청 어두워요."

"깜깜하고 이슥한 것이 아주 좋네요."

자꾸만 주변을 둘러보며 어깨를 움츠리는 덕심과 달리 성훈은 유유자적했다.

"마음만 먹으면 부회장님 납치하기 좋을 것 같아요."

"납치? 강 비서가 납치하면 얼마든지 당해줄 수 있습니다."

"한 몫 챙길 기회를 주시는 건가요?"

덕심은 성훈의 능청맞은 우스갯소리를 여유롭게 받아쳤다.

"겨우 한 몫뿐일까요."

전 재산을 다 줄게. 분명 그렇게 들렸지만, 덕심은 애써 아니라고, 설레발 떨지 말라고 스스로를 단속했다. 그나저나 집은 어떻게 돌아갈 것인지, 느긋한 성훈은 아무 생각이 없어 보였다.

"부회장님, 언제 돌아가실 예정이세요?"

"오늘 무슨 일이었습니까?"

동시에 말을 쏟아낸 두 사람은 잠시 서로를 바라보며 침묵했다. 곤란한 쪽은 덕심이기에 성훈이 먼저 입을 열었다.

"차는 수배해놨으니 걱정 말아요. 공원 한 바퀴만 돌고 갑시다. 자, 이번에는 강 비서가 대답할 차례."

지극히 사적이고 부끄러운 일인데도 덕심은 왠지 그에게 말하는 것이 어렵지 않았다. 열심히 들이대는 이 남자에게 자신의 처지를 제대로 알려야 한다고 생각했다.

"아빠를 봤어요. 아까……."

"현장에서 만난 거죠? 그때부터 힘들어 보이던데."

"네."

"내가 더 물어도 됩니까?"

성훈이 조심스럽게 물었지만, 덕심은 별일 아닌 것처럼 편안하게 웃었다.

"뭐, 서민들에게는 흔히 있는 일이에요. 아빠 사업이 부도났고 빚쟁이들을 피해 다니느라 연락이 끊겼어요. 오늘 2년 만에 우연히 마주쳤고요. 그런데 겨우 그 시간 동안 아빠가 너무 많이 늙었더라고요."

"고생하셨을 테니까요."

"네. 아빠도 저도 힘든 시간이었어요. 늦은 나이에 힘든 노동을 하시는 게 너무 속상한데."

"내가 도울 일은 없어요?"

진심이 담긴 성훈의 안타까운 목소리를 듣자 생각보다 덤덤했던 마음이 무너지려고 했다. 유난히 촉촉한 덕심의 눈동자에 더운 물기가 어렸다. 자신을 응시하는 성훈의 시선을 피해 설핏 고개를 숙인 덕심이 쾌활한 목소리로 대꾸했다.

"없어요. 아빠 버릇을 고쳐 놔야 하거든요. 사업병자라서 형편이 나아지면 또 발병해요. 속상하지만 그대로 두려고요."

현명하지만 아픈 결정을 들은 성훈은 조용히 고개를 주억거렸다. 덕심의 자존심을 건드려 가면서 주제넘게 나설 일이 아니라고 판단했다. 성훈은 비워진 지 오래인 자신과 덕심의 종이컵을 모아서 공처럼 구겼다. 제법 멀리 떨어진 쓰레기통을 향해 던지자 하얀 포물선을 그리며 골인했다.

"와!"

감탄하는 덕심을 향해 손으로 V자를 만들어 보이는 성훈도 개구쟁이처럼 웃고 있었다. 심란해 하던 얼굴이 조금 편안해진 덕심에게 다가간 성훈이 커다란 손으로 그녀의 머리를 쓰다듬었다.

"우리 덕심이, 수고 많았어요."

희미한 가로등에 의지한 어둠 속에서 눈과 눈이 마주쳤다. 따뜻하고 담백한 위로를 받은 덕심이 피식 웃는가 싶더니 입술을 파르르 떨었다. 덕심은 흉한 얼굴을 들키는 것이 싫어서 고개를 숙였다.

"이런."

고개를 숙임과 동시에 그녀의 눈에서 굵은 눈물이 떨어졌다. 그

걸 본 성훈이 당황하는 것이 느껴졌다. 급히 코를 훌쩍이며 눈물을 훔친 덕심이 웅얼거렸다.

"죄송합니다."

"이러면 내가 안아 줘야 하잖아요."

"엉큼하십니다."

물기 젖은 얼굴로 흘겨보는 덕심을 물끄러미 보던 성훈이 그녀의 팔을 붙들고 가볍게 끌어당겼다. 덕심은 이러면 안 된다고 징징대는 마음의 소리를 꺼버렸다. 어차피 이 남자에게 휘둘릴 게 뻔한데 괜히 힘 빼고 싶지 않았다. 뜨겁고 넓은 품에서 시린 마음을 뜨끈하게 지지고 싶었다.

안기자마자 안온한 기분에 눈이 절로 감겼다. 그동안 용쓰면서 버텼던 피로감이 이만큼이나 무거웠구나 싶었다. 툭툭, 어깨와 등을 두드리는 가벼운 손길이 더해질 때마다 그의 심장 소리도 쿵쿵, 박동이 거세졌다. 다독이던 손짓이 멈추고 끌어안은 팔의 힘이 강해졌다. 허리를 꼭 조이는 힘을 느낀 덕심이 슬쩍 얼굴을 들어 올리자 밤보다 더 짙어진 성훈의 눈동자가 보였다.

"횟집 사장님께 감사해야겠어요. 이렇게 인적 드문 곳을 알려 주시다니."

끌어올린 입꼬리가 얄궂다고 생각한 순간 어느새 덕심의 입술 속으로 그의 숨결이 스며들어 왔다. 크게 숨을 들이마셔 가슴이 두껍게 부푼 성훈이 소유욕을 더해 덕심을 힘주어 안았다. 덕심은 밧줄로 동여맨 듯 아프도록, 몸이 터질 듯이 묶이는데도 벗어나고 싶지 않았다. 그가 힘을 더하는 것을 따라서 덕심도 그의 허리에 두른 팔을 꽁꽁 얽어맸다.

열망이 녹아든 한숨과 함께 키스가 깊어졌다. 인적 없는 공원의 차가운 공기는 두 사람의 열기 앞에서 무력해졌다. 엉킬수록 채워지지 않는 목마름으로 괴로워진 성훈의 호흡은 가빠지고 손길은 급해졌다. 욕구를 채우고 싶은 못난 마음이 거대한 해일이 되어 탁월한 인내심을 짓누르려 했다. 허리를 더듬는 성훈의 손을 느낀 덕심이 그의 가슴팍을 밀어내며 고개를 돌렸다. 어렵게 떨어진 입술에서 터져 나온 더운 열기가 하얀 한숨이 되어 흩어졌다.

"미안. 미안……."

성훈은 팔을 풀지 않은 채 덕심의 관자놀이에 입술을 누르며 계속해서 속삭였다. 귓가에 맴도는 억눌린 목소리를 들으며 덕심은 작게 고개를 끄덕였다. 생각보다 급하고 뜨거워진 키스에 놀랐을 뿐이었다. 여전히 덕심을 끌어안은 채 그녀의 머리에 볼과 턱을 비비던 성훈이 나직한 소리로 물었다.

"이만 돌아갈까요?"

"네."

아쉬운 마음을 접고 떨어지자 스산한 밤공기가 품으로 파고 들어왔다. 마주 선 두 사람은 서로를 응시하며 빙긋 미소 지었다.

"제가 운전하겠습니다."

"무슨 소리."

운전석 문을 여는 덕심의 손을 붙든 성훈이 그녀를 끌고 보닛을 빙 둘러 조수석으로 갔다.

"퇴근했어요. 이제 강 비서 아니고 내 여자 할 시간입니다."

조수석에 앉히고 안전벨트까지 손수 걸어준 성훈이 그녀의 뺨에 가볍게 키스했다. 결국, 이렇게 돼 버렸어. 허무해라. 이제 그의 그녀가 된 덕심은 아랫입술을 물어뜯으며 얼빠진 눈으로 정면을 주시했다. 운전석에 올라타 계기판을 점검하는 성훈이 흥얼거리는 소리가 들렸다. 여러 생각으로 심란한 덕심과 달리 그는 마냥 행복해 보였다.

"안전히 모시겠습니다."

덕심은 자신의 손을 붙들어 또 입을 맞추는 성훈을 말끄러미 바라봤다. 처음 사랑에 빠진 이들은 만지고 싶어 하고 함께 있고 싶어 한다. 덕심 역시 그와 닿는 것이 좋기만 했다. 한 가지 걱정은 저 증상이 얼마나 갈지 알 수 없다는 점이다. 저 열기 띤, 사랑에 빠져 미쳐 버린 눈은 언제까지나 뜨거울 것처럼 보였다. 그런데 한편으로 과연 그럴까 하는 어쩔 수 없는 의심이 들었다. '이성의 덕심'과 '감성의 덕심'이 왈가왈부하는 내면의 소리가 시끄러웠다.

'더 신중했어야 했는데.'

'뭐 하러 질질 끌어.'

'여기서 더 고민한다고 해서 결과가 달라졌을까?'

'이 사람과 끝까지 갈 확신도 없으면서 왜 그랬니.'

'이미 좋아한다고 인지해 버리면 돌이킬 수 없는 거 잘 알잖아.'

'그래도 더 신중했어야지.'

마음이 기울었음을 완전히 인정했음에도 갈팡질팡 헤매기는 마찬가지였다. 살면서 배짱 있다는 소리도 종종 들었건만 나이가 들더니 겁만 많아졌나 보다. 왠지 이 남자와는 시작부터 끝을 생각하게 되었다. 지극히 평범한 남자가 좋다고 부르짖어놓고 결국 그냥 짖는 소리만 되고 말았다. 생각 끝에 내린 결론은, 이전의 남자친구들과 다르게 '아름다운 이별을' 맞이했으면 좋겠다는 소박한 꿈이었다. 애꿎은 가방끈을 꼬았다가 풀었다가, 못살게 구는 덕심을 곁눈질하던 성훈이 물었다.

"무슨 생각해요?"

"아름다운……."

"아름다운 뭐?"

혼자만의 세상에서 딴생각에 빠졌던 덕심은 속마음을 거르지도 않고 뱉을 뻔했다.

"아, 아름다운 노래가 듣고 싶어라."

임기응변으로 둘러대 놓고 카 오디오를 켰다. 아름다움과 전혀 상관없는 뽕짝, 민요, 건강상식, 시사 토론 등의 채널을 지나 겨우 잔잔한 발라드가 나오는 라디오 방송에 정착했다.

"이제 됐다. 부회장님, 이런 음악 괜찮으세요?"

"나야, 덕심이가 좋으면 다 좋습니다."

성훈은 출발한 이후로 줄곧 딴생각에 빠져 보이는 덕심이 염려스러웠다. 또 후회하는 건가. 분위기에 휩쓸려 실수했다고 자책하는 걸까. 서로의 마음을 확인한 것을 암묵적으로 넘어가서는 안 될 것 같았다.

'매일 함께 지내다 보니 사귀게 됐고 그러다 보니 자연스럽게 결혼하게 됐어요.'

어디선가 들었던 결혼 성공담이 떠오른 성훈은 불만스럽게 고개를 저었다. 그런 구렁이 담 넘어가는 러브스토리는 성에 차지 않았다.

"내가 강덕심의 애인입니까?"

"네?"

느닷없는 성훈의 질문에 놀란 덕심의 얼굴에 화끈한 열기가 올랐다.

"애인, 맞냐고 물었어요."

"부회장님은요?"

"나야 물론, 처음 키스했을 때 이미 당신 애인이었지."

그러고도 남을 사람이란 생각에 덕심이 픽 하고 웃었다.

"다른 생각하지 말아요. 나는 당신에게 충분한 시간을 줬고 기다렸어요."

"아닌데. 엄청나게 정신 사납게 구셨어요."

'충분'이라고 한 번 더 중얼거리며 고개를 흔드는 덕심을 보는 성훈의 눈빛이 진중하게 가라앉았다. 그녀가 망설이는 이유가 무엇인지 짐작할 것 같았다. 흔한 남자가 좋다고 했는데 자신은 유니크 해도 지나치게 유니크 했다. 분명 마윤 일가의 엄청난 결사반대와 비서와의 열애가 터졌을 때 일어날 소란이 부담스러울 터였다.

"생기지도 않은 일, 미리 걱정하지 말고."

"그럴게요."

하긴 생기지도 않은 일을 두고 걱정한들 무슨 소용이 있을까. 쓸데없는 에너지 낭비라는 성훈의 말이 맞았다. 덕심의 가방 속에서 부르르하고 울리는 진동이 느껴졌다.

[오늘 외박]

뭐? 단순 명쾌한 메시지를 본 덕심은 순간적으로 누가 계시라도 내린 줄 알고 잠시 얼떨떨한 기분으로 문자를 들여다봤다.

"은수 씨인가?"

"네? 아……. 네. 그러네요. 은수네요."

다시 보니 은수가 보낸 메시지가 맞았다. 짧은 문장에서 은수의 들뜬 감정과 결연한 각오 같은 것이 느껴졌다. 뭐가 그리 바빠서 달랑 네 글자만 보낸 건지. 이렇게 좋을 거면서 별로인 척하느라 수고 많았다.

"친구가 늦으니까 걱정됐나? 전화해 줘요."

전화했다가 누구 죽으라고요. 카운트를 끝냈다고 선언하는 메시지네요.

"아니에요. 답장만 보내도 돼요."

[좋은 시간 보내라.]

이미 좋은 시간에 돌입했는지 한참이 지나도 답장이 없었다.

"저 출세한 거 같아요."

"출세라니. 왜 그런 생각을."

"마성훈이 운전하는 차를 탈 사람이 몇이나 있겠어요."

덕심은 그가 낮게 웃는 소리를 들으며 시트에 기댄 몸을 완전히 이완했다. 창밖으로 휙휙 지나가는 가로등 빛의 긴 꼬리를 보며 라디오에서 나오는 영화 OST를 음미했다. 뜨끈한 방구들 같은 시트 덕분에 잠이 솔솔 오기 시작했다. 아, 자면 안 되는데……. 생각과 달리 머리가 차창에 꽁하고 박히는 통증이 큐사인이라도 된 듯 까무룩 잠 속으로 떨어졌다.

딸깍 딸깍 딸깍. 일정하게 울리는 소음을 느낀 덕심은 소스라치게 놀라며 눈을 떴다. 얼마나 잔 거야!

"죄송해요. 저도 모르게 잠이 들었어요."

부랴부랴 허리를 세운 덕심이 창밖으로 보이는 풍경을 두리번거렸다.

"그런데 여기가 어디죠 ······?"

어찌 된 일인지. 길가에 선 차는 비상 깜빡이를 켠 채였고 성훈은 대답이 없었다. 운전대에 상체를 기댄 성훈은 어두운 길을 뚫어지라 보고 있었다. 딱딱하게 굳은 표정이 심각한 생각에 빠진 것도 같고 어딘가 불편한 것도 같았다.

"부회장님. 어디 안 좋으세요?"

"네."

목 속에 잠겼다 나온 낮은 목소리가 괴로운 신음처럼 들렸다.

"제가 운전할게요. 병원으로 모실까요?"

"비서같이 말하지 말아요."

그제야 성훈이 몸을 바로 하더니 부산 떠는 덕심을 바라보았다. 무슨 이유인지 힘들어 보이는 성훈이 잠시 망설이는가 싶더니 어렵사리 입을 열었다.

"길이 갈라졌어요."

"네. 그렇네요."

은수의 아파트로 가려면 여기에서 좌회전이다. 내비게이션이 있지만 성훈이 그걸 모를 리 없었다. 그렇다면 직진은 어디로 향하는 길일까. 막 잠에서 깨어난 덕심은 차분하게 머리를 굴리며 성

136

훈을 응시했다. 갈증으로 타들어 가는 성훈의 짙은 눈이 무엇을 의미하는지 알 것 같았다. 오늘 외박. 은수가 보낸 메시지는 정말 신의 계시였는지도 모르겠다. 운전대를 붙든 남자의 손을 보며 덕심은 뭐에 홀린 사람처럼 조용히 속삭였다.

"직진하세요."

"괜찮겠습니까?"

"직장상사처럼 말하지 말아요."

그가 했던 말을 고스란히 돌려주는 덕심을 보며 성훈이 부드럽게 미소 지었다. 단순히 기분 좋아 보이는 미소가 아니라 긴장과 희열이 뒤엉킨 묘한 웃음이었다.

이곳이 성훈이 말했던 '내 집'인 모양이었다. 고급 빌라 단지로 들어서자 울창한 조경수 사이로 뻗어 나온 조명을 받은 집들이 드문드문 보였다. 고급스러운 건물은 오페라나 발레 무대의 주인공처럼 홀로 빛을 받고 있었다.

"와, 되게 좋아 보여요. 부회장님 집 구경하면 재미있겠다."

발랄한 목소리가 머쓱하게도 돌아온 것은 성훈의 무거운 침묵이었다. 차에서 내린 후부터 성훈은 덕심의 손을 꼭 붙들고 있었다. CCTV를 눈짓한 성훈이 덕심의 몸을 제 쪽으로 당기며 말했다.

"고개는 내 쪽으로."

공식적으로 발표하기 전에 얼굴부터 알려져서 곤란을 겪게 할

수는 없었다. 출입문 앞에서 멈춘 성훈은 고요한 시선으로 덕심을 바라봤다. 이 문을 들어서면 이전으로 되돌리지 않겠다는 담담한 고백이 느껴졌다. 덕심 역시 잡힌 손이 너무 아픈데도 꾹 참고 있었다. 사소한 숨소리와 말 한마디로 이 모든 분위기가 헝클어질 것만 같아 하나하나가 조심스러웠다.

신중한 손길이 문을 열자 어두웠던 공간에 하나둘 조명이 켜지기 시작했다. 성훈이 이끄는 힘을 따라 실내로 들어가자 육중한 문이 스르르 닫히며 찰칵 소리를 냈다. 그 소리가 끝남과 동시에 덕심은 가만히 눈을 감았다 떴다. 정수리가 따끔따끔했다. 입사 초기, 성훈의 못마땅한 시선이 끈질기게 쏟아졌을 때 느꼈던 집요한 따가움이었다. 이러다 손의 뼈가 가루가 되겠다 싶도록 세게 잡았던 성훈의 힘이 풀어지는 것이 느껴졌다. 아, 살았다. 오히려 응축됐던 통증이 확 퍼지는 것에 미세하게 인상을 찡그리는 순간, 성훈의 품에 안기며 가슴에 코를 부딪쳤다. 전에도 부딪힌 적이 있는 가슴은 여전히 단단한 돌벽 같았다.

아이, 진짜 통곡의 벽도 아니고 여기만 부딪히면 눈물이 찔끔 솟았다. 간신히 '아야!' 소리를 삼킨 덕심의 입술 앞에 성훈의 입술이 다가와 있었다. 그녀를 바라보는 성훈의 눈을 본 덕심은 자신도 모르게 주춤하고 뒤로 내빼려고 했다. 내가 오늘 이곳에서 간을 파먹히는 건가. 원초적 두려움이 일 만큼 굶주린 짐승의 눈이 검은빛으로 번들거리고 있었다. 빠져나갈 것 같은 덕심의 몸을 가로채는 성훈의 몸짓은 맹금류의 날갯짓처럼 날쌔고 위협적이었다.

'욕실이 어디예요?' 같은 질문을 할 여지가 없었다. 이미 그가 그녀의 입술을 터트릴 듯 강하게 빨고 있었으니까.

　집 구경을 먼저 떠올린 순진한 호기심을 비웃기라도 하듯이 성훈은 극한의 욕망에 몰려있는 상황이었다. 도대체 뭐가 어떻게 돌아가는지 알아차릴 틈도 없이 구두가 벗겨졌고 외투와 재킷이 사라졌다. 진득하게 맞물린 입술은 떨어질 줄을 몰랐고 그 속에서 혀가 섞일 때마다 깜빡깜빡 의식이 점멸했다. 구경은 고사하고 거실의 풍경도 침실 문의 모양도 모르는 채 침대에 쓰러지고 나서야 덕심은 성훈의 얼굴을 볼 수 있었다.

　흘러내린 앞머리 사이로 열에 달뜬 눈이 사납게 빛나고 있었다. 덕심은 떨리는 손을 들어 성훈의 얼굴을 감싸듯이 매만졌다. 뜨거운 숨을 몰아쉬는 빨간 입술을 보며 내 입술도 저렇게 부풀었을까 생각했다. 그 사이에도 성훈의 손은 참으로 바쁘게 움직이고 있었다. 자신의 셔츠는 한 손으로도 쉽게 풀리는데 왜 여자의 셔츠 단추는 이렇게 꼼꼼한지 짜증이 났다. 성급한 손을 침착하게 놀리고 나자 드디어 섬세한 레이스에 담긴 봉긋한 가슴이 드러났다.

　"하, 미치겠다."

　눈부시게 새하얀 피부에 얼굴을 묻으며 탄성을 쏟아 낸 성훈은 한동안 잠잠했다.

　"부회장님?"

　"비서같이 부르지 말라니까."

　가슴에 닿은 입술 때문에 말하는 소리가 반쯤 웅얼거리듯 들렸다.

　"아, 그러면……."

"이름 불러요. 내 이름."

그래놓고 성훈은 이름 부를 틈을 주지 않았다. 덕심은 그의 이름 대신 노래하는 카나리아처럼 연신 아아 소리를 드높였다. 그가 이로 끌어내린 레이스 밖으로 모습을 드러낸 작은 과실 역시 그의 집 구경을 하지 못했다. 단숨에 삼켜진 뜨거운 입속에서 격류에 휘말린 듯 이지러질 때마다 덕심은 그의 이름 대신 야릇한 탄성을 질러야 했다.

성훈은 땀에 흠뻑 젖은 채 떨어져 나간 덕심을 다시 품속으로 끌어왔다. 쌕쌕 내뿜는 뜨거운 숨결을 따라 여린 몸이 들썩거렸다. 가쁜 숨을 몰아쉬는 사이사이 앓는 소리를 내는 덕심이 안쓰러웠다. 머리카락이 들러붙은 촉촉한 목덜미에 입술을 붙인 성훈은 안타까운 음성으로 속삭였다.

"미안해요. 천천히 한다고 노력했는데. 나 자신을 주체 못 할 줄 몰랐어요."

이토록 본능적인 감각에 몰입한 것은 처음이었다. 인간의 탈을 벗어 던진 짐승처럼 정신없이 서로를 탐닉하고 몰아붙이고 파고들었다. 몸짓이 거듭될수록 상상조차 해보지 못한 엄청난 쾌락이 두 사람을 덮치는 바람에 이성을 차릴 여유조차 없었다.

"나도…… . 미친 사람처럼 달려들었잖아요."

교성으로 쉬어 버린 목소리로 대꾸한 덕심이 몸을 돌려 성훈과 마주했다. 단단한 흉근 사이로 팬 골을 따라 맺힌 땀 알갱이를 손으로 훑으며 태풍처럼 몰아쳤던 순간을 되새겼다.

각오했던 것이 소용없이 아팠고 힘들었다. 하지만 뼈를 가르는 고통을 틈타고 밀려오는 야릇한 쾌락에 취해 그를 더욱 부추기고 말았다. 몽롱하게 흐려진 눈빛과 난잡한 숨소리는 평소라면 꿈도 꿀 수 없는 성훈의 모습이었다. 덕심은 자신을 향해 폭주하는 성훈이 두려우면서도 빠져들었다.

"나는 너무 좋았어요. 이대로 죽어도 좋을 만큼. 당신은 어땠어요?"

성훈의 솔직한 고백을 들은 덕심이 눈살을 구기며 반박했다.

"죽긴 왜 죽어요. 이 좋은 걸 한 번만 하고 죽으면 나는 억울해서 구천을 떠돌 거예요."

"흠…… 그럼 덕심이는 색마가 되는 건가?"

쿡쿡 웃고 난 성훈의 얼굴이 금세 무겁게 가라앉았다.

"많이 아팠잖아요."

"아픔만큼 성숙해진다는 말을 이제 알았어요. 아픈 것보다 좋은 게 훨씬 컸어요. 그런 얼굴 하지 말아요. 꼭, 내가 손해 본 것 같잖아."

씩씩하게 받아쳤지만, 덕심은 지금도 하반신 전체가 뻐근했고 은밀한 곳은 쑤시고 따가웠다. 성훈의 나른한 눈빛과 쉬지 않고 쓰다듬는 다정한 손길에 몸을 맡기며 한숨 돌릴 생각이었다. 그러나 농염하게 피어오르는 꽃봉오리처럼 천천히 몸짓을 키우며 고개를 쳐드는 무언가를 느꼈다. 또다시 끓어오르는 성훈의 숨소리를 듣자마자 덕심의 몸도 발갛게 달아오르기 시작했다. 나, 정말 발칙한 색마인가. 덕심은 이렇게 아픈데도 얼마든지 할 수 있고, 하고 싶다는 욕구가 생기는 자신을 믿을 수 없었다. 단단하게 몸집을 키운 것이 성훈의 호흡을 따라 끄떡거리며 덕심의 하복부를 자극했다. 고개를 든 덕심은 겸연쩍게 웃는 남자를 따라 미소 지으며 그의 턱 끝에 입을 맞췄다.

"강덕심은 내 생각과 의지가 전혀 통하지 않는 유일한 존재야."

"누가 할 소리를."

허락의 뜻을 알아들은 성훈은 거창한 한숨을 내쉬며 덕심의 허리부터 허벅지까지 길게 쓸어내렸다. 하얗고 미끈한 다리가 성훈의 허리 위에 걸쳐졌다. 하반신을 바짝 끌어다 붙이자 남자의 불끈하게 솟은 욕망이 아직 알싸한 통증에 시달리고 있는 은밀한 입구에 닿았다.

덕심의 심장은 그를 품을 기대감으로 거세게 뛰기 시작했다. 뽀얀 보름달 같은 무른 살결이 성훈의 손에서 일그러질 때마다 숨결의 온도가 올라갔다. 덕심의 손도 성훈의 단단한 몸을 탐닉하느라 정신없이 바빴다. 그의 얼굴을 감싸고, 입을 맞추고, 너른 등을 쓸어내리고, 잘록하고 탄탄한 허리를 끌어안던 손이 본능적으로 그곳에 도착한 순간. 덕심의 몸에 심취했던 성훈의 호흡과 동작이 일시에 정지했다.

"으읏……."

이내 야릇한 신음과 함께 잘게 경련하는 근육이 느껴졌다. 덕심은 그로 인해 자신이 흥분하고 기분 좋은 것만큼 그도 같기를 바랐다. 그리고 돌처럼 굳은 성훈의 분신을 어루만짐으로 인해 그 바람이 이루어졌음을 깨달았다. 신음성은 높아지고 뜨거운 호흡의 결은 두서없이 거칠어져 갔다. 긴긴 겨울밤은 고요했지만, 그들의 침실은 요란하고 뜨거웠다.

✳

쿵짜라쿵짜 쿵짜라쿵짜. 요란한 알람 소리가 시작됨과 동시에 덕심의 눈이 번쩍 떠졌다.

"출근! 아윽!"

헐레벌떡 일어나던 덕심은 누가 후려치기라도 한 것처럼 맥없이 고꾸라졌다. 밤새 무엇을 했는지 기억이 생생한데 몸은 어디서 고문이라도 당한 것처럼 근육통으로 욱신거렸다.

이제 막 새벽을 지난 이른 아침, 덕심은 어슴푸레한 빛으로 밝아진 실내를 둘러봤다. 침대를 제외한 주변은 깨끗하게 정돈되어 있었고 성훈의 자취 역시 묘연했다. 혹시 집주인 혼자 자신을 버려두고 출근해 버린 건 아닌지 괜스레 마음이 조급해졌다. 시간을 확인한 덕심은 미친 사람처럼 중얼거리며 넓은 침실을 방황했다.

"옷. 내 옷아, 어디 있니? 집에 들러서 옷 갈아입고 가려면……."

이불을 둘러 쓴 덕심은 이리 기웃 저리 기웃거리며 어제 입고 왔던 옷을 찾았다.

"아아. 어디에 뒀어. 시간 없는데 얘는 왜 안 보여. 샤워는 안 해도 되고…… 화장은 택시 안에서 해야겠네."

줄곧 바닥만 두리번거리다 실패하고 허리를 편 순간 침대 머리맡에 반듯하게 걸린 옷을 발견했다.

"찾았다!"

옷을 낚아챈 덕심은 두르고 있던 이불을 훌렁 벗어 던졌다. 내내 더운 줄만 알았던 침실이 선득하게 느껴졌다. 오돌토돌 소름이 돋은 맨몸에 옷가지를 걸치는 손길이 다급했다.

"배신자. 의리도 없이 혼자 출근하고 난리야. 깨워주면 좀 좋아."

갑자기 성훈이 밉고 서운하더니 서러운 기분이 들었다. 두들겨

맞은 것처럼 삭신이 쑤시는 것이 짜증스러웠고 낯선 곳에서 혼자 허둥대는 자신이 한심했다. 수세미처럼 엉킨 머리를 대충 말아 올리고 눈곱을 떼기 위해 눈을 비비며 뛰쳐나갔다. 다행히 신발은 현관에서 가지런히 대기 중이었다. 문을 열고 나가자 차가운 새벽바람이 기다렸다는 듯이 달려들었다.

"으, 춰!"

어깨를 추스르며 종종걸음으로 계단을 내려온 덕심은 멍청한 얼굴로 우두커니 멈췄다. 어디로 나가야 빌라 단지의 입구인지 가늠이 되지 않았다. 서울 시내에 있는 동네가 분명한데 왜 이렇게 나무가 울창한지 모르겠다. 좌, 우, 앞으로 난 세 갈래의 길을 앞에 두고 어제 차를 타고 들어온 길이 어디였는지 기억을 더듬었다.

"덕심아!"

깜짝 놀란 덕심이 성훈의 목소리가 들린 쪽을 쳐다봤다. 운동복 차림에 손에는 커다란 비닐봉지를 든 성훈이 황급하게 뛰어오는 것이 보였다.

"혼자 왜 이러고 있어요? 오늘 얼마나 추운지 알아요? 어서 들어가요."

밤사이 기온이 뚝 떨어져 올겨울 들어 가장 추운 날이라고 뉴스에서 떠들어대는 아침이었다. 성훈은 파랗게 언 입술을 달달 떠는 덕심을 끌고 뛰듯이 걸었다.

"부회장님 먼저 출근한 줄 알았어요."

"당신을 두고? 우리 집이 처음인 사람을 혼자 놔두고 그럴 사람으로 보였어요?"

"네."

서슴없이 답하는 덕심은 '너, 그런 이미지인 거 몰랐나 봐?' 하는 얼굴이었다.

"후……."

미간을 좁힌 성훈은 한숨을 쉬며 문을 열었다.

"다른 사람한테는 다 그래도 애인한테는 안 그럽니다."

"와, 좀 감동."

실내로 들어온 성훈은 손에 든 봉투를 내려놓고 덕심부터 소파에 앉혔다.

"다리 언 거 봐. 얼마나 그러고 있었어요?"

"막 나온 참이었어요. 어디로 가야 하는지 몰라서 잠깐 헤매던 중이었고요. 엄마야!"

덕심은 무람없이 다리를 붙잡고 커다란 손으로 비벼 주는 성훈의 손을 피해 소파 위로 풀쩍 뛰어올랐다.

"다리 이리 내요. 이 날씨에 스타킹도 안 신고 어딜 나와 있어요? 사람 열 받게."

그러게 스타킹을 누가 그렇게 갈기갈기……. 하, 그거 구하기 힘든 고급인데. 덕심은 원망 대신 모처럼 만에 큰마음 먹고 지른 비싸고 짱짱한 시스루 스타킹에게 애도를 표했다. 성훈은 고개를 가로저으며 다리를 내주기 싫어 무릎까지 꿇어버린 덕심을 흘겨보았다.

"일어나서 내가 안 보이면 전화를 해야지. 혼자 집에 갈 생각을 하면 어쩌자는 건지."

"워낙 바쁘시니까. 당연히 출근한 줄 알았죠. 원래도 출근하실 시간이었고요."

"비서처럼 말하지 말라니까."

"습관이라서."

"밤새 이름도 잘 부르고 더한 것도 잘했으면서 날 밝으니까 얼굴 바꾸네."

성훈의 핀잔을 들은 덕심의 얼굴이 순식간에 새빨갛게 물들었다. 목이 쉬도록 이름을 부르짖고 그에게 매달려 울먹이며 몸부림치던 자신을 떠올리자 콱 죽어 버리고 싶었다.

"지금 빨리 가야겠어요. 집에 들렀다 출근하려면 벌써 늦었어요."

"밥부터 먹어요. 내가 데려다주면 되잖아요."

"아니요. 택시 부르면 돼요."

갑자기 서두르는 덕심의 빨간 얼굴을 살피던 성훈은 그녀가 편치 않다는 것을 알아챘다.

"혹시 기분 안 좋아요?"

여전히 시선을 외면한 덕심이 고개를 끄덕였다.

"네."

"……."

"나는, 그런 농담을 하는 게 아직은 어색해요. 내가 경솔한 사람이 된 것 같고……."

"아……."

성훈은 아차 하며 인상을 굳혔다. 미남들과 숱하게 연애했다던 사람이 처음인 것을 알고 자신도 놀랐다. 그만큼 보수적이라는 의미인데 자신의 생각 없는 통박이 상처가 되고도 남을 터였다.

"미안해요."

"뭐, 뭐가요."

성훈은 일어서있는 덕심의 허리를 붙들어서 도로 주저앉혔다.

"내가 잘못했어요. 진심으로 사과할게요."

세상에, 지금 마성훈이 무릎 꿇은 거 맞아? 덕심은 자신의 허리를 부둥켜안고 고개를 젓는 성훈을 어리바리하게 바라봤다. 민망한 마음에 싸늘하게 대하긴 했지만, 그게 이렇게 저자세로 나올 일인가 싶었다.

"알겠어요. 알았으니까 일어나세요. 부회장님이 이러고 있는 거 어색해요."

"또. 비서처럼 말하지."

"그래요. 성훈 씨가 이러는 거 불편해서 못 봐 주겠어요."

"그럼, 밥 먹고 나서 나하고 천천히 나가요."

"천천히는 좀……."

회사, 출근, 지각, 장 실장님 등등. 언제부터 뼛속까지 회사원이 됐는지 모르겠다. 차례로 떠오르는 현실적인 문제들로 복잡한 덕심은 똑 부러진 대답을 하지 못했다. 무엇보다 성훈과 함께 지각하는 것이 왠지 제 발 저렸다. 망설이는 덕심을 보다 못한 성훈이 사무적인 어조로 말했다.

"강 비서."

"네. 네?"

갑자기 바뀐 분위기에 당황한 덕심이 더듬거리며 답했다.

"오늘은 조금 늦게 출근할 거야. 어서 식탁에 자리하도록 해요."

도무지 말을 듣지 않으니 하는 수없이 마윤 그룹 부회장님이 되는 수밖에. 먼저 일어난 성훈은 현관 앞에 팽개쳐 둔 해장국 봉지를 들고 주방으로 향했다. 다크서클이 짙게 내려앉은 눈 하며 피곤해 보이는 덕심을 차갑게 대하고 싶지 않았지만, 아침을 먹여야 한다는 생각에 부러 싸늘하게 굴었다.

"뭐 합니까? 내 말 안 들립니까?"

굼뜨게 일어난 덕심은 잠시 망설이는가 싶더니 외투와 가방을 집어 들었다.

"혼자 드세요. 이따 뵐게요."

그보다 더 건조하고 냉담하게 대꾸한 덕심이 총총히 현관으로 향하는 것을 본 성훈의 얼굴이 사색이 되어 일그러졌다. 어, 어…… 이게, 아닌데. 자신의 속셈과 다르게 전개되는 현실 앞에 놀라 어정쩡하게 있던 성훈의 눈에 맨발로 구두를 신는 덕심이 보였다.

"강 비서!"

뒤에서 들리는 급박한 발소리를 들은 덕심의 눈꼬리가 얄밉게 휘어졌다.

14. 내면이 강인한 사람

　그것은 일종의 기 싸움이었고 승기를 거머쥔 자는 덕심이었다. 연애 초보자와 연애 다(多) 경험자의 차이이기도 했고 더 많이 사랑하는 자의 비애이기도 했다. 그런 것도 모르고 스스로 낮은 곳에 임하사, 성훈은 난생 처음 을의 처지가 되었다. 성훈은 밥을 먹고 집까지 데려다주는 내내 덕심의 심기를 거스르지 않기 위해 최선을 다했지만, 그 또한 행복이었다.

　아파트 앞에 도착한 성훈은 또 다른 고민에 빠져들었다. 뜨듯한 시트에서 곤히 잠든 덕심을 깨워야 하는데 너무 미안해서 엄두가 나지 않았다. 퀭하게 꺼진 눈과 거칠한 입술만 보면 오늘 하루 휴가를 줘야 마땅했다. 지각이라고 종종거리는 여자가 하루 쉬라는 말을 받아들일까?

"덕심, 일어나요."

손을 꼭꼭 주무르며 이름을 부르자 잠잠했던 덕심의 눈꺼풀이 동공 운동으로 분주해졌다.

"흐음……."

이마를 찡그린 채 좀처럼 눈을 뜨지 못하는 게 더 안타까웠다.

"덕심아, 오늘 하루 쉬자. 월차 쓰면 되잖아."

"……."

조용한 숨소리만 내던 덕심은 여전히 눈을 감은 채 혀로 입술을 축였다.

"진짜, 그러고 싶어."

"그래. 병가를 내든 월차를 쓰든지 합시다."

"그럼 나, 열두 시간 잘 거야."

투정하는 어린애 같은 말투에 마음이 놓인 성훈이 배시시 미소 지었다.

"그래요. 푹 자요."

"그러니까 전화도 하지 말아요. 깨기 싫으니까."

"알았어요."

"부회장님은 피곤하지 않……구나? 전혀."

힘겹게 눈을 뜬 덕심은 미안한 마음을 한가득 안고 물어보던 질문이 부질없음을 깨달았다. 어느 때보다 생생하고 활기차 보이는 게 도대체 무슨 영문인지 모르겠다. 일평생 보신으로 쌓아 올린 자신의 정기를 저 남자가 다 흡수한 건가 싶었다. 기똥차게 잘생긴 그는 구미호가 아닐까, 했던 과거의 어이없는 생각은 합리적 의심일지도 모르겠다.

"나? 글쎄. 나는 피곤한 건 모르겠는데. 오히려 컨디션이 아주 좋아."

"신기하게도 그래 보여요. 축하합니다."

덕심은 너무 졸려서 입안에 있는 말을 대충 우물거리며 문을 열었다.

"그냥 갑니까?"

"그럼 뭐요."

월차 사용 계획서라도 제출하라는 말인가. 성훈은 불만스럽게 찌푸린 덕심을 보며 탄식했다.

"애인인데 굿바이 키스는 해야지. 종일 전화도 하지 말라면서요."

"아, 맞다. 그렇지."

해롱거리며 씩 웃는 얼굴이 어찌나 귀여운지. 성훈은 보기만 해도 좋아 죽을 지경이었다. 동그랗게 오므린 덕심의 입술이 다가오는 것을 본 성훈은 그 짧은 시간도 참을 수 없어 덥석 달려들었다.

"읍으으읍!"

파닥거리는 덕심의 두 팔까지 꽁꽁 싸매듯 끌어안고 앞니가 아프도록 찐하게 입술을 찍어 눌렀다. 가벼운 작별의 입맞춤을 생각했던 덕심은 기어이 입술 속으로 파고 들어오는 성훈을 맞이해야 했다. 전신이 흐물흐물해질 정도로 부드럽고 집요한 키스를 나누고 나서야 성훈의 입술이 쪽 소리를 내며 떨어졌다.

"잘 자고. 일어나서 심심하면 전화해요."

끄덕끄덕. 잠과 키스의 여운에 취한 덕심은 맹한 눈으로 고갯짓을 하며 내렸다.

"내가 방금 한 말, 무슨 소린지 알아요?"

"알아요. 알아."

대충 손을 휘젓는 덕심이 못 미더웠지만, 놓아줄 수밖에. 성훈은 간간이 휘청이는 덕심의 뒷모습이 사라지고도 한참을 그 자리에 있었다.

✳

끊임없이 울리는 전화벨 소리에 짜증이 난 덕심이 신경질적으로 안대를 끌어 내렸다. 갑자기 밀려든 빛에 눈이 부셔서 발신자를 확인할 수도 없었다.

"여보세요."

꽉 잠긴 목소리가 걸걸하게 나오는 순간 아차 싶었다. 마성훈이면 어쩌지?

– 너 어디야?

다행히 생기발랄한 목소리는 은수였다.

"집이야. 월차 냈어. 너야말로 어디야?"

– 나는 집에 들어가는 길. 어디 아파? 목소리가 왜 그래?

"미칠 지경으로 피곤해서 자는 중이었어. 지금 몇 시니?"

– 이제 열 시. 밥 먹었어?

"어. 끊자. 나 잘 거야."

– 진짜 어디 아픈 거 아니지?

아파! 진짜 온몸이 아파. 어디 지글지글 끓는 프라이팬에라도 눕고 싶다고.

– 너, 집에 있을 거면 찜질방 가지 않을래?

귀가 번쩍 뜨이던 것도 잠시, 간밤에 샤워하면서 발견한 마성훈 표 붉은 흔적들이 떠올랐다. 사우나도 마사지도 할 수 없는 신세라니. 활력 넘치는 얼굴로 출근한 성훈이 새삼 얄미웠다.

"아니. 그냥 잠이나 잘래. 그런데 너는 왜 아직도 밖이야?"

– 그 사람은 진즉에 출근했고 나는 뒤늦게 일어났지. 네가 출근 안 했다는 제보를 듣고 놀라서 전화 한 거야.

"그렇군."

– 나 너무 찌뿌듯한데. 너도 몸이 안 좋은 거 같으니 마사지는 어때?

나지막이 한숨을 쉰 덕심은 하는 수 없이 털어놓기로 작정했다.

"은수야, 나 있잖아⋯⋯."

대충의 사정을 전해 들은 은수는 한동안의 침묵과 잠시의 호들갑과 꽤 요란한 웃음소리를 들려주었다.

– 야, 일단 한숨 자고 나가자. 근육통은 풀어 줘야지. 나만 믿어.

호군은 윤기라는 말도 모자라게 번쩍번쩍 광이 나는 성훈의 얼굴을 말없이 응시하고 있었다. 그래도 잘생긴 얼굴이 오늘따라 더 빛나는 이유를 알 것 같았다. 업무 보고를 마치고도 나가지 않는 호군을 흘긋 쳐다본 성훈이 결재판을 덮으며 물었다.

"어제 일, 희원정에 말씀하셨습니까?"

"아닙니다."

어릴 때부터 그림자 같은 눈들이 일거수일투족을 지켜보고 있는 것에 익숙했다. 언제 어디서 누구와 무엇을 어떻게. 희원정에서 모든 것을 안다고 해서 통제받은 적은 없었기에 큰 불만은 없었다. 하지만 덕심까지 그렇게 살게 둘 수는 없었다.

"하긴, 장 실장님이 아니어도 어떻게든 보고는 들어갔을 테지요."

"아닙니다. 아직 모르고 계십니다."

"어째서입니까?"

잠시 생각에 빠진 듯 먼 시선으로 있던 호군이 희미하게 웃으며 대답했다.

"강 비서가 잘 알아서 할 것 같습니다. 부회장님 말씀대로 안팎으로 아주 건강한 사람이니까요."

"역시, 사람 볼 줄 아시네요. 그럼 앞으로 잘 부탁드립니다."

성훈이 처음으로 사랑한다고 인정한 사람을 호군도 받아들이기로 했다. 게다가 종일 실실 웃는 해맑은 부회장을 뜯어말리고 싶지 않았다. 마치 자라나는 새싹을 밟는 것 같은 죄책감이 들었다. 덕심 역시 마음이 기울어진 것을 눈치챘을 때 이미 돌이킬 수 없다고 판단했다. 처음부터 지금까지 둘 사이를 생각해 보면, 우스우면서도 기적 같았다. 그저 인연을 잘 이어나가길 바랄 뿐이었다. 무엇보다 명림이 낄낄거리며 한 말도 그에게 영향을 미쳤다.

'걔는 회장님 앞에서 절대 기죽지 않아. 나보다 더해. 회장님은 덕심이 만나고 오면 약이 올라서 끙끙 앓는다니까.'

그렇게 내면이 강인한 사람이라면 마성훈의 동반자로서 손색이 없을 듯했다.

✳

가운을 걸치고 나온 덕심은 영 마뜩잖은 표정이었다. 실컷 자고 나서도 회복되지 않는 몸 때문에 하는 수없이 따라 나온 것을 후회하는 중이었다. 마사지 샵 복도를 걷던 은수가 짓궂게 웃으며 덕심의 가운 앞섶을 벌려 보았다.
"어디 좀 보자. 어머나, 세상에!"
"야, 저리 안 가?"
단둘만 있는데도 누가 볼세라 놀라며 가운을 꼭꼭 여미는 덕심을 보며 은수가 혀를 내둘렀다.
"애를 아주 내장산 국립공원을 만들어났네. 울긋불긋 단풍이 장관이다."
"원래 이런 거 아니야?"
"응. 아니야. 목덜미에 키스 자국 한두 개면 몰라도……. 혹시, 그 인간 폭력적이니?"
"아니. 전혀."
은수는 단호하게 부정하는 덕심을 미심쩍게 쳐다보며 추궁했다.
"막, 강압적으로. 네가 싫다고 하는데도 억지로, 세게. 그냥 마구 엎어 치고 메치고 확! 그러지 않았어?"

"아닌데. 오히려 내가 더 해달라고 했는데."

"허이구. 격렬한 커플이시네. 아주 활화산이셔."

선무당이 사람을 잡고, 늦바람이 무섭다더니. 은수는 뒤늦게 불이 붙은 커플의 과도한 열정에 찬사를 보냈다.

"은수야, 아무래도 안 되겠어. 이 남사스러운 꼴을 타인에게 보일 자신이 없다."

"걱정하지 마셔. 담당 테라피스트가 내 오랜 단골인데 진짜 성격 좋고 입 무거워. 겨우 이런 거로 부끄러워할 필요 없어."

은수는 망설이는 덕심을 과격한 손길로 끌어당겨 대기실 소파에 주저앉혔다.

"진짜 괜찮겠지?"

"어. 그리고 네 꼴을 보니까 종종 이용해야 할 것 같네. 오늘 둘이 안면 터놔라. 크크크큭."

직원이 내온 허브차를 마시며 잡다한 수다를 떨던 덕심은 자신들보다 더 요란하게 떠드는 여자의 목소리에 신경이 쏠렸다. 굉장히 익숙한 목소리의 주인공을 떠올린 순간, 두 여자의 모습이 눈에 들어왔다. 왜 린 로이스와 서연주가 함께 있을까? 아! 마동준. 짧은 순간 두 여자의 연결 고리를 파악하느라 골똘히 있는 덕심을 발견한 린도 연신 조잘거리던 입을 다물었다.

"……!"

"……?"

결국, 덕심과 눈이 마주친 린은 알 수 없는 익숙함에 고개를 갸웃 기울였다.

"오랜만이에요."

게다가 상대는 자신을 잘 아는 양 먼저 인사까지 하는데 린은 상대를 어디에서 봤는지 기억이 나지 않았다.

"나 알아요?"

"어……."

린이 묻자 그제야 실수를 깨달은 덕심은 대답도 못 하고 어리바리하게 눈만 깜빡거렸다. 본래의 모습을 알 리 없는 린에게 무의식적으로 아는 척을 하고 말았다.

"우리 어디에서 본 것 같아요. 그죠?"

아예 가까이 다가온 린은 덕심의 얼굴을 꼼꼼히 관찰하며 기억을 더듬었다.

"덕심아, 아는 사람이야?"

하필 대단히 고맙게도 은수가 린에게 큰 도움을 주고 말았다.

"덕심? 진짜 덕심? 성훈의 덕심이라고!"

은수의 입에서 나온 이름을 듣고 소스라치게 놀란 린은 자신의 입술을 두드리며 '오마이 갓'을 수없이 외쳤다. 산중에 울려 퍼지는 메아리 같은 '오마이 갓'을 들으며 덕심은 떫게 웃을 수밖에 없었다. 린의 옆에 서 있던 연주도 휘둥그레진 눈으로 덕심을 바라보고 있었다. 동준에게 얼핏 듣긴 했지만, 눈앞에 있는 젊고 예쁜 여자가 일전에 희원정에서 봤던 그 강 비서라는 사실을 믿을 수 없었다.

"정말 강 비서님이세요?"

"안녕하세요. 사모님. 그 강 비서가 맞습니다. 어쩌다 보니 일이 그렇게 됐습니다."

"아……. 네. 오빠한테 듣긴 했어요."

"뭐야. 연주? 연주는 알고 있었다고?"

조용히 웃으며 고개를 끄덕이는 연주를 한심하다는 듯이 쳐다
보던 린이 쳐들어갈 기세로 덕심에게 다가갔다.

"덕심, 도대체 어디서 성형한 거야? 예뻐진 건 그렇다 치고 갑자
기 이렇게 젊어지다니. 당장 병원이 어딘지 말해 봐."

"린, 그런 게 아니에요."

"흥! 혼자만 알고 있으려는 거야?"

난처해 하는 덕심을 보다 못 한 연주까지 나섰다.

"린, 내가 설명해 줄 테니까. 강 비서님은 그만 괴롭혀요."

"무슨 소리야? 나하고 덕심은 친구라고. 덕심, 내가 지금 괴롭
히는 거야?"

"조금, 괴롭긴 하네요."

귀찮은 티를 내는 덕심의 반응에 린은 시무룩해졌다.

"이렇게 이기적인 사람인 줄 몰랐어. 덕심, 실망이야."

"린, 나는 성형한 게 아니에요. 원래 이 얼굴인데 사정이 있어서
다른 모습으로 꾸몄던 거라고요."

그제야 뜨거운 콧김을 뿜으며 덕심을 흘겨보던 린의 표정이 누
그러졌다. 또다시 그녀의 '오마이 갓' 메들리가 시작되었다.

"린인지 어린인지 하는 아가씨 귀엽더라."

"귀여운 게 다 얼어 죽었다."

거울을 보며 긴 머리를 동그랗게 말아 정수리쯤에 고정하던 덕심이 쓴 입맛을 다셨다. 좋고 나쁜 사람을 떠나서 덕심에게 린 로이스는 무개념 안하무인 천방지축 금수저일 뿐이었다. 각자 예약 시간이 되어 헤어진 것이 천만다행이었으나, 동시에 들어갔으니 로이스 일행도 나올 때가 된 것 같아 불안했다. 덕심은 세월아 네월아 하며 세상 느긋하게 속옷을 입는 은수를 못마땅하게 쳐다봤다.

"야, 빨리 서둘러. 또 마주치기 전에 도망가자."

"죄지었냐? 도망을 왜 가."

"하여튼 만나면 귀찮아질 것 같아서 그래."

은수가 대충 옷을 입은 것 같자 코트를 떠넘기고 문을 열었던 덕심은 도로 문을 닫고 들어갈 뻔했다. 탈의실 앞 복도에서 핸드폰을 가지고 놀던 린이 문소리를 듣고 반짝 고개를 들었다.

"덕심! 왜 이렇게 느려? 한참 기다렸잖아."

린은 시장 다녀온 엄마에게 짜증 부리는 딸내미처럼 덕심을 보자마자 뿌루퉁하게 쏘아붙였다. 그녀의 곁에 선 연주가 미안하다는 듯이 겸연쩍게 웃고 있었다.

"나를 왜 기다려요? 그리고 무슨 마사지를 이렇게 짧게 받았어요?"

"응, 우린 발 마사지만 받았어."

"아니, 돈도 많으신 분들이 이런 고급 샵에서 달랑 발만 받고 그러세요? 두피부터 발가락까지 네 시간 코스 그런 거 받아야지 업계도 활성화되고 시장경제에 보탬이 되지."

"비싸잖아."

린의 명료한 대답을 들은 덕심은 더 말해 봐야 입만 아픈 현실을 깨달았다. 그녀가 마성훈의 비서를 매수하면서 최저시급을 제시했던 유럽 구두쇠였음을 잠시 깜빡했다.

"덕심, 우리 저녁 먹으러 가자."

"내가 왜 당신하고 밥을 먹어요? 나는 집에 가서 먹을 거예요."

덕심은 물색없이 들러붙는 린을 떨구기 위해 냉정하게 쏘아붙였지만, 은수는 친구의 사정에 관심이 없었다.

"야, 우리 집에 밥 없어. 귀찮은데 그냥 먹고 들어가자."

야! 너는 도대체 왜 그래? 돈 많고 시간 널널한 백수 생활이 길어진 은수는 재미있겠다 싶으면 앞뒤 가리지 않고 덤벼드는 경향이 있었다. 매섭게 치뜬 눈을 부라리는 덕심을 모른 체한 은수가 앞장서며 외쳤다.

"날도 추운데 다들 뜨끈한 삼계탕 어때요? 특히, 강덕심은 몸보신해야 하잖아."

"삼계탕? 그거 맛있나?"

의심스럽게 물어보는 린은 메뉴가 내키지 않는지 표정이 좋지 않았다. 어쩌면 이쯤에서 보내 버릴 수 있겠다 싶어 마음이 놓인 순간 연주가 초를 쳤다.

"따뜻한 국물이 있는 닭 요리인데 린도 먹어 보면 좋아할 거예요."

저 여자는 또 왜 저러는데. 지금 내가 애인의 옛 정혼자하고 밥 먹고 싶겠어? 운동화를 대충 꺾어 신은 덕심은 우아하고 눈치 없는 연주의 뒤통수를 힘껏 째려보며 따라나섰다.

"너 진짜 이러기야?"

"뭐가. 배고파서 밥 먹으러 온 건데 왜 이렇게 까칠해."

태연한 척 말하는 은수는 입에 걸린 요망한 웃음까지는 숨기지 못했다. 세상에 이렇게 기묘한 자리가 어디 있어. 마성훈의 전 약혼녀, 맞선녀, 현 여자 친구가 한자리에 둘러앉아 밥을 먹다니. 내친김에 마성훈까지 불러다 앉혀 볼까 하는 잔망스러운 생각이 들었지만, 그건 너무했다 싶어 꾹 참는 중이었다.

"예뻐. 예뻐도 너무 예뻐. 눈동자 반짝거리는 거 봐. 성훈이 무척 좋아하겠다. 이런 얼굴을 왜 숨기고 다녔어?"

덕심은 턱밑까지 다가와 자신의 이목구비를 일일이 뜯어보고 품평하는 린이 부담스러웠다. 그 좋아하는 삼계탕이 코로 들어가는지 입으로 들어가는지도 모를 정도였다.

"린, 식기 전에 어서 먹기나 해요."

어금니를 사리 문 덕심은 인내심을 끌어올려 최대한 친절하게 권했다.

"뜨거워서 식히는 중이야. 그런데 이거 정말 맛있다. 역시 한국은 치킨의 성지야. 그런데 조금 비싼 편인 거 같아."

"린은 소박한가 봐."

"아니, 그냥 구두쇠야. 자린고비가 환생했어."

덕심은 밑도 끝도 없이 호감을 품고 린을 예뻐하는 은수의 귀에 대고 속닥거렸다. 내내 조용히 있던 연주가 넌지시 목소리를 냈다.

"오늘 저녁은 제가 살게요."

"아니야. 연주도 넉넉하지 않잖아."

연주와 린의 대화를 듣던 덕심은 어이가 없어 실소를 터트릴 뻔했다. 말하는 것만 들으면 학자금 대출 상환에 허덕이는 평범한 20대 취준생인 줄 알겠다. 걸치고 있는 모든 것이 함부로 구할 수도 없는 명품 중의 명품인 사람들이 할 말은 아니었다.

짝! 속으로 툴툴거리며 닭 뼈를 발라내던 덕심은 느닷없는 손뼉 소리에 고개를 들었다.

"그래! 덕심이 쏘면 되겠다. 대신 2차는 내가 낼게."

갑자기 오늘의 물주가 될 상황에 부닥친 덕심이 린에게 발끈했다.

"내가 왜요? 그리고 2차는 무슨. 누구 마음대로 2차예요?"

"마성훈 여자 친구라면서. 제일 부자잖아."

사귄 지 아직 24시간도 안 됐는데 내가 왜! 그 남자가 재벌이지 내가 재벌이냐고.

"연주는 카드 쓸 때마다 동준이 참견해서 피곤하고, 나는 피앙세도 없는 외로운 사람이야. 그러니까 행복한 덕심이 내도 되잖아."

이게 무슨 개 같은 논리람? 까짓 삼계탕 얼마든지 한턱낼 수 있었지만, 린의 뜻에 순순하게 따르고 싶지 않았다.

"부자라뇨? 나는 가진 거라곤 빚밖에 없어요. 두 사람은 적어도 빚은 없잖아요."

덕심과 린이 티격태격하는 소리에 질린 은수가 젓가락을 소리 나게 내려놓으며 선언했다.

"아우, 시끄러워. 내가 살게. 내가! 커피도 내가 내고 맥주도 내가 낼게."

"은수도 행복한 사람이구나."

"나요? 난 이혼녀인데."

"와! 그럼 새 남자를 만날 가능성이 있는 거잖아."

진심으로 축복하는 사람처럼 두 손을 기도하듯 모은 린의 눈동자가 초롱초롱 빛났다. 덕심은 린의 남다른 마인드조차 구두쇠 짓의 연장선 같아 곱게 받아들이지 못했다.

"그러는 린도 새로운 남자를 만날 가능성이 무궁무진하니까 행복하겠네."

덕심의 뾰족한 말투를 들은 은수는 피식 웃으며 친구의 앞접시에 닭 다리 하나를 놓아주었다. 먹고 진정하라는 뜻이었다.

"새 남자……. 벌써 만나고 있어요."

"와우! 만족해? 전보다 좋아?"

"네."

"대답이 금방 나오네? 정말 만족스럽구나? 어떤 점이 제일 좋아?"

"음……."

린과 쿵짝이 맞은 은수가 얄미웠던 덕심이 빈정대며 끼어들었다.

"그게 미사일이라서?"

"야!"

"왜!"

으르렁대며 서로 노려보는 두 여자를 지켜보던 연주가 천진하게 물었다.

"미사일이라뇨? 그게 무슨 소리예요?"

"아, 그건……."

덕심은 차마 연주 앞에서 음담패설을 뱉을 수 없어 얼버무렸다. 저 고급스럽고 얌전한 여자한테 통할 농담이 아니기도 했고 왠지 성훈을 사이에 두고 지는 기분이라서 싫었다.

"그러는 너희 마성훈 씨도 장난 아닌 것 같던데?"

"야, 여기서 그 사람 얘기가 왜 나와?"

덕심은 트레이닝 상의 가슴 부분을 잡아채며 그 속을 들여다보는 은수의 손을 사납게 쳐냈다. 울긋불긋 절경이라며 빈정거리는 은수의 말에 놀란 린이 큰 소리로 물었다.

"뭐야! 덕심, 사귄 지 하루도 안 됐다면서? 연주, 연주도 성훈하고 잤어?"

린의 적나라한 질문에 덕심과 은수는 턱뼈가 빠진 듯이 입을 떡 벌렸고, 연주는 금세 빨갛게 달아오른 얼굴로 고개를 저었다.

"아, 아니요."

"그럼 덕심이 다 사. 우리 셋 중에 진정한 승자니까."

"아니, 잠 좀 잔 게 뭐라고, 내가 왜 승자예요?"

"아…… 덕심, 어떡해. 성훈이 별로였구나."

"아니거든요!"

혀를 차며 동정하는 린의 반응에 자존심이 상한 덕심이 짜증스럽게 쏘아붙였다. 단언컨대 마성훈은 페로몬 덩어리이자 에로스의 화신이라고!

"그러니까 덕심이 사. 얼마나 좋을까. hot guy하고 사귀어서."

뭐지? 이 능구렁이 같은 지지배는? 결국, 오늘의 물주로 낙점된 덕심은 분을 참지 못해 부들거리다 반주로 나온 인삼주를 연달아 들이켰다. 그런 덕심을 보며 은수는 소리 없이 키득거렸고 린은 잇따라 부럽다고 중얼거렸다. 그나마 연주가 괜찮겠냐며 걱정하는 시늉이라도 했다.

✳

익준은 업무 틈틈이 핸드폰을 들었다 놨다 하거나 펜 끝으로 책상을 쪼아 대는 성훈을 유심히 관찰했다. 강 비서가 엄청 궁금하신가 보다. 아직 은수에게 들은 바가 없어 성훈이 여전히 짝사랑에 몸살을 앓는다고 판단했다.

"물어봐 드릴까요?"

"음?"

덕심의 연락처를 핸드폰 액정에 띄워 놓고 애를 태우던 성훈이 고개를 들었다.

"강 비서님이요. 왜 못 나온 건지 물어봐 드려요?"

"열두 시간 잘 거라고 했어요. 아직도 자는 것 같아서 참는 중인데……"

무슨 소리야? 익준은 이미 개인적으로 통화한 것 같은 뉘앙스를 풍기는 성훈을 의혹의 눈으로 쳐다봤다. 그러거나 말거나. 성훈은 해가 뉘엿뉘엿 지다 못해 검은빛으로 물들어 가는 창밖을 보며 중얼거렸다.

"진짜 아직도 자는 거야?"

메시지라도 보내야겠다고 결심한 성훈이 막 '잘 잤어요?'라고 쓴 순간 익준이 조심스럽게 물었다.

"혹시 두 분, 사귀십니까?"

"응."

"어, 언제부터요?"

"뭐……. 그렇게 됐지."

까무러칠 듯 놀라는 익준에게 털어놓는 성훈의 얼굴에서 대단한 자부심이 느껴졌다. 목적을 달성한 정복자의 오만한 얼굴이었다. 축하한다고 인사를 건네려던 익준이 관자놀이를 긁으며 미심쩍은 표정을 지었다.

"아니, 잠깐. 종일 통화 한번 안 하셨어요?"

이제 막 시작한 연인이?

"그 사람이 열두 시간 잘 거라고 하지 말랬는데."

"메시지는요?"

"지금 보내려고."

어허, 큰일 낼 사람이네.

"하지 말랬다고 정말 안 하시다니. 강 비서님, 삐졌을지도 모릅니다."

"왜?"

"종일 보고 싶어 견딜 수 없는 티를 내셨어야죠."

성훈은 황당하다는 듯이 언성을 높여 자신을 변호했다.

"종일 보고 싶어 견딜 수 없었어. 티 내지 않고 참느라 얼마나 힘들었는데."

"혼자 힘들면 뭐합니까? 사랑하는 여자가 부회장님의 절절한 애정을 흠뻑 느낄 수 있어야지요."

"나……. 큰일 난 건가?"

"네."

장담하는 익준의 말에 심장이 내려앉은 성훈의 얼굴이 시커멓게 죽어 갔다.

"그, 그러면 나는 어떻게 하면 좋은 거지?"

"지금이라도 전화해서 어필하셔야지요."

"아, 그래."

성훈은 지체 없이 손가락을 놀려 덕심에게 전화를 걸었다. 아무리 신호가 가도 응답이 없더니 무정한 안내 멘트가 흘러나왔다. 다시 걸어도 결과는 마찬가지였다.

"강 비서님은 아마도 삐졌을 겁니다."

"왜! 하라는 대로 했는데!"

"원래 여자는 그렇게 섬세하고 아리까리합니다."

"섬세? 그런 건 변덕이나 심술이라고 하는 거지 어떻게 섬세야?"

익준은 논리적으로 따지는 성훈에게 무심하게 어깨를 으쓱해 보였다. 마침 익준의 재킷 안에 있던 핸드폰이 진동을 울렸다. 어리둥절한 얼굴로 말도 안 된다며 중얼거리는 성훈을 두고 슬쩍 핸드폰을 확인했다. 은수에게 온 메시지를 확인한 익준이 천천히 고개를 가로저었다.

"부회장님, 강 비서님은 진즉에 일어나서 놀러 나갔어요."

"뭐?"

"지금 은수 씨한테 연락이 왔는데 저녁으로 자기들은 삼계탕 먹었다고 저도 맛있는 거 먹으라고 하는데요."

그러면서 익준은 은수가 보낸 삼계탕 사진을 보여주었다.

"내가 분명히 자고 일어나서 심심하면 전화하라고 했는데."

와, 부회장이 저렇게 의기소침해질 때도 있구나. 익준은 시무룩 그늘진 성훈의 낯빛을 보자 덕심이 매정하게 느껴졌다.

"안 심심했나 보네요."

의도와 다르게 익준은 점점 성훈을 약 올리고 있었다.

덕심은 테이블에 도착한 보르도 와인의 빈티지를 착잡하게 노려보았다. 인생이 마음먹은 대로 흘러가지 않는 것을 잘 알지만 요즘 부쩍 더 그런 것 같았다. 어째서 이 여자들과 어울리고 있고, 비싼 술값은 왜 내 몫이란 말이냐. 제 발로 여기까지 걸어왔는데도 납득이 가지 않았다.

린이 가격표에 0이 길게 붙은 와인을 서슴없이 주문했을 때부터 전투력을 상실한 덕심은 피 같은 와인이 한 방울이라도 허투루 떨어질까 염려하며 조심스럽게 따랐다. 수전노 주제에 입은 고급인 린에게 와인을 따르며 덕심은 이를 갈았다.

"자, 다들 한 잔씩만 마시고 집에 가는 겁니다. 흘리지 마!"

때마침 옆에 앉은 은수와 건배하던 연주의 잔에서 와인이 출렁거리는 것을 본 덕심이 이성을 잃고 고함을 쳤다. 벼락같은 지적에 놀랐는지 잔을 내려놓은 연주가 가슴을 짚으며 자리에서 일어났다.

"잠시. 실례할게요."

"아니, 저……."

미안한 마음에 연주를 잡으려던 덕심의 손이 허공에 머쓱하니 남았다.

"어우, 덕심. 이깟 와인이 뭐라고 몸도 약한 연주한테 소리를 질러?"

"이깟? 린 로이스 양, 지금 '이깟'이라고 했어요? 마사지 비용 아낀다고 발 마사지만 받는 분이 할 소리인가? 지금 이 계산서 보여요? 0이 몇 개인지 세어 봐요."

"진짜 시끄럽다. 그나저나 연주는 괜찮은가?"

열변을 토하는 덕심은 아랑곳하지 않고 심드렁하게 굴던 린이 화장실 쪽을 쳐다보며 걱정스레 중얼거렸다. 답지 않게 진지한 린의 태도를 보자 은수도 걱정이 되기 시작했다.

"연주 씨는 어디 안 좋은 데 있어요? 혈색이 창백하긴 하던데."

"스트레스 때문이라는데……. 잠도 잘 못 자는 것 같고 하여튼."

무슨 말인가 더 할 것 같던 린은 입을 꾹 잠그더니 조용히 체머리만 흔들었다. 돈 쓰고 핀잔만 들은 덕심도 어두운 표정으로 자리에서 일어났다. 린의 말을 들으니 마음 편히 앉아서 와인이나 마실 때가 아닌 것 같았다.

"내가 가 볼게."

화장실로 들어간 덕심은 속을 게워내는 소리에 설핏 눈매를 찡그렸다. 한 군데를 제외하고 모두 빈칸인 것을 봐서는 구토의 주인공은 연주인 듯했다. 물 내려가는 소리가 연이어 들리고 나서도 연주는 나오지 않았다. 이 상태에서 얼굴을 마주치면 서로 민망할 것 같아 밖에서 기다리려는 찰나 연주가 누군가와 통화하는 소리를 들었다.

"응. 린하고 같이 와인 바에 왔어요."

그 말을 끝으로 연주는 아무 말도 하지 않았고 대신 한숨 소리만 간간이 들렸다. 아무래도 상대방이 다그친다는 느낌이 들었고 덕심의 머리에는 자연스럽게 동준이 떠올랐다.

"알았어요. 알겠다고요!"

마냥 다소곳할 것 같던 연주가 조금 소리를 높여 통명스럽게 대답하는 것을 들으며 덕심은 화장실을 빠져나왔다. 얼마지 않아 화장실에 나오던 연주는 기다리고 있던 덕심과 마주치자 쑥스럽게 웃었다.

"체했어요?"

"가끔 소화가 안 돼요."

"내시경 같은 거 해 봐야 하는 거 아니에요?"

"해 봤어요. 그냥 심리적인 문제래요."

말을 하면서도 여전히 속이 답답한지 연주는 작은 주먹으로 가슴을 통통 두드렸다.

"밖에서 바람 좀 쐴래요?"

기다렸던 질문을 들은 것처럼 연주는 망설임 없이 고개를 끄덕였다.

"네. 강 비서님한테 할 말도 있었어요."

"저한테요?"

와인 바 입구에는 인조 잔디가 깔린 아담한 테라스 공간이 있었다. 날이 추워서 그런지 텅 비어 있어 대화하기에도 좋았다. 친절하게도 야외용 열풍기가 돌아가고 있어 둘은 따뜻한 가운데 시원한 공기를 즐길 수 있었다. 자리에서 챙겨 온 와인 잔이 없었으면 어쩔 뻔했는지. 예상보다 훨씬 어색한 분위기에 하릴없이 와인만 홀짝이는 덕심을 물끄러미 보던 연주가 먼저 대화의 문을 열었다.

"저 때문에 당황하셨죠? 강 비서님 때문이 아니라 남편한테 메시지가 와서 그랬어요."

지랄 맞은 마동준을 떠올린 덕심의 입술이 밉게 삐쭉어졌다. 하지만 아내에게는 세상 다정해 보이던데. 정말 쇼윈도 부부인가.

"강 비서님은 제가 불편하죠?"

"음……. 아니요."

생각과 다른 대답인지 연주의 눈이 조금 커지는가 싶더니 이내 편안하게 웃었다. 곱상하게 휘어지는 눈매가 여성스러운 분위기를 더했다.

"고마워요. 불편하게 생각하지 않아서."

"사실 저도 놀랍네요. 너무 아무렇지 않아서."

와인 잔을 빙글빙글 돌리던 연주가 긴 한숨 끝에 입술을 열었다.

"사실 성훈 오빠하고는 아무 감정도 없는 사이나 마찬가지였어요. 굳이 찾으려 들면 오누이 같은 정도였죠."

딱히 궁금하지도, 알고 싶지도 않다고 생각했던 덕심은 막상 연주가 먼저 얘기를 꺼내자 몹시 듣고 싶은 욕구가 치밀었다. 그런데 당사자 없는 곳에서 이런 얘기를 들어도 되는 걸까?

"제가 돌이 지나자마자 결정됐어요. 마윤 그룹 고이란 회장님 손자의 짝으로. 어른들의 친분과 현실적인 손익계산이 절묘하게 맞아떨어져서 천생연분이라고 입을 모았다고 하더라고요."

“네…….”

그때는 명림 아줌마가 없었나? 고 회장이 명림을 두고 궁합을 안 봤을 리가 없는데. 덕심은 연주의 이야기를 들을수록 오히려 궁금증이 더 커지고 있었다.

“어릴 땐 그냥 잘생긴 오빠가 내 짝이라는 사실이 좋았어요. 우쭐대는 마음이요.”

잘생긴 얼굴의 소유자로서 느끼는 자부심. 얼굴 지상주의자인 덕심은 완벽하게 공감하며 크게 고개를 끄덕였다.

“나도 모르게 세뇌된 것 같아요. 지금 생각하면 성훈 오빠를 사랑한 적이 없는데 사랑한다고 생각했어요.”

“알 것 같아요. 어떤 기분일지.”

“고마워요.”

작게 미소 지은 연주는 조금 더 어두워진 표정으로 계속 말을 이었다.

“어릴 때, 성훈 오빠는 아무 문제가 없었어요. 저를 꽤 예뻐했고 친절했어요. 애들이니까 엎치락뒤치락하면서 놀기도 했죠. 사춘기 즈음부터 오빠가 이상해졌어요.”

“왜 그랬을까요?”

연주의 공허한 시선이 잠시 바닥에 머물렀다.

“아마도. 아니 확실히 오빠의 어머니 때문이에요. 아줌마는 나도 싫어했어요. 다들 의부증이 심한 사람이라고 흉을 봤어요. 아들 옆에도 여자가 있는 걸 못마땅해 하셨어요.”

“으…….”

자신도 모르게 진저리를 친 덕심은 두 팔로 몸을 감쌌다.

"어느 날은 저한테 몸 팔러 왔냐고 소리 지른 적도 있어요."

"세상에. 많이 아픈 사람이었네요."

고개를 주억거리던 연주는 눈썹을 일그러트리며 낮은 목소리를 냈다.

"남편과 아들이 자신만 바라보길 원하셨는데 그 정도가 지나쳤죠. 교통사고도 그래서……."

하던 말을 멈춘 연주는 아랫입술을 지그시 깨물며 고개를 저었다.

"아니다. 자세한 건 오빠한테 듣는 게 나을 것 같아요. 그리고 제가 이런 얘기를 한 이유는."

나란히 앉아 있던 덕심이 고개를 돌려 연주를 바라봤다. 간절해 보이는 연주의 눈은 따뜻한 빛을 품고 있었다.

"그 사람, 버리지 말아 주세요. 그 오빠 분명 처음일 거예요. 왜인지는 몰라도 강 비서님은 오빠가 유일하게 거부하지 않는 사람이잖아요."

"그……렇긴 하죠."

"하긴, 오빠가 놓아주지도 않을 거예요. 그 사람 성격에 모든 것을 걸었을 거예요."

"하하하."

어색하게나마 웃었지만, 덕심은 헤어 나올 수 없는 덫에 걸린 듯 기분이 묘했다. 성훈의 가정사를 되새기며 착잡해 하던 덕심은 문득 다른 궁금증이 들었다. 세상 사람들이 정말 궁금해 하던 그 일은 덕심의 내면에도 남아있었나 보다.

"나도 뭐 하나 묻고 싶은 게 있어요."

"뭔데요?"

"왜, 성훈 씨가 혼수상태에 있을 때……."

"다른 놈하고 결혼했냐고요?"

이 여자도 이런 말을 할 줄 아네. 고상한 입술에서 튀어나와서 그런지 '놈'이란 단어가 꽤 얌전하게 들렸다.

"나, 참 약아빠진 애거든요."

"전혀 그렇게 안 보여요. 진짜 여성스럽고 우아하고 착하고 약해 보여요."

처음부터 지금까지, 덕심이 연주를 볼 때마다 느꼈던 감상을 줄줄 늘어놓자 연주는 배시시 웃었다.

"동준 오빠가 날 좋아하는 거, 어릴 때부터 알고 있었어요. 초등학교 때부터요."

"아……!"

아내를 향한 동준의 애정이 찐사랑이라는 사실을 확인한 덕심은 짧은 감탄사를 터트렸다. 지난번 식당에서 본 뜨거운 눈빛을 떠올리자 부러움이 아닌 소름이 끼쳤다. 그렇게 사랑하는데 왜?

"성훈 오빠 것은 다 갖고 싶어 하는 사람이니까 그렇게 시작한 마음인지도 모르죠. 하지만 정말 오랫동안 한결같이 나만 바라봤어요."

그건 집착 아닌가?

"오랜 약혼 기간이 지나고 본격적으로 결혼 이야기가 오가면서 아줌마 병세가 심해졌어요. 성훈 오빠는 자신도 문제가 있고 어머니 때문에 네가 힘들 거라면서 파혼하자고 했고요."

"정말요?"

"네. 그때는 제가 화를 냈지만, 솔직히 아줌마를 감당할 자신도 없긴 했어요. 하여튼 파혼 얘기를 한 날, 그 사고가 났어요. 아줌마 아저씨는 형체를 알아볼 수도 없이 상했고, 성훈 오빠는 기적처럼 말끔했지만, 정신이 돌아오지 않아서 비상이 걸렸죠."

"그때 동준 오빠가 위로를 많이 해줬어요. 저도 의지를 많이 했는데 음……."

갑자기 말을 멈춘 연주의 얼굴이 점점 붉어졌다. 영문을 몰라 갸우뚱 고개를 기울여 자신을 보는 덕심의 시선을 피하더니 쏟아내듯 빠르게 말을 했다.

"술 마시고 하룻밤을 잤어요."

속사포 같은 연주의 말을 접수한 덕심은 그 하룻밤이 합의된 밤이라고 믿지 않았다. 분명 마동준의 계략이 있을 거라고 지레짐작하며 그를 향해 속으로 욕을 했다.

"그럼……. 강제로 결혼한 거예요?"

"겉으로 보기엔 그렇지만, 아니에요. 나는 남편을…… 사랑해요."

"그런데 왜. 미안하지만 지금 연주 씨는 좀 불행해 보여요."

"시작이 잘못된 거죠. 남편은 내가 자신을 사랑한다고 믿지 않아요. 항상 불안한, 그래서 불행한 사람이에요."

하아……. 얘기를 듣고 나자 오히려 덕심의 가슴이 갑갑해졌다. 복잡하고 속상한 이야기였다. 덕심은 난감한데 정작 연주는 밝게 웃고 있었다.

"나는 강 비서님이 좋아요. 왠지 힘도 세고 씩씩할 것 같아서 처음부터 끌렸어요."

"갑작스럽게 고백을 하고 그래요."

픽 하고 웃는 덕심을 기분 좋게 바라보던 연주가 핸드폰을 내밀었다.

"심심할 때 연락해도 되죠?"

"물론……."

순간 덕심의 머릿속에 성훈의 목소리가 쾅 하고 떠올랐다.

'자고 일어나서 심심하면 전화해요.'

으헛! 외마디소리와 함께 일어난 덕심은 테라스를 서성거리며 제 머리를 두드렸다.

"아아 어떡해. 어떡해!"

울상을 한 덕심은 패딩 점퍼의 주머니를 뒤져서 핸드폰을 꺼냈다. 마사지 받느라 꺼 놓은 핸드폰을 켜며 마른 입술을 축였다.

"미안해요. 연주 씨. 나 전화 한 통화만 할게요."

"네. 그러세요."

전원이 켜지길 기다리는 시간이 억겁 같았다. 다급한 손짓으로 핸드폰의 비밀번호를 해제하고 즉시 성훈에게 전화를 걸었다.

"아우, 안 받네. 화났나 보다."

입술을 씹으며 초조해 하던 때 드디어 통화가 연결되었다.

— 이제야 심심해졌어요?

회사에서처럼 담백하고 사무적인 목소리를 들으니 등골이 오싹해졌다.

"미안해요. 부회장님."

"또 비서처럼 말한다."

핸드폰을 통해 들리는 목소리가 바로 옆에서 하는 말처럼 생생하게 느껴졌다. 역시 글로벌의 표준이란 별칭이 어울리는 마윤의 기술력에 감탄하던 덕심의 눈에 입을 가리고 웃는 연주가 보였다. 그녀의 시선을 따라 뒤를 돌아보자 뻣뻣하게 서서 미간을 찡그리고 있는 잘생긴 남자가 있었다.

"헤."

바보처럼 웃으며 빠르게 걸어 성훈 앞에 도착했다. 여유롭게 웃는 남자를 보자 덕심의 가슴에서 뜨거운 것이 울컥 올라왔다. 세상 부러울 것 없이 산 줄 알았던 남자가 너무 불쌍해서 안아 주고 싶었다.

"열두 시간은 잤어요?"

"네. 마사지 받느라 전화기 꺼놨는데…… . 아니, 아니. 무슨 변명이 필요해. 내가 나빴어요."

제 손으로 머리를 딱딱 때리는 덕심을 본 성훈의 눈의 크게 벌어졌다. 급히 덕심의 손을 붙든 성훈은 엄한 눈으로 바라보며 고개를 흔들었다.

"내 허락 없이 누가 덕심이를 때리지?"

"화났죠? 종일 연락도 없이. 내가 좀 그래요."

"아니. 전혀."

전혀 개의치 않은 듯 가볍게 웃던 성훈이 더는 참지 못하고 덕심의 어깨를 끌어당겼다. 성훈은 연신 무어라 말하는 덕심을 그대로 품에 안았다. 그래도 성에 차지 않아서 두 팔에 힘을 주고 꼭꼭, 서로의 심장이 닿도록 가까이하고 싶었다.

그리움은 순식간에 기쁨이 되었다. 덕심이 있는 곳을 찾아 골목에 접어들었을 때부터 마음이 급해졌다. 멀찍이 보이는 실루엣이 그녀인 것을 알아챈 순간부터 광대는 치솟고 가슴이 뛰었다. 미안해서 그런지 실실 웃는 덕심을 본 순간 안지 않고는 배길 수 없었다. 숨 막힐 것 같다고 투덜거리는 소리를 듣고 나서야 팔을 풀어주었다.

"여기는 어떻게 알고 왔어요?"

"성 대리는 애인이 실시간으로 보고를 하더라고."

"아하, 그랬구나."

성훈의 대답에 미안함이 두 배가 된 덕심은 괜히 은수가 괘씸했다. 계속 같이 있었는데 혼자만 부지런 떤 것도, 귀띔해 주지 않은 것도 야속했다.

"오빠, 오랜만이에요."

품 안의 덕심을 내려다보던 성훈은 인사하는 소리를 듣고서야 고개를 들었다.

"어? 네가 여기는 웬일이야?"

연주는 황당한 얼굴로 묻는 성훈보다 더 어이가 없었다. 핸드폰에 매달려 발을 구르는 덕심보다 자신이 먼저 성훈을 발견했고, 그는 분명 골목 끝에서부터 이곳까지 눈 한번 깜빡이지 않고 걸어왔다. 그런데 눈에 보이는 건 덕심 하나였나 보다.

"마사지 받으러 갔다가 우연히 만났어요. 어쩌다 보니 저녁도 먹고 여기까지 왔네."

"응. 그래."

건성으로 대답하는 성훈을 흘겨보던 연주는 이내 피식 웃고 말

앗다. 성훈이 스스럼없이 여자를 끌어안고 만지는 모습은 보고 있으면서도 믿어지지 않는 장면이었다. 철이 든 이후, 정혼자라는 이름표 때문에 마지못해 견디던 표정이 아직도 생생한데. 덕심에게는 먼저 다가가는 것도 모자라 닿지 못해 안달하는 걸 보자니 기분이 묘했다.

"덕심이는 이제 집에 가야죠."

어떻게든 둘만 있고 싶은 성훈은 복잡한 동네에서 주차하느라 고생인 익준이 오기 전에 내뺄 생각이었다. 슬쩍 당기는 손을 빼낸 덕심이 긴밀한 목소리로 말했다.

"은수한테 말하고 가야죠."

"참. 그렇지."

덕심과 데이트할 욕심에 성훈은 일행이 있다는 것도 잊어버렸다. 입 다물고 성훈이 하는 꼴을 지켜보던 연주가 와인 잔을 들고 일어서며 날카롭게 핀잔했다.

"진짜, 오빠 너무 한다. 원래 꽂힌 것에 집중하는 건 알지만, 한 가지만 생각하면 어떡해?"

"그래요. 부회장님이 너무했어요. 들어가서 은수도 보고…… 참, 린도 있다."

"로이스까지?"

솔직히 연주와 덕심이 함께 있는 것도 내키지 않는 상황인데 린 로이스까지 있다는 소리에 성훈의 짙은 눈썹이 일그러졌다.

"그리고 술값도 내가 계산해야 하거든요. 잠깐 들어갔다 가요."

덕심이 계산해야 한다는 소리에 성훈의 표정이 굳어졌다. 여기는 규모는 작아도 프랑스에 와이너리까지 소유한 유명 와인 마니

아가 운영하는 곳이었고 그만큼 명성 있는 빈티지를 취급하는 와인바였다. 재벌가 여식들이 마셨을 와인의 가격대는 월급 받아 생활하는 덕심이 감당할만한 수준이 아닐 게 뻔했다.

"왜 당신이 내야 하는 거지?"

"몰라, 몰라. 내가 제일 행복한 사람이니까 내래요."

평소보다 톤이 높은 덕심의 목소리가 수상했다. 계단을 내려가는 덕심의 팔을 붙들어 세운 성훈은 홍조 띤 덕심의 얼굴 가까이에 코를 대고 킁킁거렸다. 알싸하면서도 달콤한 향이 은은하게 풍겼다.

"술 마셨어요?"

"술집인데 술 마시지 밥 마셨겠어요?"

흠뻑 취했구나. 어쩐지 처음 볼 때부터 귀염을 떤다 싶었다. 성훈이 들어가자 린이 번쩍 손을 들고 환호했다. 아무래도 저쪽은 취한 정도가 아니라 술통에 빠진 것 같았다.

"Hey! Hot guy! Did you fucked 헙! 으읍!"

다행히 구체적인 문장이 완성되기 직전에 은수가 알아서 린을 제압했다. 린의 입에 리넨 냅킨을 욱여넣고 틀어막은 채 은수가 고개를 흔들며 외쳤다.

"마성훈 씨, 덕심이 데리고 빨리 나가요. 얘가 갑자기 홀랑 취해서 통제가 안 되네요."

"그래. 오빠, 먼저 돌아가. 지금 동준 오빠도 이쪽으로 오겠다고 연락 왔어. 어서 가."

성훈은 동준까지 온다는 소리에 하는 수 없이 발길을 돌렸다. 솔직히 린이 난장을 부리든 이곳이 아비규환이 되든 상관없었지만,

동준이 나타난다면 다른 문제였다. 마주쳤다가는 또 연주가 곤란해질 터였다.

"은수 씨, 계산은 이걸로 해결해요."

성훈은 지갑에서 꺼낸 카드 한 장을 은수의 주머니에 찔러 넣었다. 덕심을 데리고 빠져나가는 성훈의 귓가에 고맙다고 외치는 은수의 목소리가 들렸다. 등 떠밀려 택시에 올라탄 덕심이 툴툴거리며 따졌다.

"그걸 왜 성훈 씨가 내나? 우리가 먹은 건데. 나도 그 정도는 계산할 수 있어요."

"그거, 덕심이가 계산 못 해요."

"왜요?"

그의 말대로 덕심에게 무리긴 했다. 하지만 내일부터 반찬으로 간장만 찍어 먹고 회사까지 걸어 다니는 한이 있어도 스스로 해결하려고 했다.

"테이블에 있던 병, 하나는 로마네콩티던데."

"뭐라고요?"

이 거지 자린고비 지지배가 진짜! 자신과 연주가 밖에서 얘기하는 동안 린이 일부러 저지른 일이 분명했다. 술이라고는 마실 줄만 알지 뭐가 뭔지 모르는 은수가 기둥뿌리 뽑힐 술을 주문할리 없었다.

"어, 얼마 나왔을까요? 처, 천만 원?"

성훈은 대답 없이 꼭 쥐고 있던 덕심의 손을 더 단단하게 고쳐 잡았다.

"이천……? 설마 삼천은 아니겠죠?"

"모르는 게 약일 때도 있어요. 로이스는 나한테 화가 났을 거예요. 세 번째 데이트를 날려 먹었거든."

"그런데 왜 나한테 그런데?"

"나를 만나기는 힘들고 마주친 김에 화풀이한 거겠지. 아마 그 정도 술값이 나오면 덕심이 나한테 아쉬운 소리를 할 거로 예측했을 테고."

"나쁜 년."

이후로도 덕심의 앙다문 잇새로 쉴 새 없이 욕이 흘러나왔고 그때마다 성훈은 웃음을 터트렸다.

15. 처음부터 사심 폭발

"어서 오세요."

출입문이 열리는 기척을 느끼고 매대의 물건을 정리하다 일어
선 아르바이트생의 얼굴이 환하게 밝아졌다. 요즘 왜 안 오나 궁
금했던 미남 손님이 들어오자 오밤중 편의점에 광명의 빛이 든 것
같았다. 오늘도 컵라면 매대로 가는 남자의 훌륭한 기럭지와 코
트 맵시에 감탄하던 아르바이트생은 출입문을 열고 들어오는 덕
심을 보고 방긋 미소 지었다. 이 동네는 부촌이라 그런지 정말 물
이 좋았다. 자신이 이 구역의 최고 미녀로 점찍은 손님까지 등장

하자 둘이 사귀면 잘 어울리겠다며 뇌 내에서 오지랖을 떨어댔다.

"나는 라면 싫어요. 아이스크림."

성훈의 다정한 말투와 태도를 본 아르바이트생의 눈이 번쩍 뜨였다. 언제 둘이 눈이 맞았데? 불과 얼마 전까지 분명 따로 드나들던 사람들이 갑자기 암수 서로 정다워진 것을 믿을 수 없었다.

"어떤 맛?"

"닐라닐라 바닐라."

"귀여운 맛을 좋아하는구나."

아르바이트생이 남몰래 구역질하는 것도 모르고 성훈과 덕심의 잔인한 애정 행각은 그칠 줄을 몰랐다. 계산하는 중에도 아르바이트생이 흘깃거리는 것도 모르고 두 사람은 잡은 손을 놓지 못했다.

"저 사람, 아까 보니까 성훈 씨를 반기는 것 같던데요."

아이스크림을 떠먹던 덕심은 아까부터 자꾸 눈이 마주치는 아르바이트생을 눈짓하며 속닥거렸다.

"나, 여기 단골이거든요."

"……?"

"한동안 여기 매일 왔었어요. 성 대리하고."

"정말요? 왜요?"

"왜 그랬겠어요?"

피식 웃으며 컵라면을 먹는 성훈을 보며 덕심은 머릿속에 떠오른 그 짐작이 맞을까, 의심했다.

"내 입으로 물어보기 참 민망한데요. 혹시 여기에 나 보려고 왔어요?"

"당연하지. 여기가 컵라면 맛집도 아니고 굳이 뭐 하러 왔겠어요."

"와, 나 쫌 감동."

"쫌 말고 많이 감동했으면 좋겠는데."

"그래요. 기분이다. 많이 많이 감동했어요."

정말이었다. 그때는 황달이 의심될 만큼 칙칙한 안색에 고리타분한 꼴을 한 중년이었는데. 참으로 모양 떨어지는 강덕심을 그렇게나 좋아했다는 게 신기했다.

"그런데 내가 왜 좋았어요?"

"그건 나도 미스터리인데. 어느 날부터 좋아하고 있더라고."

"부회장님 많이 갈등했겠다."

"왜?"

"난다 긴다 하는 있는 집 영애도 아니고 젊은 것도 아니고 예쁘지도 않은 강 비서가 좋아지다니. 당황했을 것 같아요."

"아닌데."

"뻥 치지 말아요."

덕심은 듬뿍 뜬 바닐라 아이스크림을 입에 넣으며 성훈을 흘겨봤다.

"정말인데. 누군가를 좋아하게 된 건 당황스러웠지만 당신을 좋아하는 걸 고민하지는 않았어요."

"열린 사람이었어. 마성훈 씨는."

"세계적인 기업은 아무나 운영하는 게 아닙니다. 열린 마음, 앞선 생각을 하는 자가 글로벌의 표준을 만드는 겁니다."

"브리핑하시는 거예요?"

"고백인데."

"건설적이네요. 메마르고 사무적인 고백…… 참, 감동적이었어요."

칭찬 같지 않은 칭찬에도 기분이 좋아진 성훈은 부드러운 눈빛으로 덕심을 바라보았다. 이 시간에 마주 보며 헛소리를 하는 것이 너무 즐겁고 행복했다. 세상을 다 주고 싶은 마음이 샘솟았다.

"덕심, 새해가 되면 강남 신사옥 부지 입찰 결과가 나올 거예요."

"치열하잖아요. 다들 N그룹이 유력하다고 하던데요."

"아니. 마윤은 목표한 것을 잃지 않습니다."

"믿습니다!"

덕심은 아이스크림 스푼을 높이 치켜세우며 성훈의 확신에 힘을 실어 주었다.

"물론 사내 공모전을 치를 테지만, 신사옥 명칭 앞에 K를 붙일까 생각 중인데."

"잠깐. 그 K. 코리아의 K라고 해줘요."

"아닌데."

잘게 고개를 흔드는 덕심은 필사적이었다.

"코리아로 해요."

"싫은데."

"여기 닭살 돋은 거 보여요? 난 오글거리는 거 딱 질색이라고요."

"추운데 아이스크림 먹으니까 그렇지."

"하여튼 K자 붙이기만 해봐요."

덕심이 질색하는데도 불구하고 성훈은 완고한 표정으로 웃기만 했다.

"그나저나 아까 연주하고…… 무슨 얘기 했어요?"

"음……. 마성훈 욕했지."

"어쩐지 흥이 폭발하더라."

키득거리며 웃고 난 덕심은 헛기침을 하며 목소리를 가라앉혔다.

"사실 두 사람, 지난 이야기 조금 들었어요."

"응."

"정말 별거 없더라 두 사람. 어쩜 그렇게 재미없게 살았어요?"

"덕심이 만나려고 순결을 지켰지."

"나, 물어보고 싶은 거 있어요."

"뭔데요. 다 말해 줄게요."

성훈의 너그러운 미소 앞에서 덕심은 용기를 낼 수 있었다.

"어머님 얘기. 해줄 수 있어요?"

성훈은 꼭 준비했던 것처럼 난처한 기색 없이 고개를 끄덕였다.

"어머니는 무척 외로운 분이셨지. 온 가족이 그 외로움을 부추겼고 특히 할머니의 뜻에 갇혀서 병이 나을 기회마저 잃었어요."

호군의 말에 의하면 아들을 잃기 전의 고이란 회장은 마윤 일가의 작은 흠조차 용납하지 않았다고 들었다. 얼마나 숨 막히고 힘들었을까 얼굴조차 모르는 이에게 동정심이 들었다.

"일종의 뮌하우젠 증후군."

"……?"

그런 병명도 있었나? 덕심은 태어나서 처음 들어보는 병명에 말을 얻지 못했다. 동그란 눈에 담긴 호기심과 염려를 읽은 성훈은 나직하게 한숨을 쉬었다.

"자존감이 약했던 어머니는 아버지의 모든 것이 당신이길 바랐어요. 하지만 아버지의 위치는 그런 어머니의 욕구를 충족할 수 없었고요."

그리고 현재 성훈의 위치가 그러했기에 덕심에게 털어놓는 것이 조심스러웠다. 당사자인 자신보다 더 어둡게 가라앉는 덕심의 눈빛을 보자 성훈의 마음은 더없이 착잡해졌다. 덕심에게 자세한 사정을 털어놓은 결과가 어떻게 될지 몰라 두려웠지만 숨기고 싶지 않았다.

"집착이 심해질수록 아버지는 멀어지고 나는 그런 어머니 곁을 지킬 수밖에 없었어요. 그런데 그게 오히려 독이 됐죠. 집착의 대상이 하나 더 늘어났으니까."

"안타깝고 어려운 문제였네요."

"정말 불행하게 살다 가셨어요. 일찍 놓아주었더라면 좋았을 것을……."

"회장님 원망이죠?"

잠시 멈칫한 성훈은 고개를 주억거렸다.

"가벼운 꾀병은 시간이 지나 자해로 이어졌고 그럴수록 할머니의 통제는 심해졌어요. 밖으로 소문이 새면 안 되니까. 설상가상으로 의부증과 피해망상에 시달리면서 주변의 모든 젊은 여자와 아버지의 관계를 의심했어요."

덕심은 테이블에 놓인 성훈의 손등 위에 자신의 손을 얹었다. 지금까지 이렇게 우울하고 초라한 성훈을 본 적이 없었다. 항상 자신만만하고 냉철한 모습을 지키느라 힘들었을 그를 위로하고 싶었다. 글로벌 마윤의 후계자가 둘러써야 하는 번듯한 껍데기가 얼마나 무겁고 갑갑했을까. 집무실 앞에서 넥타이를 느슨하게 끌어 내리는 습관은 멋있으라고 생긴 게 아니었다. 숨통을 조이는 모든 것들로부터 자신을 지키기 위한 최소한의 몸짓이었을 테다.

"사고는."

거기까지 말하고 난 성훈에게서 표정이 지워졌다. 텅 빈 얼굴이 오히려 더 힘겨워 보였다.

"그만 말해요."

"아니. 당신한테는 말해야지."

"그럼, 나가서 좀 걸을래요?"

"그게 낫겠어요."

덕심은 다 먹지도 않은 컵라면을 들고 일어나는 성훈을 말렸다. 지금 그는 의식 없이 움직이는 허깨비 같아서 돌봐 줘야 할 만큼 연약해 보였다.

"이제 나가요."

이번에는 덕심이 먼저 성훈의 손을 붙들었다. 아무 말 없이 손을 잡고 그의 코트 주머니에 손을 쏙 집어넣으며 장난스럽게 웃었다. 성훈은 애써 밝게 웃는 덕심에게 미안한 마음이 커졌다.

"나 괜찮아요. 걱정하지 말아요."

"그냥 좋아서 웃는 건데."

주머니 속에서 꼼지락거리는 따뜻한 손의 온기가 심장의 피를 돌게 했다. 작은 손이 주는 위안에 온전히 의지하고 싶었다.

"내가 어머니를 닮았나."

"왜요?"

"강덕심이 나만 봤으면 좋겠어."

"나 잘생긴 얼굴 좋아하는 거 알죠? 관리에 소홀하지 않으면 진짜 마성훈만 보고 살지도 몰라요."

"그건 자신 있지. 항상 미모를 가꾸는 데 게으르지 않겠습니다."

"오냐."

덕심의 우스갯소리 덕분에 긴장이 풀린 성훈은 하다 만 이야기를 다시 이어갔다.

"그날 사고는 어머니가 의도한 거였어요."

이번에는 덕심도 놀란 티를 감추지 못했다. 얼굴에서 핏기가 가시는 것이 느껴지면서 머리털이 쭈뼛 섰다.

"나는 어머니를 견딜 수 없어서 독신을 선언했고 아버지는 대노하셨죠. 기대가 컸던 아들한테 문제가 있다는 걸 처음 아는 바람에 충격이 크셨고 그제야 어머니에게 이혼을 선언했어요."

삐걱거리는 일상을 오랜 시간 외면한 이들의 갈등이 커졌을 것은 자명한 일이었다. 각각의 자리에서 견딘 것이 오히려 독이 되었다는 게 안타까웠다.

"며칠 잠잠하더니 어머니는 부쩍 평온한 모습이 됐어요. 마음을 비웠더니 정신이 맑아졌다면서 함께 바람이나 쐬자고 하셨어요. 직접 운전까지 했죠."

"그럼. 그때 사고가 난 거예요……?"

"맞아요. 어머니는 할머니 없이 우리끼리 함께 있자고 했어요. 그럼 평화로울 수 있다고."

운전대를 잡은 어머니의 광기 어린 눈빛과 절벽을 향해 돌진하던 장면이 떠오른 성훈은 눈을 질끈 감았다. 압도하는 공포감에 호흡이 가빠졌다.

"나는 어머니에게서 벗어나고 싶었어요. 간절히……. 사경을 헤매는 중에도 그것만 생각했어요. 어머니와 함께 있고 싶지 않아서 깨어나기 위해 부단히 애를 썼어요. 눈을 떴을 때, 불구로 살아도 좋다는 생각이 들었을 정도로."

말을 끝낸 성훈은 걸음을 멈추고 덕심과 마주 섰다.

"그날의 진실은 생존자인 나밖에 몰라요. 이제 당신도 알게 됐지만."

"나, 코 꿰었네요."

"아니. 버겁다면…… 지금이 기회예요."

"그런 거예요?"

덕심은 그 자리에서 주저앉아 운동화 끈의 매듭을 풀더니 다시 단단히 묶기 시작했다. 그 모습을 우두커니 보던 성훈도 덕심의 앞에 쪼그려 앉았다.

"뭐 하는 거예요?"

"보면 몰라요?"

"도망갈 준비 하는 겁니까?"

양쪽 매듭을 단단하게 고정하고 난 덕심은 잠잠하게 내려앉은 성훈의 눈동자를 지긋이 응시했다. 오랫동안 차근차근 그의 속을 꿰뚫을 것처럼 바라보았다. 어른들의 갈등 속에서 두려움을 숨기고 의연해야 했던 어린아이가 그곳에 숨어 있었다. 작은 몸을 과장되게 부풀리고 주먹을 불끈 쥔, 센 척하는 연약한 소년을 어떻게 버릴 수 있을까.

"마성훈 씨, 나는 잘생기고 예쁜 것에 유난히 약해요. 태어났을 때부터 그랬대요. 목청이 터지게 울다가도 TV에서 잘생긴 사람들이 나오면 거짓말처럼 그쳤대요."

왠지 그 모습이 선하게 떠오른 성훈이 낮은 소리를 내며 웃었다.

"그리고 불쌍한 사람한테도 약해요."

덕심은 어울리지 않게 자신의 앞에 옹송그리고 앉은 성훈의 코트 깃을 붙잡았다.

"나, 신발 끈 딱 잡아맸거든요. 이제 내 손 잡고 같이 달려요. 외롭게 고군분투하지 말고."

성훈은 아무 말도 하지 못하고 덕심의 단단한 눈동자를 뚫어지게 바라봤다. 방금 들은 말이 허세가 아닌 진심인지 믿어지지 않았고, 꿈이라면 깨고 싶지 않아서 옴짝달싹하지 못했다.

"마성훈, 감격했구나?"

"진짜…… 당신은 이제 어디도 못 가요."

씩 웃는 미소와 고막에 생생하게 꽂히는 덕심의 목소리를 들은 성훈이 그녀의 두 볼을 손으로 감쌌다. 빙글거리는 미소가 걸린 입술을 가볍게 물었다가 부드럽게 스며들어 갔다. 작은 혀를 매끄럽게 감았다가 여린 살점을 쓸었다가, 속속들이 맛보고 느끼고 싶은 욕심은 아무리 채워도 끝이 없었다.

키스에 몰입한 성훈이 몰아붙이는 바람에 바닥에 풀썩 주저앉은 덕심이 단단한 어깨를 밀어냈다. 자리에서 벌떡 일어난 덕심은 눈썹을 삐딱하게 찡그리고 불만스럽게 따졌다.

"그리고 지금이 도망갈 기회라고 하면서 비밀을 털어놓으면 어떡해요? 완전 전략적이야."

"그러려고 한 건 아닌데. 전략이 몸에 배서 그만."

덕심은 다시 제 앞에 버티고 선 커다란 덩치를 끌어안고 한숨처럼 속삭였다.

"아, 진짜. 고 회장님한테 뭐라고 말하지?"

"⋯⋯?"

"내가 부회장님하고 사귀기 싫다고 말려 달라고 했단 말이에요."

"언제?"

"부회장님 고백 듣고 바로."

성훈도 긴 팔로 덕심을 감싸 안으며 중얼거렸다.

"흠⋯⋯. 아무래도 덕심이가 실수한 것 같은데."

"왜요?"

"우리 할머니의 승부욕을 건드렸어요."

"허, 나도 모르게 전략적이었네."

"역시 내 와이프."

"뭐라고요?"

성훈이 얼렁뚱땅 진도를 뛰어넘자 덕심은 펄쩍 뛰며 포옹을 풀었다. 날 선 눈으로 성훈을 흘겨보자 능청맞은 반박이 돌아왔다.

"만리장성을 쌓아 놓고 발뺌합니까? 그리고 도망 안 가기로 했잖아요."

"그걸 바로 결혼으로 연결해요?"

"강 비서가 나를 책임질 줄 알고 다 줬는데 이럴 수 있습니까?"

농담처럼 말하고 있지만, 성훈의 눈빛은 지난밤이 떠오르도록 열렬하게 타오르고 있었다.

"연애만 해요. 연애만."

"연애만?"

"일단 연애부터 하자고요. 섣부르게 미래를 약속하고 그러지 말아요. 너무 빨리 뜨거워지면 뒷감당이 안 된다고요."

시선을 떨어뜨리는 덕심은 왠지 자신이 없는 사람처럼 나약해 보였다. 조금 전까지 당차게 장담하던 모습은 온데간데없이 두려워 움츠러든 모습이었다. 조용히 걷기만 하는 덕심을 지켜보던 성훈이 다시 손을 끌어와 제 주머니에 넣었다. 네가 걱정하는 몹쓸 미래는 없다고 말하고 싶었지만, 그저 손을 꽉 잡고 마음이 전해지길 바랐다.

"그럼 뜨겁게 연애나 합시다. 그런 의미에서 집에 가서 출근 준비해서 나와요."

"오늘도요?"

당연한 걸 왜 묻냐는 듯이 성훈은 턱짓으로 은수의 아파트를 가리켰다.

"어서 서둘러요."

"안돼요. 내일 출근."

"내일 출근할 수 있게 컨트롤할 거니까 걱정하지 말아요."

"아니. 나 말고, 부회장님 출근이요."

"……?"

"나 아까 국물 한 방울 남기지 않고 삼계탕을 싹싹 긁어먹고 인삼주도 한 주전자나 마셨어요."

"그래서…… 지금 내 걱정을 하는 겁니까? 그깟 보양식 좀 먹었다고?"

덕심은 황당한 얼굴로 피식거리는 성훈의 얼굴 앞에 대고 손을
휘이휘이 저었다.

"진짜 큰일 납니다. 어서 돌아가세요."

"까불지 말고 옷 챙겨 나오지 그래요."

"후회하실 겁니다."

"그 후회, 오늘 밤에 꼭 하고 싶은데."

적과 대치하듯 서로를 노려보던 두 사람이 동시에 웃음을 터트
렸다. 차가운 밤공기를 가르는 덕심의 맑은 웃음소리에 성훈의
속이 뻥 뚫렸다. 오랜 시간 얽매였던 속박의 끈이 툭 끊어지는 후
련함을 느꼈다.

철벅 철벅. 요란하게 살갗이 부딪치는 소리가 속도를 더했다. 하
아, 하아. 격정적인 숨소리는 쾌락을 넘어 고통스럽기까지 했다.
성훈을 내려다보는 덕심의 몸이 위로 솟구쳤다 떨어질 때마다 흐
트러진 머리카락이 얼굴을 뒤덮었다. 분명 처음에는 덕심이 주도
하고 있었는데 이제는 멈추고 싶어도 멈출 수 없도록 성훈에게
붙들린 상태였다.

"아아, 못 하겠어."

더는 버티지 못한 가녀린 몸이 땀으로 번들거리는 성훈의 단단
한 가슴 위로 풀썩 쓰러졌다. 덕심의 몸이 이탈하는 것을 막기 위
해 성훈의 커다란 손이 골반을 꽉 움켜쥐었다. 힘없이 허물어진
몸과 달리 바짝 맞물린 하체는 여전히 바쁘게 출렁거렸다. 불이

붙은 듯이 아래가 뜨겁게 달아올랐다. 성훈이 허리를 강하게 추어올리자 덕심의 입에서 앙칼진 교성이 터졌다. 강렬한 쾌감과 함께 눈앞에서 하얀 불꽃이 번졌다. 연달아 치고 올라오는 쾌감에 숨통이 터질 것 같아 두려워진 덕심이 자꾸만 성훈을 밀어내며 벗어나려고 했다.

"안돼. 조금만…… 참아!"

절정에 다다르기 직전인 성훈이 몸을 일으켰다. 서로 마주 앉은 채 열띤 몸짓을 이어나갔다. 거친 신음을 내지른 성훈이 온몸이 발갛게 상기된 덕심을 꽉 끌어안았다. 흐느낌 같은 교성을 몇 번이나 짧게 내뱉던 덕심이 잔 경련을 일으키며 늘어졌다. 녹신한 탄식과 함께 성훈의 가슴 위로 쓰러진 덕심은 한동안 아무 말도 못 하고 거친 숨만 몰아쉬었다.

"그런데 나, 언제 후회합니까?"

성훈의 태연자약한 목소리를 들은 덕심이 눈꼬리를 치떴다.

"이, 얼굴 반반한 구미호 양반 같으니 내 정기를 다 빨아먹는 게 분명해."

그가 가슴을 울리며 낮게 웃자 덕심의 몸이 덩달아 들썩거렸다. 땀에 젖은 작은 등을 연주하듯 쓰다듬는 성훈의 섬세한 손길이 나른했다. 눈을 감고 음미하던 덕심은 몽롱해지는 의식과 함께 잠에 빠져들고 있었다. 아늑한 잠기운에 만족하는 덕심의 귓가에 까마득하면서도 달콤한 속삭임이 들렸다.

"사랑해. 사랑해요."

덕심은 잠이 쏟아져서 입술을 달싹이는 것도 힘들었지만 꼭 대답해야 할 것 같았다.

"응……."

간신히 목구멍에서 대답을 끌어올리고 나서야 안심하고 잠이
들었다.

✱

김 박사는 이전 진료 때의 상담 내용을 복기하면서 성훈의 태도
를 살폈다. 리클라이너 소파에 완전히 몸을 이완하고 앉은 성훈
은 희미한 콧노래를 흥얼거리며 연구실 내부를 둘러보고 있었다.
의연한 척하며 버티는 기미는 없었다. 순수하게 기분이 좋은, 부
드럽게 풀어진 표정에서 넉넉한 여유가 느껴졌다. 김 박사는 안경
을 벗어 닦으며 무심한 듯 물었다.

"최근 좋은 일이 있나 봅니다. 비약적인 호전이 있었나 보죠?"

꼬았던 다리를 푼 성훈이 상체를 앞으로 숙이며 신중한 표정을
지었다. 김 박사는 성훈이 적극적인 자세로 바뀌는 순간을 차트
에 기록했다.

"박사님, 왜 그 사람에게만 아무렇지 않았을까요."

"그분은 여전히 부회장님 주변에 있습니까?"

"무척 가까이 있습니다."

덕심을 떠올리는 성훈의 표정은 행복감으로 환하게 물들어 있
었다. 모든 짐을 내려놓은 것처럼 홀가분해 보이는 성훈을 보자
김 박사의 마음도 가벼워졌다. 희원정에 보고서를 보내고 질타 받
는 지긋지긋한 나날도 이제 곧 끝나려나 보다.

"부회장님은 어린 시절부터 치열하게 노력했어요. 티 내지 않고

혼자 극복하느라 시간이 오래 걸렸지만. 그게 자존심이건 병을 고치려는 의지였건 효과를 나타낸 거 같습니다."

"……?"

"처음 시작은 무의식중에 팔을 뻗어 만졌는데 아무렇지 않았다고 했죠?"

"네."

"저는 그런 가정을 해봤습니다. 부회장님도 모르게 호전되고 있던 때에 그분을 마주친 거죠. 꺼릴 틈도 없었던 찰나의 접촉이 부회장님의 뇌리에 각인되었고 그것이 실마리가 되었을 겁니다."

"하지만 그녀를 제외하고는 달라진 것이 없습니다."

"의식하고 있으니까요. 나는 여자가 싫다. 그 생각에 사로잡힌 상태에서 접한 사람은 여전히 거부반응이 남아 있을 겁니다."

"그럼……."

"조바심내지 마시죠. 분명 좋아지고 있습니다."

하루라도 빨리 멀쩡해지고 싶은 성훈은 김 박사의 처방이 마음에 들지 않았다. 그러나 시큰둥한 성훈과 달리 김 박사는 확신하고 있었고 그만큼 그가 대견했다.

성훈이 연구실 문을 열자 복도 의자에 앉아서 기다리던 덕심이 벌떡 일어났다. 나에게 너는 기적이었는데……. 단순히 나아지는 과정에서 마주친 우연일 뿐이라고? 왠지 김빠지는 기분이었다. 골몰한 성훈의 표정을 살피며 덕심이 걱정스레 물었다.

"왜요? 뭐…… 잘못됐어요?"

"아니요. 좋아지고 있대요. 초조해 하면 안 된다는데 그게 마음대로 되나."

"그래도 좋아졌다니 다행이죠."

"되게 좋아하네. 오히려 지금 상태가 안전한 거 아닌가? 한눈 팔 위험도 없고."

이 남자도 어느 날 한눈파는 일이 생길까? 그의 농담을 마냥 흘려들을 수 없어 억지 미소를 짓던 덕심은 가방 속에서 징징거리는 진동을 느꼈다.

"잠깐만요."

급히 가방을 뒤적거린 덕심은 발신자의 이름을 확인하면서 관자놀이를 긁적였다.

"꼭 받아야 하는 전화네요."

어색한 미소를 띤 덕심이 성훈이 볼 수 있도록 액정화면을 내밀었다. 고이란 씨. 덕심이 저장해놓은 발신자 이름을 본 성훈은 눈을 크게 뜨고 한 번 더 확인했다. 기억하는 한 할머니 이름 뒤에 '회장' 직함을 붙이지 않는 사람은 처음이었다. 고 회장에게 전화가 왔다는 사실에 약간 긴장한 것 같지만 결코 쫄지 않는 덕심이 기특했다. 덕심은 목소리에 힘을 싣고 준비를 마친 후에 전화를 받았다.

"안녕하셨어요. 회장님."

— 우리 만나야 할 일이 있지 싶어.

고고하고 꼬장꼬장한 고 회장의 음성을 들으니 머리 가죽이 바짝 당겨지는 느낌이 들었다.

"네. 그렇습니다. 언제 어디로 갈까요?"

— 저녁에 희원정으로 오게나. 장 실장한테 말해 뒀으니 따라오면 되네.

"네. 희원정으로. 알겠습니다."

─ 성훈이한테는 알릴 필요 없고.

"네. 성훈이한테는 알릴 필요 없고요."

덕심은 미간을 좁힌 채 귀를 쫑긋 세우고 있는 성훈에게 혀를 쏙 내밀었다.

─ 이보게. 강 비서. 지금 누구 이름을 함부로.

"앗! 죄송합니다. 까먹지 않으려고 하다 보니 그만 실수했습니다. 그럼 희원정에서 뵙겠습니다."

전화를 끊은 덕심은 여상한 얼굴로 고개를 들었다. 자신을 물끄러미 바라보는 성훈에게 씨익 웃어 보이는 여유까지 부렸다.

"내가 알아서 할 테니까 덕심이는 뒤에 서요."

"뭘요?"

"희원정 들어가서 좋은 꼴 못 봐요."

"어머, 제가 희원정 가는 거 어떻게 아셨어요?"

"그러게 강 비서는 아무 말도 안 했는데 내가 어떻게 알았지? 하면서 같이 놀아 줄 생각 없습니다."

덕심은 잔뜩 굳어진 얼굴로 퉁명스럽게 대꾸하는 성훈의 팔을 잡고 가볍게 흔들었다.

"일단은 내가 해볼게요. 부회장님이 나선다고 해서 뜻을 꺾을 분도 아니잖아요. 매도 얼른 맞아 버리는 게 나아요."

"싫어."

"드라마에 나오는 비리비리한 여자 만들지 말아요. 내가 도움 청할 때 나타나 주세요."

간곡한 여자의 말에 마음이 약해질 것 같았다. 턱을 꽉 다문 성훈은 시선을 돌려 덕심을 외면했다. 그러나 덕심은 포기하지 않고 그의 시선을 따라다니며 눈을 맞추었다.

"응? 응?"

결국, 성훈은 생글생글 웃으며 따라다니는 덕심을 어쩌지 못하고 긴 한숨을 쉬었다.

"알겠어요. 대신 다녀와서 전부 말해 줘야 해요."

"당연하죠. 나 조금 전에 다 일러바치는 거 봤잖아요."

"언제? 난 들은 게 없는데."

능청스럽게 잡아떼는 성훈 때문에 덕심은 피식 웃고 말았다.

희원정에 도착한 덕심은 거울을 꺼내서 머리와 입술을 점검했다. 거울을 탁 닫으며 운전석에 있는 호군을 향해 고개를 돌렸다.

"저 딱히 흐트러진 데 없죠?"

"응. 단정해. 그런데 정말 괜찮겠어?"

덕심은 걱정스럽게 묻는 호군에게 얼얼한 표정으로 도리질을 했다. 마주 잡은 손을 파리처럼 비굴하게 비비며 덜덜 떠는 음성으로 말했다.

"아니요. 심장이 입 밖으로 튀어나올 것 같고 정원을 걷다가 쓰러질 것 같아요."

"그러게 부회장님한테 맡기지."

"부딪히는 데까지 돌격해 보고요. 해보지도 않고 남자 뒤에 숨어서 처분만 기다리는 거 속 터져요. 차라리 전면에서 엎어터지는 게 속 시원해요."

으아아아! 덕심이 지르는 기합에 놀란 호군이 어깨를 움찔 떨었다. 차 문이 떨어져 나갈 정도로 호기롭게 닫은 덕심이 씩씩한 걸음으로 정원을 가로지르는 모습이 당차기보다는 안쓰러웠다.

희원정은 이전과 달리 시끌벅적했다. 호텔 로비만큼 넓은 거실은 사람들이 웅성거리는 소음과 분주하게 움직이는 사용인들로 북적거렸다. 처음 보는 얼굴들 사이로 다행인지 불행인지 익숙한 얼굴이 드문드문 보였다. 사내에서 마주쳤거나 인트라넷에서 얼굴을 익혀 둔 임직원들이었고 그들은 모두 마윤 일가였다.

"오늘 문중 모임이라도 있나요?"

덕심이 질문을 했음에도 집사는 들은 체도 하지 않았다.

"덕심아!"

"어! 아줌마, 안녕하셨어요?"

두 팔을 휘휘 저으며 아는 척하는 명림은 오늘도 즐거워 보였다. 명림을 보자 눈시울이 시릴 만큼 반가운 마음이 드는 건 겁먹은 증거였다. 호의가 아닌 호기심이 가득한 시선들이 덕심에게 직사광선처럼 내리꽂혔고 그녀를 언급하는 입술이 조용히 분주했다.

"혹시 저도 여기 앉나요?"

"회장님께서 안에서 기다리십니다."

'네가 감히 여길 앉아?' 하는 집사의 업신여기는 시선을 알아챈 덕심이 '그러면 왜 이 길로 안내했냐?'는 뜻을 담아 눈에 쌍심지를 켜고 부라렸다. 의외의 반격에 놀란 집사가 주춤하는 사이 자세를 재정비한 덕심은 담담한 시선으로 좌중을 둘러봤다. 왜. 뭐, 어쩔 건데! 속으로나마 외치고 나니 두려움이 가셨다.

집사를 따라서 고 회장이 기다리는 서재로 향했다. 집사의 노크는 소리마저 단정하게 느껴졌다. 열어 주는 문으로 들어가자 눈부신 은발을 고아하게 틀어 올린 고 회장이 덕심이 앉을 자리를 가리키며 일어섰다.

두 사람이 인사를 나누는 동안 집사가 차를 내왔다. 탕약같이 진한 색을 띤 차의 향이 서재를 가득 채웠다.

"추워서 쌍화차를 준비했네."

"잘 마시겠습니다."

사약인가. 덕심은 까만 액체를 묵묵히 바라보며 엉뚱한 생각을 했다. 그러나 지독하게 검은색을 띤 차는 아이러니하게도 덕심의 취향에 딱 맞았다.

"맛있어요."

고 회장은 달달 떠는 손을 감추지도 않고 차를 마시는 덕심을 물끄러미 바라보았다. 얌전한 듯 맹랑하고 얄미운 듯 귀여운 이 아이를 어쩌면 좋을까. 그 녀석이 희원정에 발길을 끊은 이유는 당연히 너겠지. 어째 모두가 네 편을 드는 것이냐?

희원정으로 들어오는 모든 보고가 차단된 것을 추궁하자 충심 깊은 호군이 모른다고 잡아뗐다. 명림은 이번 기회를 놓치면 성훈이는 몽달귀신이 될 거라고 매일 협박을 해댔다. 생전 말 없는 연주마저 회장님 생각이 다 옳은 건 아니라며 따졌다. 게다가 자신 앞에 불려 와서 차를 음미하다 못해 입맛을 다시는 덕심을 보니 이기지 못할 적을 만난 기분이었다.

"너, 약속을 어겼더구나."

"죄송합니다."

얼굴은 하얗게 질려서 대답은 차분하게 잘도 한다.

"저는 나무보다도 못한 인간이었어요."

"그건 또 무슨 소리니?"

되묻는 순간 고 회장은 덕심에게 휘말리는 기분이었다. 저 잔망스러운 입술이 얼마나 얼토당토않은 말을 할까 살짝 기대도 되었다.

"나무도 열 번은 찍어야 넘어간다는데 저는 열 번도 못 견뎠거든요."

그랬을 테지 그 녀석이 몰아치고 우겼겠지.

"그런데 회장님도 약속을 어기셨어요."

"……?"

"제가 부회장님 좀 막아달라고 부탁드렸잖아요. 그런데 얼마나 노력하셨어요? 심지어 회장님 심복이 장 실장님 아니에요? 장 실장님까지 부회장님한테 넘어갔잖아요."

"……."

"도시락을 싸 들고 쫓아다니면서 말리셨어야지요. 손자가 어떤지 뻔히 아시면서 그렇게 손 놓고 계시면 어떡해요. 왕년의 재계의 마녀라고 해서 믿었는데……."

내가 지금 애한테 혼이 나는 중인가? 고 회장은 무람없이 따지는 덕심의 말에 잠시 어안이 벙벙했다. 또 듣자 하니 틀린 소리도 아니었지만, 가만히 있을 수 없었다.

"지금 네가 내 탓을 하는 거니?"

"……."

"나도 그 녀석 얼굴을 봐야 말리든지 혼을 내든지 할 거 아니니?

도통 집에 들어오지 않으니, 이거야 원."

성훈이 집에 들어오지 않는 원인인 덕심의 볼이 빨갛게 상기되었다. 고 회장의 말대로 회사에서는 눈코 뜰 새 없이 바쁘고 남는 시간은 덕심과 붙어있으니 쫓아다니며 말릴 틈이 없는 게 당연했다.

"그래서 너한테라도 물으려고 불렀다. 어쩌기로 했니? 서로 나눴던 말이 있을 게 아니냐."

"연애만 하기로 했습니다."

"연애만?"

"네. 성훈 씨한테도 말했어요. 처음이라 좋아하는 마음이 걷잡을 수 없을 거라고요. 사랑하는 마음에 취해서, 그런 분위기에 빠져서 결혼하는 건 아니라고요."

"잠깐. 그 녀석이 벌써 결혼 말까지 꺼냈다고? 언제?"

"사귄 지 24시간쯤 됐나?"

"허허. 참나. 하……. 나, 이거야 원."

어이가 없어서 혀를 차고 실소만 터트리던 고 회장은 오히려 덕심이 믿음직하게 느껴졌다. 여자한테 빠져서 두서없이 덤비는 놈보다는 그래도 정신 차리고 있는 덕심이 낫지 싶었다.

"그래서 연애만 하기로 했다고? 그러자고 하던?"

"네. 아쉬운 대로 동의하셨어요."

"그래. 성훈이는 미친놈이고. 네 생각을 들어보자."

"저도 미친녀……. 아니, 저도 부회장님이 좋습니다."

"그런데 왜 안 덤벼?"

"덤볐다가 다칠까 봐서요."

고 회장을 올곧이 바라보는 덕심의 맑은 눈동자가 차분하게 가라앉았다.

"실컷 연애하고 나면 다시 제자리로 돌아가실 거예요."

고 회장은 급히 시선을 돌려 덕심을 외면했다. 눈자위에 붉은 기를 띤 주제에 담담하게 웃는 꼴이 못마땅했다. 또박또박 지지 않고 말대꾸도 잘하는 애가 현실 감각은 왜 저렇게 예민한지, 좀 어리석고 염치없어야 말리는 맛이 나지.

"저희 연애만 할게요. 그건 허락해 주세요."

남자 뒤에 숨어서 여우 짓도 못 하는 덕심의 부탁을 거절해야 하는데 선뜻 목소리가 나오지 않았다.

결국, 가타부타 속 시원한 답을 듣지 못한 덕심은 이만 물러가라는 소리만 듣고 서재를 나섰다. 막상 서재에서 나오니 헷갈리기 시작했다. '물러나란 소리'가 서재에서 나가라는 소리였는지, 성훈의 옆에서 꺼지라는 소리였는지. 아무튼, 물세례를 맞지도 않았고 얼마면 떨어지겠냐는 소리도 듣지 않았으며 해외로 나가라는 말도 없었다. 골똘히 생각에 빠져 무의식적으로 걷던 덕심은 어느새 거실을 가로지르고 있었다.

"덕심아, 덕심아!"

다급하게 부르는 소리에 정신을 차려보니 거실에 있는 수많은 시선이 자신을 관찰하고 있었다. 눈동자마다 같은 생각을 하는 게 느껴졌다. 그럴 줄 알았다. 별꼴이다. 네 주제를 알아야지. 감히 네까짓 게. 주눅이 들진 않았어도 아무렇지도 않을 수는 없었다. 소리가 난 곳으로 멍한 시선을 돌리니 명림과 연주가 보였다. 연주는 당장 울 것처럼 걱정스러운 얼굴이었고 명림은 여전히 해맑게 웃고 있었다.

"아줌마, 저 갈게요."

"밥 먹고 가야지. 이제 저녁 먹을 시간이야."

"아니에요."

덕심이 태연하게 미소 지으며 고개를 젓는데 누군가가 비꼬듯이 말했다.

"하여튼 명림 선생 잔인하기는 알아줘야 해. 지금 밥을 먹으면 바로 체할 거 아닙니까."

"원래 한 번 더 밟아 줘야 하는 거잖아. 정석대로 하시네요."

"다들 닥쳐! 그 못난 입과 심보로 지은 업은 꼭 돌려받을 게다."

예의 없는 사람들에게 버럭 소리를 지른 명림이 급한 걸음으로 다가왔다. 덕심의 손을 잡고 한쪽으로 걸어가면서 나직하게 물었다.

"많이 혼났어?"

"아니요."

"그런데 얼굴이 왜 그렇게 해쓱해?"

"완전 떨려서 죽을 뻔했으니까요. 아직도 다리가 후들후들해요."

"배고파서 그런 거 아니고?"

"그것도 그래요."

"그러니까 밥 먹고 가라니까."

"어휴, 아줌마. 저 사람들하고 밥을 먹으면 저 면상에 바로 토해 버릴지도 몰라요. 그냥 내 집에 가서 편하게 먹을래요."

"그럴래?"

"네. 다음에 밖에서 봐요. 그때 제가 맛있는 거 사드릴게요."

매일 심심하다고 노래하는 명림은 덕심이 밖에서 만나자고 하는 말에 활짝 웃으며 손뼉을 쳤다. 사이좋게 인사를 나누며 현관에서 신발을 신는 데 덕심보다 더 해쓱해진 얼굴의 집사가 벌컥 문을 열고 들어왔다.

"부회장님 오셨습니다!"

"어?"

마주 쳐다보는 덕심과 명림의 눈이 휘둥그레 커졌다.

"성훈이가 웬일이지? 네가 말했니?"

"아니요. 오늘이라고는 안 했는데……."

성훈이 도착했다는 소리에 덕심도 갈피를 못 잡고 허둥거렸다.

"아줌마, 나 여기 있어야 해요?"

"그렇겠지. 네 서방인데 그냥 가는 게 더 웃겨. 얘."

"서방이라뇨. 그런데 저는 그냥 가고 싶어요. 여기 더 있고 싶지 않아요."

"그래도 성훈이는 보고 가야지. 너 여기 있는 거 알고 쳐들어온 건데."

집사가 사람들에게 성훈의 도착을 알리는 소리가 연이어 들렸다. 세자저하답게 왕이 퇴청이라도 한 것처럼 요란법석이었다. 그 소란 탓인지 덕심은 멀쩡했던 속이 울렁거리는 것 같아 문을 열고 밖으로 나갔다. 벌써 본채에 거의 다다른 성훈이 덕심을 보더니 아예 뛰기 시작했다.

"아이구, 색시가 어떻게 된 줄 알고 똥줄이 탄다 타."

명림의 말대로 금세 코앞에 당도한 성훈은 잔뜩 긴장한 얼굴이었다.

"얼굴이 왜 이래요?"

자기는 더한 주제에 성훈은 덕심의 얼굴을 붙들고 이리저리 살피느라 여념이 없었다.

"멀미 나요. 부회장님 보니까 긴장이 풀려서 그런가."

"할머니가 심하게 하셨어요?"

"아니요. 별말씀 안 하셨어요."

"바른대로 다 얘기해요. 숨기지 말고."

그때, 정원으로 향하는 테라스 창을 열고 선 고 회장이 버럭 하고 역정 내는 소리가 들렸다.

"내가 뭘 어쨌다고 그러니?"

"할머니! 저 모르게 이 사람 불러놓고……."

감정이 격해진 성훈은 말을 잇지 못하고 씩씩거렸다. 고 회장은 덕심의 어깨를 소중히 감싸고 서서 감히 눈을 희번덕거리는 성훈에게 코웃음을 쳤다.

"시끄럽다. 겨우 그깟 일로 제 감정 조절도 못 하다니. 그 아이 데리고 들어와라. 추운 데서 드라마 찍지 말고."

"아우 씨, 난 다시 들어가기 싫은데."

"그래요. 내가 데려다줄게요. 집에 가서 쉬어요."

"덕심아, 나 아직 얘기 안 끝났다. 물러가 있으라고 했지 집에 가라고 한 거 아니다."

카랑카랑한 고 회장의 목소리가 정원에 메아리쳤다.

"아니, 그럼 확실하게 말씀을 하시지. 헷갈렸잖아요."

고 회장의 예상대로 성훈보다 덕심에게 말하는 편이 빨랐다. 툴툴거리면서도 덕심은 고분고분하게 집안으로 들어왔다. 성훈과 덕심이 손을 잡고 들어오는 것을 본 일가친척들은 아까와 달리 고요했다. 그러나 성훈과 고 회장의 신경전을 지켜볼 생각에 흥분한 기색은 감추지 못했다.

"김 집사."

"네. 회장님."

"이 추운 날 손님 대접도 제대로 안 하고 뭐 했어? 식사 시간인데 빈속으로 보내는 게 말이 되나."

고 회장의 낮은 목소리와 고저 없는 말투가 오히려 듣는 사람의 모골을 송연케 했다. 덕심은 당황해서 쩔쩔매는 집사 대신 나섰다.

"회장님, 제가 그냥 가겠다고 했어요. 속이 안 좋아서요."

"속이 안 좋다고?"

"덕심이 임신했니?"

왜 그런지 뻔히 아는 명림이 천연덕스럽게 묻는 소리에 덕심이 펄쩍 뛰었다.

"아니요!"

"난 또. 괜히 좋다 말았네. 성훈이 분발해라."

"네."

"뭐가 또 '네'에요."

덕심이 흘겨보며 눈치를 주자 성훈은 싱긋 웃으며 어깨를 으쓱해 보였다.

"흠! 명림이 자네는 장난 좀 그만하고. 덕심이는 진짜 속이 안 좋아? 못 먹겠어?"

"여기 처음 보는 사람들이 수두룩한데 제대로 밥이 넘어가겠어요?"

성훈의 날 선 목소리가 거실 구석까지 선명하게 파고들었다. 분기에 한번, 친인척들이 모여 식사 자리를 갖는 날이었다. 친인척이라고 해서 모두 초대받을 수 있는 게 아닌, 마윤 일가에게는 무척 중요한 자리였다. 이런 날, 수많은 사람 앞에서 덕심이 얼마나 당황하고 힘들었을지 생각하자 도저히 평정심을 유지할 수 없었다. 그런 손자를 한심하다는 양 혀를 차며 노려보던 고 회장이 큰 소리로 집사를 찾았다.

"김 집사!"

"네."

"아이가 속이 안 좋다고 하니 새로 뜬 매실청 한 병 들려서 보내. 그리고 집에 가져갈 수 있게 음식도 좀 싸거나."

"네?"

"내가 두 번 얘기해야 하나? 어려운 말 했어?"

"아, 아닙니다."

김 집사는 대답과 동시에 날 듯이 주방으로 사라졌다.

"성훈이는 네 사람, 안전하게 데려다주고. 오늘은 집에 들어와라."

"……?"

"대답."

"네. 할머니."

"덕심이는 도착하면 나한테 문자 보내. 전화하는 건 싫을 거 아니야."

"싫은 건 아니고 무서워서요."

"무서워? 허!"

무서운 아이가 그렇게 말대꾸를 잘해.

"회장님, 그럼 저희 연애해도 돼요?"

무서운데 그런 걸 서슴없이 물어? 동그랗게 뜬 눈으로 대답을 기다리는 덕심은 아무리 봐도 겁먹은 사람 같지 않았다.

"해라! 해!"

고 회장의 뒤에서 사람들이 술렁거리는 소리가 파도처럼 들썩거렸다.

"할머니, 정말이죠?"

고 회장은 얼뜨기 같은 표정으로 실실 웃는 성훈을 마뜩잖게 쳐다보다가 그를 따라 헛웃음을 터트리고 말았다.

"도대체 할머니한테 뭐라고 한 거예요?"

"진짜 별말 안 했다니까요. 그냥 당분간 연애만 하겠다고 말씀드렸어요."

성훈 못지않게 덕심도 궁금했다. 고 회장이 무엇 때문에 파격적으로 오케이를 한 것인지. 그나저나 보자기 속에서 피어오르는 음식 냄새에 뒤늦게 허기진 속이 쓰라리기까지 했다.

"성훈 씨, 좀 빨리 갈 수 없어요?"

"왜요. 멀미 나요?"

"아니요. 빨리 먹고 싶어서요. 가서 은수하고 미친 듯이 먹을 거예요."

말을 마치자마자 덕심의 뱃속에서 꼬르륵거리는 소리가 연달아 터져 나왔다. 성훈은 소리를 감출 생각도 없이 망연자실한 얼굴로 주린 배를 쓰다듬는 덕심이 한없이 사랑스러웠다.

"그럼 열어서 몇 개 집어 먹든가."

"그……럴까."

군침을 꿀꺽 삼킨 덕심은 다급하게 보자기를 풀고 찬합을 열었다가 도로 닫았다.

"왜요?"

"너무 예뻐서 손을 못 대겠어요. 참을래요."

"어차피 먹을 건데. 뭐 하러."

"은수한테 자랑하고 먹을 거란 말이에요."

"귀여워서 미치겠네."

꼬르륵거리는 소리의 주기가 짧아지고 있었다. 성훈은 배고파서 울먹거리는 덕심이 사랑스럽고 귀여운 마음과 별개로 안쓰러워서 보기 힘들었다. 가속페달을 지그시 밟으면서 속도를 더했다.

"덕심아, 아버님 계시는 현장 말인데."

"우리 아빠는 신경 쓰지 말라니까요."

배고파서 다 죽어가던 목소리가 날카롭고 단호해졌다.

"현장 월동 장비 보완하라고 지시했고, 일부지만 직원 숙소를 마련했어요."

"……."

"이제 곧 한파니까. 모두 따뜻한 게 좋잖아요."

"우리 아빠 때문에 그걸 다 했다고요?"

"아니. 아버님 때문이 아니고. 직원 복지 차원에서 마련한 겁니다. 회사 이미지도 있고."

자존심 강한 덕심이 화를 내면 어쩌나, 성훈은 조수석을 흘깃거리며 덕심의 표정을 살폈다. 찬합을 꼭 끌어안고 앞만 쳐다보는 덕심은 무표정했다. 무슨 생각을 하는지 알 수 없으니 괜스레 더 눈치가 보였다.

"그러니까 아버님 걱정은 조금 덜 해도 될 것 같은데."

"걱정 안 했어요."

퉁명스럽게 대답하는 소리에 돌아보니 덕심이 고개를 푹 숙이고 있었고 찬합을 싼 보자기에 짙은 자국이 점점이 늘어나고 있었다.

"덕심이 울어?"

"응……."

성훈은 비상등을 켜고 길가에 차를 세웠다. 손등으로 눈가를 꾹꾹 누르며 정리하는 덕심을 보니 마음이 아려서 견딜 수 없었다.

"울리려고 한 게 아닌데."

"……."

"그냥 당신 마음이 조금이라도 가볍길 바랐는데. 내가 주제넘었나?"

"아니요. 고마워서 그래요."

따듯하게 웃는 덕심의 갈색 눈동자는 평소보다 더 촉촉하게 빛나고 있었다. 아무래도 처음부터 저 눈동자에 사로잡힌 듯싶었다.

"나야말로 고맙지."

"뭐가요."

"마침 때맞춰 나타나 줘서."

"……?"

안전벨트를 푼 성훈이 고개를 갸웃 기울이고 저를 쳐다보는 덕심에게 팔을 벌렸다. 픽 하고 웃은 덕심도 벨트를 풀고 그의 품에 안겼다. 성훈은 코를 훌쩍거리는 덕심의 머리를 천천히 쓰다듬다가 이마에 입술을 눌렀다. 기적이든, 우연의 일치든 상관없었다. 너를 마주친 그 순간부터 인연은 시작되었고 영원히 끝나지 않을 테니까. 생각에 잠긴 성훈의 귓가에 덕심이 속삭였다.

"내가 말했어요?"

"뭘?"

"나, 마성훈 사랑한다고."

"한 번 더 말해요."

성훈의 커다란 손이 덕심의 볼을 감싸는 바람에 붕어 입술이 된 덕심이 오물거리며 소곤거렸다.

"사랑해요."

말이 끝나기 무섭게 성훈의 입술이 덕심을 덮쳤다. 물밀 듯 밀려오는 마음을 담은 성훈의 감미로운 혀가 작고 여린 입속을 마음껏 유영했다. 멈출 듯 멈추지 않던 긴 키스가 끝나고도 성훈은 덕심을 끌어안은 팔을 풀지 못했다. 그의 가슴에 기대어 쿵쿵 뛰는 심장 소리를 듣던 덕심이 고개를 들고 중얼거렸다.

"그런데 나 계속 부회장님 비서로 지내도 괜찮을까요?"

"떨어질 생각 하기만 해 봐."

"아니. 이렇게 사심 가득한 상태로 업무를 할 수 있을까 싶어서."

"그 사심, 처음도 아니면서? 내 얼굴 보려고 입사원서 들고 찾아왔을 때 생각해 봐요. 못할 게 뭐 있어.

"하긴, 그때야말로 사심이 폭발했었죠."

마주 보고 키득거리던 웃음소리가 서로의 농밀한 입술 속으로 잠겨 들었다.

〈完〉

에 필 로 그

연애 이야기

"안녕하십니까?"

덕심이 들어서자 매장 직원이 공손하게 허리를 숙여 환대했다.

"네. 안녕하세요."

입가에 시원한 미소를 머금은 덕심이 함께 고개를 숙이는 사이 그녀를 알아본 매니저가 빠른 걸음으로 다가왔다. 장차 VVIP 중에서도 가장 핵심이 될 사람이라고 공공연히 소문이 도는 덕심의 등장에 사뭇 긴장한 분위기였다. 눈치 빠른 매니저는 덕심이 호들갑스러운 환대를 꺼리는 것을 잘 알고 있었다. 과한 칭찬을 좋아하는 고객보다 이런 부류가 더 응대하기 까다로웠지만, 그래도 덕심은 상냥해서 직원들이 좋아하는 축에 속했다.

"오셨습니까. 아직 준비가 덜 끝났는데 안에서 차 좀 드시겠어요?"

난감해하는 매니저에게 덕심이 더 미안한 표정을 지어 보였다.

218

"미안해요. 제가 좀 일찍 도착하는 바람에요. 차는 됐고 슬슬 구경 좀 하고 있을게요."

"알겠습니다. 혹시……."

넌지시 묻는 매니저에게 덕심이 작게 고개를 끄덕였다.

"네. 오실 거예요."

"그럼. 간단한 다과를 마련하도록 하겠습니다."

"음……. 그게 좋겠네요. 감사합니다."

저녁에 있을 바이어 미팅에 쓸 선물을 찾으러 온 길이었다. 덕심은 애처가로 유명한 바이어의 아내가 그릇 수집광이라는 정보를 입수했다. 패션 브랜드에서 브랜드 탄생 이백 주년 기념으로 제작한 디너 세트는 웃돈을 주고도 구하기 힘든 한정판이었다. W에서 일할 때 밀라노에서 인맥을 다져놓은 브랜드 수석 디자이너가 아니었으면 마윤 그룹이라고 해도 손에 넣기 힘든 아이템이었다.

저녁 미팅 전 이곳에서 성훈을 만나 잠시 커피 브레이크를 겸한 데이트를 즐길 계획이었다. 시간을 확인하는 덕심의 손목에서 열두 개의 다이아몬드가 빛을 반사했다. 소유의 목적이 아닌 트렌드를 파악하기 위한 여유로운 아이 쇼핑을 방해하는 시선이 느껴졌다.

"저……."

아까부터 끈적끈적하게 쳐다보는가 싶더니 역시. 어디를 가나 남자들의 흑심 어린 시선을 받는 데 익숙한 덕심이라도 거절은 꽤 성가신 일이었다. 덕심은 남자를 보는 둥 마는 둥 하며 약 십오 도 정도 고개를 틀었다.

"저……."

할 말이 있으면 빨리하든지, 망설이는 어투가 듣는 사람의 속을 터지게 했다. 성질이 치민 덕심이 고개를 제대로 돌려 상대를 직시했다. 어! 입 밖으로 외마디 비명이 튀어나올 뻔한 덕심은 급히 입술을 앙다물었다.

"아까부터 지켜보고 있었는데요."

최명장 과장. 이 작자가 미쳤나. 지금 누구한테 수작질이야. 아! 내 얼굴을 못 알아보는구나. 덕심이 한창 중년 여성 코스프레를 할 때 휴직계를 내고 나갔으니 알아볼 리 없었다.

"그래서……요."

터진 웃음을 참느라 덕심의 목소리 끝이 염소 울음처럼 떨려 나왔다. 급히 입을 다문 덕심은 표정을 들키지 않기 위해 고개를 돌렸다. 하릴없이 진열된 스카프를 만지작거리는 덕심의 귀에 잔뜩 긴장한 명장의 목소리가 이어졌다. 그 역시 한 마리 어린양이라도 됐는지 목소리를 파들파들 떨며 말했다.

"시간 있으시면 위에 올라가서."

"없어요, 시간."

한가로운 목소리로 명장의 말을 끊어버린 덕심은 발길을 돌려 구두가 진열된 곳으로 향했다.

"예. 그러실 줄 알았습니다. 하지만……"

방정맞은 발소리가 장소와 참 안 어울린다고 생각한 순간, 음산한 음성이 둘 사이를 가로막았다.

"잘한다. 잘해."

덕심과 명장의 고개가 동시에 목소리의 주인공을 향해 돌아갔다. 이미 '잘'이라는 첫음절만 듣고도 성훈임을 알아들은 덕심의 눈에 달콤한 빛이 감돌았다. 순간 싸늘했던 성훈의 입꼬리에도 설핏 미소가 스쳤다.

"부회장님! 안, 안녕하세……십니까!"

화들짝 놀란 명장이 말을 더듬으며 인사부터 올렸다.

"최명장 과장, 여기서 뭐 하고 계십니까?"

"쇼, 쇼핑 중이었습니다. 어머니께서 원하는 스카프가 있다고 해서요."

언제나 그의 곁에는 어머니가 계셨다. 물론 효도는 미풍양속이다. 하지만 다 자란 성인 남성의 모든 언행의 종착지가 '어머니'일 때는 그다지 아름답지 못하다.

회장님 발 낙하산인 덕심을 유난히 미워한 명장은 매번 엄마를 들먹이며 구박하곤 했었다. 예를 들어 '성격이 그렇게 세면 남자들이 싫어한다.'라면서 시비를 걸곤 했는데 그 앞에는 항상 '우리 엄마가 그러는데'가 꼭 붙어있었다. 늘씬한 키와 건장한 덩치, 서늘한 미모에도 불구하고 맞선에서 번번이 차이는 이유를 당사자와 그의 '엄마'만 모르는 것 같았다.

"어머니가 원하시는 스카프?"

추궁하는 성훈의 냉정한 시선이 덕심을 가리키고 있었다.

"아. 그게."

저 여자가 어머니 취향에 맞는 스카프냐고 묻는 날카로운 눈빛 앞에서 명장은 황망한 눈동자만 굴렸다. 자꾸만 대답을 요구하는 성훈의 태도에 질려 분위기에 안 맞게 넉살을 부리는 무리수를 범했다.

"하하, 스카프를 찾으러 온 곳에서 마주친 운명의 시그널이랄까요."

"최명장 과장."

"네."

가만히 눈을 감은 성훈의 속눈썹이 부들부들 칼춤을 췄다.

"이 자리에서 운명하고 싶습니까?"

"네? 그게 무슨 말씀이신지."

워낙 까다로운 인간이긴 했지만, 직원들을 상대로 감정 풀이를 하는 사람은 아니었는데. 몇 달 사이 많이 변했구나. 헛다리를 짚은 명장의 하얗게 질린 얼굴을 안타깝게 바라보던 덕심이 성훈의 팔꿈치를 조심스럽게 붙들었다.

"부회장님, 이제 그만 하시죠. 모르고 그러신 건데."

"강 비서는 괜찮습니까?"

"네. 아무렇지 않습니다."

이런 일이 한두 번이어야지 놀라든지 기쁘든지 하지. 덕심은 진실을 알 리 없는 성훈에게 해사하게 웃어 보였다. 그제야 지옥에서 온 팔불출로 명성이 자자한 성훈의 표정이 편안하게 누그러졌다. 아직도 올바른 상황 판단을 위한 정보 입력이 되지 않은 명장이 덕심에게 넌지시 물었다.

"혹시 비서실에 새로 들어온 직원이세요?"

"아니요."

태연하게 고개를 젓는 덕심의 대답에 명장은 점점 미궁으로 빠져드는 기분이었다. 그럼 다른 임원실의 비서란 말인가?

"최 과장님, 저 강덕심이에요."

"강……덕심이요?"

강덕심이면 전략실의 그 깐깐하고 사사건건 자신과 부딪치던 나이 지긋한 여자의 이름인데, 혹시 동명이인인가? 그런데 왜 잘 아는 사람처럼 인사할까?

　"최 과장님이 아는 전략실의 강덕심 비서가 맞아요. 그 사람이 바로 저예요."

　잠시 침묵이 흐르고 명장의 머리 위로 까마귀 한 마리가 까악까악 우짖으며 지나갔다. 인지 부조화에 빠졌다 나온 명장이 돌연 크게 외쳤다.

　"와!"

　명장은 손으로 이마를 짚었다가 입을 덮었다가 하면서 설레발을 떨었다.

　"강, 강덕심? 그…… 설마 그? 와!"

　자리에서 맴돌더니 바닥에 쭈그려 앉기까지 했다.

　"어째서?"

　당신이 그 강덕심이란 말입니까?

　"뭐, 그렇게 됐습니다. 과장님이 놀라실 만합니다."

　"마법?"

　해리포터가 드나드는 9와 3/4 플랫폼이 정말 있을지도 모른다고 생각하는 몽상가 최명장다운 결론이었다.

　"정신 차리고 일어나요. 최 과장."

　한숨을 푹 쉬며 손을 내미는 성훈의 냉정한 표정을 본 명장은 자리에서 일어났다.

　"이런 환골탈태가 가능하다니……. 도대체 어디 병원입니까? 강남이죠?"

"왜요? 어머니께 알려드리려고요?"

"당연하죠."

"아휴……."

부담스러울 정도로 얼굴을 들이대고 확인하는 명장을 피하며 덕심은 인상을 찌푸렸다. 성훈은 그런 명장의 앞을 손을 들어 막아섰다. 그나저나 부회장은 왜 이렇게 강 비서를 싸고도는 것인가. 이제야 명장은 남녀 사이에 흐르는 묘한 기류를 알아챘다. 차마 묻지는 못하고 머리만 굴리고 있는데 브랜드 매니저의 목소리가 끼어들었다.

"오셨습니까? 제품은 준비되었습니다. 잠깐 안에 들어가셔서 다과 좀 드세요. 강 비서님이 좋아하시는 과일 타르트도 있습니다."

"이거 어쩌죠? 우리 데이트해야 하는데."

난처한 듯 이마를 긁는 성훈은 기분 좋게 웃고 있었다.

"그럼 타르트는 포장해 드릴까요?"

"아니에요. 일부러 신경 써 주셨는데 먹고 갈게요."

매니저는 의례적인 미소로 답한 후 물러났다. 덕심의 등에 가만히 손을 얹은 성훈이 걸음을 옮기며 물었다.

"뭐 갖고 싶은 건 없고?"

"갖고 싶은 거요?"

잠깐 생각하는 척하던 덕심이 살짝 발끝을 세우고 성훈의 어깨를 짚었다. 아주 짧은 순간 그의 귓가에 소곤거리고는 멀어졌다.

"우리 자기요."

달콤하게 흩어지는 따뜻한 숨소리 덕분에 성훈의 목덜미에는 소름이 돋았다. 날씬한 허리에 팔을 감은 성훈이 고개를 기울여 대답했다.

"그건 굳이 주문하지 않아도. 항상 당신 소유지."

공개적인 장소에서 함부로 관계를 드러내는 언행을 삼가지 않는 모습에 혼자 남은 명장은 혼란스러웠다. 멍한 상태로 우두커니 있기를 한참, 안내를 마치고 돌아온 매니저가 보였다.

"저기요."

"네. 고객님."

"우리 부회장님하고 강 비서하고 무슨 사이입니까?"

"글쎄요. 저도 모릅니다."

함부로 입 놀렸다가 골로 갈 수 있는 문제였다. 매니저는 그냥 눈으로 봐도 뻔한 사실을 확인하려 드는 명장을 피했다. 명장은 급히 주머니를 뒤져 핸드폰을 꺼냈다.

"성익준."

― 네. 과장님. 어쩐 일이세요.

"나 방금 보스하고 강덕심 비서 봤어."

― 어디서요?

"백화점. R 매장에서."

― 예.

"예? 그게 다야?"

― 뭐가 궁금하신 건데요.

"강 비서 말이야. 진짜 그 강덕심 맞아?"

― 네. 맞습니다. 같은 사람이에요. 사정이 있어서 다른 모습으로 계셨던 거예요.

"진짜? 그런 일이 실제로 가능하다고?"

- 놀랍긴 하죠.

"그건 그렇고. 보스하고 강 비서하고 분위기가 장난 아니던데. 혹시 그런 거야? 둘이 불륜이야?"

- 무슨 소립니까? 둘 다 건강한 미혼 남녀인데 여기서 불륜이 왜 나와요?

"아이 씨! 개떡같이 말하면 좀 찰떡같이 알아들어라."

- 보이는 것을 믿으세요. 제가 드릴 말씀은 그게 답니다. 그럼 끊습니다.

보이는 대로? 보기에는 당장 내일 날을 잡아도 이상할 것이 없는 한 쌍······.

"아, 뭐야. 나 왕따야? 왜 나만 몰라?"

그나저나 마성훈의 여자한테 집적거리다 현장에서 걸렸으니 복직 후의 앞날이 까마득했다.

이 얼마 만에 탐하는 환락인가. 클럽 입구에서 저지는커녕 환대받으며 입장한 덕심은 사람들이 내지르는 폭발적인 환호성을 음미했다. 열기, 환희, 에너지, 페로몬 섞인 땀 내음, 심장을 두드리는 비트 그리고 눈을 어지럽히는 조명. 처음 은수가 기분 전환으로 클럽을 제안했을 때 단호하게 거절했던 과거의 내 입을 매우 처야지.

요란 법석한 EDM 장단을 따라 덕심의 어깨가 들썩이고 골반이 멋대로 퉁겨졌다. 스테이지가 한눈에 보이는 2층으로 올라가며 덕심은 후회를 담아 고개를 저었다. 고막을 꽉 채우는 음악 소리를 이겨내고자 목청껏 말을 했다.

"은수야! 나, 너무 얌전하게 입고 왔나 봐!"

"왜, 아까는 고전 의상이라도 입을 듯이 조신을 떨더니!"

갑자기 들이닥친 생활고와 마성훈 부회장의 야무진 비서로 지내다 보니 흥을 잊고 있었다. 아직 한창때인데 경솔하게 나이 타령을 했다니. 내 나이가 어때서. 자리에 앉은 덕심은 무릎 선을 충분히 덮은 스커트를 슬쩍 걷어 올리며 아쉬운 입맛을 다셨다. T.P.O에 맞게 혼자 섹시 터지게 쫙 펴쳐 입은 은수가 미워지려 했다. 은수의 짧은 팬츠와 감각적인 싸이하이 부츠를 부럽게 쳐다보며 덕심은 입고 있는 셔츠의 단추를 두어 개 정도 풀어헤쳤다.

"너 계속 비서로 있을 거야? 지금 두 사람 상황이 어디까지 진행된 거야?"

새로운 사업을 알아보기 위해 석 달간 해외 출장을 다녀온 은수는 그간 소홀했던 친구의 연애 진척 상황을 물었다.

"모르겠어. 요즘 생각이 많아. 사무실을 하나 차리고 싶다가도 혹시 나도 아빠처럼 사업병자일까 봐 무섭기도 하고, 의외로 비서 일이 적성에 맞는 것도 같고."

"무엇보다 애인하고 종일 붙어있으니까 좋고?"

"어."

은수는 너무 순순하게 인정하는 덕심에게 코웃음을 날렸다. 연애와 남자에게 깊이 빠지는 것을 경계하던 강덕심은 어디로 갔나 싶게 이번에는 사랑에 푹 빠진 모습이 보기 좋긴 했다. 안 그래도 예쁜 것이 사랑받아서 그런지 얼굴에서 광채가 반짝거렸다. 피부 깊은 곳에서부터 우러나오는 윤기와 환한 빛 그리고 제 남자를 떠올릴 때마다 옅게 오르는 홍조가 사랑스러웠다.

"마 서방님은 언제 오시니?"

"글쎄. 일 끝나는 대로 온다고는 했는데 내가 클럽 간다니까 표정이 썩더라. 어쩌면 안 올지도……."

덕심은 손목에 찬 시계를 들여다보며 말끝을 흐렸다.

"우와, 이 지지배 보셔! 마 서방이라는 말에 위화감도 없네. 얼씨구, 그 시계는 뭐야?"

은수는 열두 자리 숫자 대신 다이아몬드가 박힌 화이트 골드 시계가 걸린 손목을 사납게 낚아챘다. 도도한 디자인과 정밀함을 자랑하는 시계는 스치듯 봐도 대형 세단 한 대 가격은 돼 보였다.

"마 서방님이 주셨어?"

"응. 저번에 출장 다녀오면서 굳이 챙겼더라고."

덕심은 머리를 귓바퀴 뒤로 넘기는 척하며 시계가 빛을 받아 번쩍일 수 있도록 손목을 드높이 치켜들었다. 조명에 반사된 시계가 고고한 빛을 내뿜었다.

"아무 날도 아닌데 이런 선물을 줬어?"

"날은 날이었지."

"무슨 날? 생일도 아니고 사귄 지 백일 기념 그딴 거 챙겼어?"

그래도 마윤 그룹 마성훈인데, 그렇게 유치하려고.

"아니. 덕심이가 유난히 예뻐 보인 날 기념이라나 뭐라나."

쏠린다. 위장에 담긴 내용물이 위로 솟구친다. 그냥 유치한 게 낫지 이건 오글거림의 수위가 너무 높았다. 은수는 아이스 버킷에 꽂아놓은 맥주를 꺼내서 벌컥벌컥 들이켰다. 싸늘한 냉기와 탄산이 들어가니 느끼함이 한결 가셨다.

"너, 지금 비위 상한다고 시위하는 거야? 네가 지금 그럴 처지야?"

은수가 한국을 비웠던 시간 동안 익준의 하소연과 울분을 들어주고 저들의 느끼 만땅한 통화를 감내했던 지난날을 생각하면 이 정도 염장은 애교 수준인데. 제 눈의 들보는 보지 못하고 어디서 지적질이람. 그러나 덕심의 비난 어린 눈빛을 가볍게 물리친 은수가 심드렁하게 대꾸했다.

"우리가 얼마나 품격 있고 점잖은 연애를 하는데. 무슨 소리야?"

얼씨구! 덕심은 어이가 없어 떡 벌어진 입을 한 채 은수를 위아래로 흘겨보았다.

"한은수야, 입은 비뚤어져도 말은 바로 하자꾸나. 그래, 준수하고 점잖은 거 인정. 성익준 대리에 한정해서 인정. 내가 너의 그 되도 않는 혀 짧은소리를 못 들은 줄 알아?"

휴대폰에서 새어 나오는 홍알거리는 목소리를 듣고 너무 놀라 머그잔을 깨 먹은 날을 떠올린 덕심이 몸을 부르르 떨었다.

"그런 건 왜 듣고 지랄이니. 건강 해치게."

자신도 쑥스러운지 은수는 목덜미를 긁적이며 배시시 웃었다. 어떻게 된 것이 연하는 익준인데 시간이 갈수록 어리광은 자신이 부리고 있었다. 비주얼만 미소년이지 안팎으로 상남자인 익준에게 빠진 은수는 어느새 많은 면에서 그에게 의지하고 있었다. 이번 출장길에도 익준의 도움으로 다양한 인맥을 쌓았고 자신이 원하던 특수분장 분야의 새로운 아이디어도 많이 얻을 수 있었다.

문제는…… 최소 2년으로 잡은 유학 계획을 어떻게 그에게 털어
놓느냐는 거였다. 잠시 미래를 고민하느라 덕심과 은수는 티격태
격하던 수다를 멈추었다. 생각에 잠겨 맥주를 홀짝이는데 갑자기
거한 함성이 들려왔다.

"뭐야?"

"어머, 저기 뭐니? 누구 유명한 사람 왔나 봐. 홍해처럼 길이 열
리네."

"유명한 거라면 우리 성훈 옵빠?"

"주접이 끝도 없네. 유명하면 다 마성훈이냐? 이런 곳에서는 마
성훈은 티도 안 나."

"무슨 소리야? 자체적으로 조명 달고 태어난 사람이야. 어디서
나 핀 조명이 그를 비추는 거 몰라?"

"몰라! 고리타분한 마 서방님은 됐고. 우리 쥰이라면 모를까. 날
렵한 몸매에 뽀얀 얼굴만 해도 아이돌 찜 쪄먹을 비주얼……."

열을 올리며 제 남자친구 자랑을 하던 은수의 말투가 길게 늘어
지다 입 속으로 사라졌다. 더불어 스테이지 쪽을 내려다보던 그녀
의 목도 기린 부럽지 않게 길어졌다.

"갑자기 왜 그래? 거기 뭐 있어?"

"어. 있어. 쟤, 네가 현역에 있을 때 막판에 픽했던 애잖아."

"누구."

픽업해서 키운 애들이 한 둘이어야 말이지. 기억을 더듬던 덕심
이 나직한 목소리로 이름을 외치며 고개를 돌렸다.

"현이?"

은수의 시선을 따라가자 눈에 익으면서도 낯선 남자의 모습이

보였다. 그야말로 핀 조명을 머리에 이고 다니는 양, 홀로 빛나는 녀석은 자신이 삼고초려를 한 끝에 W아트앤컴퍼니의 연습생으로 들인 아이였다. 올해 대학에 입학했다고 하더니 어린애 같던 모습은 온데간데없이 남자다워져 있었다.

"작년 K팝 아시아 어워드에서 솔로 히트상 받았잖아. 너, 뿌듯하겠다."

"연말 시상식에서 최고 가수상도 받았지. 우리 현이."

대견하다는 생각에 눈물이 핑 돌았다. 현의 동선을 따라가며 옛 생각에 잠겼던 덕심은 퍼뜩 놀랐다. 지금 이렇게 넋 놓을 때가 아니었다. 어느덧 현은 리듬감 넘치는 걸음으로 2층 계단을 밟고 있었다. 잘못하면 덕심이 있는 곳으로 올지도 모를 상황이었다.

"으!"

왜 항상 슬픈 예감은 틀린 적이 없을까. 서로 눈이 마주치고 말았다. 단번에 덕심을 알아본 현이 화들짝 놀라더니 쓰고 있던 야구캡을 벗고 공손하게 인사까지 했다.

달려온다. 작금 최고의 한류 연예인이. 이렇게 어둡고 조명이 현란한데 한 번에 알아보다니. 덕심이 너무 아름다운 것이 죄인가. 현이 뭇시선을 끄는 것처럼 덕심도 아까부터 이 공간 수컷들의 관심을 한몸에 받는 중이었다. 은수와 아웅다웅하느라 몰랐을 뿐이었다. 한달음에 달려온 현은 덕심의 앞에 서더니 다시 한번 꾸벅하며 큰소리로 외쳤다.

"이사님! 안녕하셨습니까!"

오랜만에 깍듯한 인사치레를 겪은 덕심이 머뭇머뭇 웃으며 손을 흔들었다.

"어. 그래. 현이 잘 지냈니?"

"네!"

늠름하게 인사하던 현이 갑자기 입술을 울먹거리더니 덕심에게 안기듯이 달려들었다.

"이사님! 보고 싶었어요. 잘 지내셨어요? 전화도 안 받아 주시고! 제가 상 받을 때마다 이사님한테 전화했단 말이에요."

"그, 그랬어?"

덕심은 어깨에 매달린 현을 어떻게 처리할 줄 몰라 두 손을 허공에 둔 채 눈알을 굴렸다. 연습생 시절에도 자신을 발탁한 덕심을 유난히 따르던 현이었다. 하지만 이렇게 어린애처럼 굴어도 남자는 남자다. 그것도 그냥 남자인가. 일거수일투족이 사생팬과 파파라치에 의해 노출되는 스타 아닌가. 조심 또 조심해야 할 상대였다.

"연말 시상식에서 제가 이사님께 감사하다고 했는데 보셨어요?"

"……."

그날 뭐 했더라. 맞다, 그날의 강덕심은 밤을 뜨겁게 불사르느라 TV 따위 켤 틈도 없었다.

"안 보셨어요?"

"현아. 나는 이제 그쪽 업계 사람이 아니기도 하고."

"알아요. 대표님이 재수 없게 굴어서 이사님이 이쪽에 발도 못 붙이고 계시잖아요."

"어머. 현이 씨는 그런 건 어디서 들었어요?"

불쑥 대화에 끼어든 은수를 쳐다본 현이 고개를 갸웃 기울였다.

"누구세요?"

"나? 덕심이의 막역지우."

"안녕하십니까!"

강덕심 맹신자라도 되는지 현은 덕심의 친구라는 소리에 벌떡 일어나서 허리를 깊이 굽혔다.

"귀여워라. 하여튼 그런 소리는 어디서 들었어요?"

"우연히 정윤 선배님이 대표님한테 따지는 소리를 들었어요. 사무실에서 고성을 지르고, 하여튼 난리도 아니었어요."

"정윤?"

덕심의 인상이 길가에 찌그러진 깡통처럼 일그러졌다. 그 인간은 왜 자꾸 나대는지 모르겠다. 농담으로 말해 본 십억을 진짜로 듣고 찾아와서 골치 아프게 하더니 언제 또 W 대표한테까지 대들었어.

"참, 오늘 정윤 선배님 생신이에요."

"그랬나? 이때쯤이었나?"

덕심은 동그랗게 눈을 뜨고 묻는 은수의 발을 구두코로 지그시 눌렀다. 어린 현이 자신의 과거 연애사를 모르기를 간절히 바랐다.

"지금 저쪽 룸에서 파티 중인데 이사님도 같이 가요. W 식구들 엄청 많아요. 다들 이사님을 엄청나게 그리워한다고요."

장난감 사달라고 조르는 아이처럼 현이 덕심의 팔을 붙들고 끌어당겼다.

"하, 하, 하, 하!"

덕심은 기계음 같은 웃음소리를 내며 현이 붙든 손을 슬그머니 빼냈다.

"현아. 너나 가서 놀렴. 나는 이만 가봐야 해. 일이 있어."

"정말요? 바쁘세요?"

"그래. 정말 바빠."

덕심은 미세한 눈짓으로 은수에게 신호를 보냈다. 다행히 20년 우정 한은수는 덕심의 심중을 빠르게 간파했다.

"아이쿠, 진짜 시간이 벌써 이렇게 됐구나. 얼른 일어나자."

"강덕심!"

아으, 진짜! 가는 날이 장날이라더니. 한 오백 년 만에 놀아보 겠다고 클럽에 온 날에 하필. 핸드백을 챙겨 자리에서 일어나던 덕심은 뒤통수를 후려치는 목소리를 듣자마자 지끈거리는 편두 통에 시달렸다. 호랑이도 아닌 주제에 이름 좀 말했다고 나타날 건 또 뭐람.

"하……. 진짜 싫어."

나직이 뇌까리며 뒤를 돈 덕심은 어이가 없어 실소부터 터트렸 다. 덕심의 곁으로 바짝 붙어선 은수가 빠르게 귓속말을 쏟아냈 다.

"덕심아. 오늘 무슨 날이니? 네 남자친구 어벤져스 모임 있는 날이니?"

어벤져스라는 말이 무색하지 않을 만큼 화려한 강덕심의 전 남 친 리스트. 그 실사들이 지금 눈앞에 좌르르 열 지어 서 있었다. 가장 최근인 정윤이 당당하게 가운데 자리를 차지하고 있었다. 아무리 연예계가 진흙탕이라지만, 서로서로 덕심의 전 애인들이 었음을 알면서 왜 화합의 장을 이루느냐고! 배알도 없는 사람들.

현재는 배우, 음반 프로듀서, 방송인, 사업가 등으로 이름을 날리는 남자들이 초롱초롱한 눈망울로 덕심을 바라보고 있었다. 하나같이 명품 외모를 빛내면서 말이다. 오늘 생일을 맞은 정윤이 앞으로 나서더니 덕심에게 새삼 반가운 척을 했다.

"덕심아, 이런 우연이! 어떻게 여기서 만나냐?"

"장소 문제가 아니고 구성원이 문제 같은데요."

떫은 표정으로 짓씹듯 말하는 덕심을 보고 정윤이 너털웃음을 지었다.

"좀 그렇지? 업계에서 날리는 이들끼리 친목이 형성됐는데 이 모양이다. 그만큼 네 안목이 대단하단 증거 아니냐."

"그래. 그 친목 돈독하게 다지시고요. 저는 이만."

덕심아! 남자들의 우렁찬 목소리가 동시에 터졌다. 정윤한테 무슨 소리를 들었는지 남자들은 아련 터지는 눈빛으로 덕심을 바라보고 있었다.

"내 이름 부르지들 마. 우리가 술잔을 기울이면서 마지막을 반추할 만큼 아름답게 끝나지 않았잖아."

싸늘하게 일갈하는 덕심을 보며 남자들이 고개를 끄덕였다. 누구보다 당당했으며 그만큼 자존심도 대단했던 그녀를 인정한다는 뜻이었다. 그런 너그러운 마음을 사귈 때 좀 가져보지 그랬어. 장소를 벗어나려는 덕심의 주변으로 전 남친들이 모여들더니 그녀를 다시 자리에 앉혔다.

"보고 싶었다. 다 지난 일이잖아."

"오늘 정윤 생일이야. 좋은 날이니만큼 오해를 풀자."

"한동안 힘들다는 소문이 자자했는데 왜 연락 안 했어?"

"오! 너 이 시계가 웬 말이야? 짝퉁이야?"

질척이는 말들을 지껄이며 덕심을 놓아주지 않았다. 덕심의 무심함에 질린다며 떨어졌던 남자들은 헤어지고 나서야 땅을 치고 후회했었다. 헤어지자는 말에 뒤도 돌아보지 않고 떠난 여자는 조금의 틈도 허락하지 않았다. 이 여자를 차지하기 위해 얼마나 공들였던가. 본전 생각에 눈이 어두워 큰 실수를 했음을 깨달았지만 이미 늦은 뒤였다. 얼결에 덕심을 다시 만나게 되자 전 남친 무리는 지난날을 사과하고 다시 좋은 마무리를 짓자며 긴말을 주절거렸다.

"어쩌죠? 저 때문에 이사님이 곤란해지신 거 같아요."

하늘보다 까마득한 선배들 틈에서 현은 이러지도 저러지도 못하고 머리만 쥐어뜯었다.

"우리 강덕심이 그리 만만한 애가 아니에요. 너무 걱정하지 말아요."

은수는 마치 여왕처럼 오만한 콧대를 쳐들고 앉은 덕심이 꼭 누구와 닮았다고 생각했다. 아까보다 더 대단한 함성을 몰고 나타난 바로 저 남자 말이다. 현이 클럽에 입장하는 순간 길이 열렸다면 이번에는 반대로 인파가 몰렸다.

"저 사람, 저렇게 입으니까 꼭 딴 사람 같네?"

물론 은수의 눈에는 클럽 가는 차림새로 꾸민 마성훈보다 정장 차림 그대로 나타난 성익준이 더 멋있어 보였다.

"쭌, 여기 2층이야. 위를 봐요."

은수는 자신이 건 전화를 받는 익준에게 손을 흔들어 보였다.

"어라?"

핸드폰을 든 은수의 손이 아래로 미끄러졌다. 이 꼴을 보고 웃어야 하나, 화를 내야 하나.

"야, 덕심아. 너희 마 서방님 뭐 하시나 봐라."

꼬이는 날 파리들에게 손을 내젓던 덕심이 화들짝 놀라며 고개를 돌렸다.

"얼씨구, 저게 지금 무슨 상황이니?"

"내 말이."

마성훈과 성익준은 2층으로 올라오지 못했다. 몰려드는 여자들에게 둘러싸여 진로가 차단된 상태였다.

"어…… 혹시, 마윤 그룹 마성훈?"

마윤 전자 전속모델답게 정윤이 먼저 성훈을 알아보았다.

"은수 씨, 마 서방이라니. 마 서방이라니……."

정윤은 고장 난 기계처럼 같은 소리를 반복하며 덕심과 1층에 갇힌 성훈을 번갈아 봤다.

"마성훈? 저 사람이 마윤 그룹 후계자 맞아?"

"회사원이 뭐 저렇게 잘생겼어?"

"우리보다 더 연예인 같은데?"

정윤을 따라 1층을 내려다보며 전 남친 어벤져스가 한마디씩 떠들어댔다.

"내 남자 왔으니까 이제 다들 자기 다리 뻗을 자리 찾아가."

자리를 떨치고 일어선 덕심이 냉정하게 말했다.

"내 남자?"

네 남자가 동시에 덕심이 한 말을 큰소리로 제창했다. 다분히 놀란 표정이 볼만했다.

"덕심아, 마성훈 보고 한 말이야?"

정윤이 물었지만 덕심은 대답하지 않았다. 대신 눈썹을 날카롭게 세우고 싸늘한 콧방귀를 남기고 돌아섰다. 지금 덕심은 전 남친 네 명 따위에게 화가 난 것이 아니었다. 짜증스럽긴 했지만, 화를 낼 만한 가치는 없었다.

"감히, 어울려서 어깨를 덩실거려?"

차라리 당황한 모습이라면 귀엽기라도 하지. 수많은 여자에게 둘러싸여 퇴로가 막힌 상황에서도 여유롭게 냉소 지으며 리듬을 타는 성훈의 모습이 눈에 거슬렸다. 얼마나 홀리려고 저렇게 작심하고 둠칫거리는 거야? 분노로 벌름거리는 콧구멍에서 펄펄 끓는 김이 피어올랐다.

덕심은 불끈 쥐었던 주먹을 펴서 제 치마의 아랫단을 움켜잡았다. 쫘아아악! 주변인들의 눈이 경악으로 휘둥그레졌다. 아래에서 위로, 덕심의 단아한 샤넬라인 펜슬 스커트가 서슴없이 갈라졌다. 늘씬한 다리와 육감적인 허벅지가 잘 익은 과육처럼 껍질을 가르고 무르익은 모습을 드러냈다.

"덕심이 잘한다!"

남자친구에게 무심하기로 유명한 덕심이 질투에 불타는 모습을 본 은수는 주먹을 치켜들고 응원했다.

"길 열어."

거만하게 눈을 내리깐 덕심이 낮고 단호한 목소리로 정윤에게 명령했다. 듣고도 믿을 수 없어 정윤이 되물었다.

"어? 뭐라고?"

"나, 1층으로 내려갈 수 있게 길 열라고."

서슬 퍼런 덕심의 태도에 질린 정윤이 더듬더듬 걸음을 옮기자

나머지도 그 뒤를 따랐다.

"가자."

덕심과 은수는 어깨를 나란히 하고 1층으로 전진했다. 서너 겹으로 둘러싼 장벽 앞에 정윤을 비롯한 전 남친 어벤져스가 서자 장벽이 스멀스멀 무너지기 시작했다. 현생에서 보기 힘든 외모의 남자들이 무더기로 등장하자 성훈과 익준을 구경하던 여자들이 동요했다. 그리고 그들의 호위를 받는 여자에게 관심이 쏠렸다. 차갑기가 오뉴월 서리 같은 서늘한 미모를 내세운 덕심의 앞을 막을 자가 없었다.

커튼이 열리듯 길이 열리더니 성훈의 모습이 보였다. 덕심을 발견한 성훈의 얼굴에서 무표정이 지워지고 화사한 열기가 피어올랐다. 남과 여가 마주 섰다. 오늘 이 클럽의 수질은 1급을 넘어 특급이었다. 영화 촬영하는 거 아니지? 주변에서 웅성거리는 소리가 들썩거렸다.

"은수 씨!"

뾰족한 덕심과 달리 생글거리는 은수에게 한달음에 가까워진 익준의 눈동자는 이미 하트 모양이었다.

"쭌, 우리 뚬 뚜러 가요."

"그래요."

과장된 혀 짧은 발음만 남기고 은수 커플은 현란한 댄스 음악에 실려 사라졌다.

"강 비서? 뒤에 저들은 뭡니까?"

"그러는 부회장님 주변의 이들은 뭡니까?"

"내 알 바 아닙니다."

"아니던데요. 함께 어우러져 리듬을 타던 건 누구였더라?"

새초롬한 눈을 치뜨고 앙칼지게 따지는 덕심을 묵묵히 보던 성훈의 얼굴에 슬며시 미소가 번졌다.

"아, 기분 좋아."

"기분이 좋아요?"

"우리 강 비서가 나를 질투했어."

마냥 좋아 헤벌쭉 웃던 성훈은 덕심의 뒤에 선 남자들의 정체가 다시금 궁금했다.

"그런데 진짜 저 사람들 뭡니까? 당신은 우리 회사 모델?"

지적당한 정윤은 아니꼬웠지만, 광고주인 성훈에게 마지못해 고개를 까닥 기울였다.

"제 전 남자친구들이에요."

"뭐……라고요?"

인생에서 여자라고는 오직 강 비서, 사랑이라고는 단지 덕심뿐이었던 성훈의 얼굴에 균열이 갔다. 추상같이 굳어진 성훈에게서 으르렁대는 소리가 들리는 듯했다. 그러고 보니 이 여자 오늘따라 무지막지하게 야하다. 한순간도 안심할 수 없는 여자를 어떻게 해야 할지, 그룹을 경영하는 것보다 강덕심 하나 지키기가 더 어려웠다.

"도대체 의상이……. 치마가 어디까지……."

"그러는 부회장님은 그 백바지는 뭐예요? 안 그래도 눈에 띄는 남자가. 아주 작정하고 사냥복으로 빼입으셨어."

"당신이야말로 겨우 클럽 오면서 이렇게 아름다울 일인가?"

"흥! 누가 할 소리. 평소의 성숙한 남성미는 어딜 가고 이렇게 프레쉬하면 어쩌라는 거죠?"

잠깐. 이들의 싸움을 빙자한 치켜세우기 배틀을 듣던 이들은 오글거림에 전율했다. 그러거나 말거나 애인의 섹시한 다리를 노려보던 성훈이 크게 부푼 가슴의 숨을 쏟아내며 덕심의 손목을 움켜잡았다.

"따라와요."

"어, 어딜 가는데요?"

"사방이 막히고 협소한 곳으로."

덕심을 이끄는 성훈의 발걸음에 조바심이 절절했다. 높은 구두를 신은 덕심의 걸음을 배려하며 예약해 놓은 룸까지 가는 길이 천리만리 멀게 느껴졌다.

쾅! 룸으로 들어서자마자 부숴버릴 듯한 기세로 문을 닫은 성훈이 덕심의 허리를 끌어안았다. 방긋 웃는 입술에 쪼옥 하고 짙은 입맞춤을 남긴 성훈이 미간을 찡그렸다.

"이럴 줄 알았어. 남자들을 주렁주렁 달고 나타나면 내가 눈이 돌아요. 안 돌아요."

"날 두고 어깨춤을 덩실덩실 추시던 분이 하실 말씀이에요? 민속춤 전승자인 줄 알았어요."

새초롬 눈을 흘기면서도 덕심은 그의 목에 두 팔을 감았다.

"아무리 밀어내도 꼼짝도 안 하니까 대충 장단 맞추면서 움직인 거죠. 그냥 클럽을 통째로 빌려줄 걸 그랬어요. 너무 번잡해."

"어휴, 빈 클럽에서 무슨 재미로 놀아요."

"이런 재미로 놀면 되는 거 아닙니까?"

성훈의 시선이 풀어 헤쳐진 덕심의 셔츠 사이에 머물렀다. 옷깃을 매만지던 긴 손가락이 벌어진 틈으로 미끄러져 들어갔다. 동그란 둔덕을 감싼 검은 레이스를 조심스럽게 스치며 꾸짖듯 속살거렸다.

"이렇게 야하게 입으면 어쩌란 말인지."

"당신 보여주려고. 새로 산 것 입었는데 마음에 들어요?"

"이만큼만 봐서는 모르겠는데요."

고개를 숙인 성훈의 이마로 앞머리가 흘러 내려왔다. 머리카락 사이로 열에 들뜬 퇴폐적인 눈동자가 번들거렸다. 덕심의 입술을 향해 머뭇머뭇 내려오던 입술이 그대로 벌어진 셔츠 틈 사이로 쳐들어갔다. 포근한 살결을 쓸고 내려간 뜨거운 혀가 레이스를 들치고 들어가 독 오른 정점을 핥았다.

"아아……."

집착을 담은 성훈의 입술이 붉은 자국을 남기는 소리가 들렸다. 성훈은 인파를 물리치고 나타난 덕심을 보는 순간 눈이 도는 줄 알았다. 침대에서 요염한 건 익히 알고 있었지만, 회사에서는 항상 단정하게 선을 긋는 여자였다. 어디서나 달아올라 물불을 가리지 않는 자신과 다른 태도 때문에 마음에 상처를 입은 적도 여러 번이었다. 그런 덕심이 사무실에서 입었던 차림 그대로 클럽에 있는 모습이 지나치게 자극적이었다. 화려한 조명이 그렇게 잘 어울릴 줄이야. 옷에다 무슨 짓을 했는지 쭉 뻗은 다리를 보일 듯 말 듯 앞세우고 옛 남자 군단을 이끌고 나타난 여왕의 자태 앞에서 무력감을 느꼈다. 감히 화를 낼 수도 없었다. 덕심이 하고 싶은 것 다 해! 열 남자 다 거느려, 나만 버리지 말아줘. 하며 매달릴 뻔했다.

가장 사랑받는 남자이고 싶은 성훈의 애무가 노골적으로 깊어졌다. 그의 걱정과 달리 애를 태우고 간지럼도 태우는 요망한 혀 놀림에 덕심은 이미 무너지고 있었다. 순간 덕심은 가슴에 정신이 팔린 성훈의 뒷머리를 잡아채서 끌어내렸다.

"헉!"

덕심은 고개를 쳐든 성훈의 입술을 단숨에 베어 물었다.

"하, 내 여자…… 역시, 멋있어."

숨결이 교차하는 틈을 타 토막 난 숨을 뱉으며 성훈이 뇌까렸다. 덕심은 사귄 지 겨우 몇 달이라 한창 불타오를 때라고 했지만, 성훈의 예감은 그렇지 않았다. 이 뜨거운 열기는 언제까지고 영원할 것만 같았다. 오직 한 존재에게만 느끼는 안정과 신뢰 그리고 열정, 누구도 덕심을 대체할 수 없을 것이 분명했다. 게다가 누가 채갈까 봐 항상 스릴이 넘치고 승부욕을 자극하는 그녀는 마성훈 맞춤 애인이었다.

"지금 딴생각하는 중?"

달큰하게 맞물렸던 입술을 살짝 떨어뜨리며 덕심이 불만스럽게 물었다.

"강덕심 생각 중."

흰소리라고 판단한 덕심이 혀를 찼다. 그의 입술에 번진 자신의 립스틱을 엄지로 문지르며 가늘게 뜬 눈으로 흘겨보았다.

"정말. 당신 생각하고 있었어요. 이렇게 내 품에 있을 때도 불안해."

"뭐가요."

"누가 뺏어갈까 봐."

"우와. 내가 그렇게 대단하다고요? 천하의 마성훈 씨가 겨우 여자한테."

"겨우라니. 내 인생을 송두리째 흔든 최고의 보물인데."

"낯뜨거운 말을 이렇게 잘하는 사람인 줄 누가 알까."

"이번 월례회의 때 임원들이 다 알게 할까요?"

"공과 사는 구별하셔야 합니다."

질색하는 덕심은 아랑곳하지 않고 성훈은 진지한 얼굴로 말을 이었다.

"그래서 말인데. 이번 입찰에 성공한 강남 부지에 세울 신사옥은 K."

"그만요! 진짜 거기에 K 붙이기만 해봐요."

"아무도 모를 텐데? 내가 오늘 회의 시간에 발표하니까 다들 코리아의 K라고 헛다리짚었다고요. 누가 강덕심의 K라고 생각하겠어요."

"그래도 민망해요."

"결혼 선물이라고 생각해줘요."

"……."

성훈을 바라보던 불만스러운 눈동자가 미동 없이 얼어붙었다. 성훈은 애정 어린 손길로 인형처럼 빳빳하게 굳은 덕심을 찬찬히 어루만졌다.

"뭐, 이런 식으로 얼렁뚱땅 청혼해서 미안해요."

"어……."

성훈의 품을 벗어나 뒤로 주춤 물러서던 덕심이 휘청거렸다. 재빠른 손이 그녀의 허리를 감아 다시 품으로 끌고 왔다.

"제발 싫다고 하지 말아요. 나하고 결혼해줘요. 불안해서 못 살겠어."

"결혼이요?"

덕심을 소중하게 품은 성훈이 고개를 끄덕였다.

"처음부터 결혼하고 싶었는데 당신이 부담스러워할까 봐 참고 또 참았어요."

"우리 아직 일 년도 안 됐는데 앞으로 어떻게 될 줄 알고. 너무 성급한 결정인 것 같습니다."

"비서처럼 말하지 말아요. 사랑하는 강덕심, 결혼해줘."

잠시 품에서 풀어 준 성훈이 입술로 '제발'이라고 속삭였다.

"지금 사정하는 거예요?"

"사정은 침대에서."

뜬금없이 튀어나온 성훈의 우스갯소리에 어이가 없어진 덕심이 그의 가슴을 주먹으로 쳤다.

"지금 농담이 나와요?"

"미안. 덕심이가 거절할까 봐 무서워서 그랬어."

"알았어요."

응? 대충 얼버무리는 대답을 들은 것 같은데. 성훈은 고개를 돌리는 덕심을 집요하게 따르며 되물었다.

"뭐가?"

"아, 알았다고요."

"그러니까 뭘 알겠다는 거야?"

"겨, 결혼하면 되잖아요."

하나, 둘, 셋, 넷. 침묵의 시간이 이어졌다. 왜 이렇게 조용할까.

덕심이 흘깃 시선을 올리자 벅찬 감격으로 일렁거리는 눈동자가
보였다. 이 남자, 이러다 우는 거 아니야? 울면 어떡하나 걱정하
던 찰나 몸이 허공으로 붕 떠오르더니 눈앞이 빙글빙글 돌았다.

하하하하! 악당 같은 방탕한 웃음소리가 넓은 룸에 메아리쳤다.
갑자기 월미도 디스코 팡팡에 올라탄 사람처럼 덕심은 입도 벙긋
하지 못하고 그의 강한 팔에 몸을 맡기고 휘둘렸다. 몇 바퀴나 뱅
뱅 돌고 나서야 덕심은 땅을 디딜 수 있었다.

"아, 어지러워."

균형 감각을 잃은 몸이 기울어졌다. 무려 마윤 그룹의 마성훈,
이 세계 최고 얼굴 마성훈에게 청혼을 받아서 어지러운데 거기다
뜻하지 않은 놀이기구까지 타는 바람에 멀미가 날 지경이었다. 그
러나 성훈의 눈에는 마냥 연약한 바람꽃 같은 여자 아닌가. 성훈
은 부리나케 팔을 뻗어 덕심을 부축했다.

"괜찮습니까?"

"상사처럼 말하지 말아요."

게슴츠레 눈을 뜬 덕심의 붉은 입술이 농염하게 벌어져 있었다.
머지않아 아내가 될 여자는 이 순간 더욱 아름다웠다. 성훈은 치
미는 욕구를 참을 길 없어 다시 입술을 겹쳤다. 감사와 기쁨을 담
은 키스는 어느 때보다 열정적이었다. 입술을 머금고 치열을 훑는
간간이 들끓는 신음이 새어 나왔다. 콧날과 콧날이 비껴갈 때마
다 타는 듯한 한숨이 흩어졌다.

벌컥!

"덕심아! 비상!"

문이 열림과 동시에 생기 충만한 은수의 목소리가 쩌렁쩌렁 울

렸다. 그 소리를 들었음에도 성훈과 덕심은 여전했다. 과열된 접촉인지라 놀란 마음과 달리 육체가 빠르게 반응하지 못했다.

"흠! 흠!"

익준이 잔기침을 남기며 도로 문을 닫으려고 하자 은수가 말렸다.

"저대로 놔뒀다가는 신방 차릴 기세니까 불을 꺼주는 게 좋아요."

"아, 네."

냉소적인 은수와 달리 익준의 귓불은 벌겋게 달아올랐다. 그사이 키스를 마친 성훈과 덕심이 이쪽을 바라보았다. 입술 주변에 붉은 립스틱이 넓게 번진 두 남녀가 머쓱하게 웃고 있었다. 마침 밖에서는 '삐에로는 우릴 보고 웃지'라는 흘러간 댄스곡의 리믹스 버전이 광광 울리고 있었다.

"은수야, 지금 비상이라고 했어?"

"아, 그랬지 참."

"왜? 진짜 무슨 일이라도 생긴 거야?"

"강덕준이 왔다."

"뭐?"

어디서 솟은 괴력인지 성훈의 가슴을 단숨에 멀리 밀어낸 덕심이 은수 앞으로 쪼르르 달려왔다. 은수는 소매로 립스틱이 번진 덕심의 입가를 닦아주며 다급한 말투를 쏟아냈다.

"너 뽀뽀하느라 전화도 안 받은 거야? 덕준이가 너한테 계속 전화했는데 연락 안 된다고 나한테 전화했어. 지금 네가 살던 펜트하우스 앞이래. 어떻게 된 일이냐고 방방 뛴다."

아무것도 모르는 덕준이 전에 살던 집으로 찾아간 모양이었다. 집주인이 바뀌어 있을 테니 놀랄밖에. 때마침 은수의 손에 든 핸드폰이 깨질 것 같은 벨 소리를 터트렸다. 은수가 핸드폰을 정면으로 들어 보였다. 액정에 익숙한 별명이 떠올랐다.

[누나쟁이]

이 세상에서 누나를 제일 사랑하는 덕심의 동생, 강덕준이 돌아왔다. 오늘 하루가 참으로 다사다난하구나. 지나간 남자친구들을 풀세트로 만나지 않나, 청혼을 받지 않나. 스트레스 풀러 왔다가 머리 풀고 길거리로 뛰쳐나갈 판이었다. 일단 은수의 핸드폰을 받아든 덕심은 거절 버튼을 터치했다.

"왜요? 무슨 일이에요?"

"말도 없이 동생이 왔네요."

걱정스럽게 묻는 성훈을 돌아보던 덕심이 흠칫 놀랐다. 웬 어릿광대가 찾아온 줄 알았다. 은수가 제게 해준 것처럼 소매로 그의 입가를 깨끗하게 닦아줬다. 고이란 회장님께서 이 꼴을 보셨다면 당장 뒷목 잡고 쓰러질 광경이지 않은가.

"동생이 왔다는데 왜 이렇게 표정이 어두워요."

"집안일이에요."

단호하게 잘라내는 덕심의 말에 성훈은 드러내지 않았지만 상심했다. 자존심 강하고 독립적인 덕심을 존중하지만, 이렇게 날카롭게 선을 그을 때는 서운했다. 왜 자신에게 털어놓고 의지하지 않는지 이해할 수 없었다.

"누나!"

은수의 아파트 단지 앞에서 서성거리던 덕준이 쿵쾅거리며 달려왔다. 실제로 땅이 쿵쾅쿵쾅 울리진 않았지만, 어려서부터 거구인 덕준이 뛸 때면 꼭 그런 느낌이 들곤 했다.

"덕준이 오랜만이다. 여전히 크네!"

"누나도 잘 지내셨어요?"

반갑게 손을 흔드는 은수에게 꾸벅 고개를 숙이는 덕준은 슬픔에 빠진 러시아 불곰 같았다.

"그럼, 그럼. 나도 네 누나도 잘 지냈지."

은수의 태연한 말에 살벌하게 굳었던 덕준의 표정이 조금 누그러져 보였다.

"누나, 언제 이사한 거야? 우리 집은 어디야?"

"이사한 지는 좀 됐어. 그리고 나는 은수하고 지내고 있어."

"왜?"

심각한 덕준의 앞을 가로막고 나선 은수가 가벼운 말투로 상황을 설명했다.

"인간적으로 집이 너무 넓잖니. 거의 덕심이 혼자 지내는데 그 큰 집은 과해. 관리비랑 세금도 그렇고."

장황하게 늘어놓은 은수의 설명이 무색하게 덕심의 자포자기한 고백이 이어졌다.

"망했어. 우리 집."

"야! 내가 지금 이렇게 쉴드 치는데 사전 모의도 없이 터트리면 어쩌냐?"

"언제든 알게 될 텐데 뭘. 그리고 지금은 일단락된 상황이잖아.

이제 덕준이가 알아도 될 것 같아."

방방 뛰며 따지던 은수는 오히려 담백한 덕심의 말에 빠르게 수
긍했다.

"하긴."

"그…… 그게 무슨 소리야? 우리가 망해? 그리고 뭐가 일단락
됐다는 거야? 혹시……."

상황을 짐작하느라 눈동자를 굴리던 덕준의 우직한 얼굴이 붉
으락푸르락 달아올랐다.

"아버지!"

시공간이 무너지는 것처럼 시야가 흔들렸다. 포효하는 덕준의
목소리에 놀란 덕심과 은수가 서로 부둥켜안듯이 밀착했다. 빵!
빵! 마침 그들의 주변을 지나던 차량이 멈춰서 도움이 필요하냐
고 묻기까지 했다. 덕심은 혹시 여자들이 위협을 받는 것이 아닌
지 사서 걱정하는 선량한 시민에게 공손히 사과하고 가던 길을
가도록 했다. 그사이 덕준은 어느 정도 안정됐지만 아직 충격에
서 벗어나지 못했다.

"누나, 그래서 지금 아버지는 어디 계셔. 그 집이 어떤 집인데. 누
나가 어떻게 마련한 집인데. 나는 그것도 모르고. 흐으흑."

산더미 같은 덕준이 손등으로 눈물을 훔치는 것을 본 은수가
질색했다.

"세상에. 네 동생 울어. 어떡해."

"창피하니까 버리고 가자."

덕심은 아까부터 행인들의 시선을 끄는 동생이 진심으로 부끄
러웠다. 나이도 먹을 만큼 먹고 허우대만 보면 산적 두목 같은 녀

석의 나약함이 마음에 들지 않았다.

"강덕준, 거기서 눈물 1밀리리터라도 흘리면 의절할 줄 알아. 당장 딱 그치고 따라와."

덕준은 사춘기 이후로 부모 역할을 톡톡히 해온 덕심의 말을 거역하지 않고 순순히 뒤를 따라갔다.

성훈은 안내를 맡은 직원이 닫힌 문을 두드리려는 것을 막았다.

"잠시만요."

후우, 호흡을 조절하며 넥타이와 재킷을 반듯하게 매만졌다. 그가 고개를 끄덕이자 직원이 노크했다. 약간의 시간 차이를 두고 열린 문 사이로 보이는 광경에 성훈이 흠칫 놀랐다. 고즈넉한 경치를 품은 전면 창을 등진 형체를 보고 지리산을 탈출한 반달곰이 앉아있는 줄 알았다. 옆에 덕심이 앉아있지 않았다면 그 덩치가 그녀의 동생이라고 믿지 못했을 터였다. 당황한 성훈을 본 덕준이 먼저 자리에서 일어났다.

"안녕하십니까. 강덕준입니다."

"네. 반가워요."

악수를 마친 성훈은 의례적으로 명함을 건넬 생각에 안주머니를 뒤적거리다 낭패한 표정을 지었다. 급하게 나오느라 다른 재킷에 있던 소지품을 옮겨놓지 않은 것이 기억났다.

"이거 미안합니다. 명함을 잊고 왔네요."

"애한테 명함은 무슨. 됐어요."

성훈을 바라보는 덕심을 본 덕준이 못마땅하다는 듯 미간을 찡그렸다. 원래도 예쁜 누나였지만 동생인 자신까지 넋이 나갈 만큼 예쁘게 웃는 것이 싫었다. 그리고 저 남자. 한숨이 절로 나오는 저 남자도 문제였다. 예의가 아닌 걸 알지만 덕준은 누나를 위해서 돌 맞을 각오로 입을 열었다.

"하……. 누나."

"왜?"

뭐야. 지금 얘가 어디서 체머리를 흔들고 한숨을 쉬어? 덕심은 겨우 인사만 마친 성훈 앞에서 버르장머리 없이 구는 덕준 때문에 당황했다.

"또 연예인이야? 이제 누나도 정신 차릴 때가 됐잖아."

"뭔 소리야 그게? 그리고 자세 바로 해라. 허리 똑바로 안 세워?"

"처음에는 너무 잘생겨서 그러려니 했어. 누나 취향을 아니까. 그리고 존중해. 하지만 이제 연예인 좀 그만 만나."

듣던 성훈이 피식 웃으며 남매의 살벌한 분위기를 무마하려 했다.

"저. 이보게. 나는."

"거기는 좀 가만 계세요. 가족끼리 회의 좀 하게요."

덕준이 두툼한 손을 흔들자 붕붕 하는 말벌의 날갯짓 소리가 났다. 힘에 굴복하는 스타일이 아닌 성훈도 순간적으로 위협을 느낄 정도였다. 공부만 했다더니, 성훈의 편견 덩어리 상상력은 뿔테 안경을 쓴 허약한 모범생을 그리고 있었다. 게다가 당연히 덕심과 외모가 닮았을 거로 예상했기에 판이한 남매의 모습이 아직도 적응되지 않았다. 아연실색한 덕심이 눈을 부릅뜨고 덕준을 윽박질렀다.

"너. 이게 무슨 말버릇이야?"

"지금 그게 중요해? 얼굴이 낯익긴 해도……. 내가 이름도 모르는 사람인 걸 보니까 아직 자리도 못 잡은 무명인 것 같은데. 이제 누나 나이도 있으니까 바르고 안정된 사람을 만나보라는 거지."

"시끄러워!"

벌떡 일어난 덕심이 손날을 세워 덕준의 정수리를 가격했다. 따악! 이게 무슨 소리야! 분명 덕준에게서 정체 모를 파열음이 들렸다. 남매를 바라보던 성훈의 얼굴이 순식간에 푸르게 질렸다.

"으악!"

덕준이 비명을 지르더니 턱을 감싸고 테이블 위에 고꾸라졌다. 그제야 성훈은 평정심을 되찾고 자세를 정리했다. 혹시 덕준을 때리다가 덕심의 뼈라도 부러졌을까 봐 놀란 마음이 빠르게 가라앉았다.

"이 새끼, 아니 이 녀석이 어디서 입을 자유롭게 놀려. 내가 널 그렇게 가르쳤어? 누나 얼굴에 먹칠해도 유분수지. 네가 유학물 좀 먹었다고 나를 가르치려 드는 거니?"

덕준을 혼내는 덕심의 얼굴이 온통 새빨갰다. 화도 나고 부끄러운 탓이었다.

"아니야. 누나. 내 마음은 그런 게 아니고. 아, 피!"

정수리를 맞으며 이가 부딪친 덕준은 마침 혀를 깨물었고 지금 입가에는 붉은 피가 흐르고 있었다. 외아들로 고고하고 우아하게 자란 성훈은 벌써 정신이 혼미했다. 만난 지 몇 분이나 됐다고 이렇게 아수라판인지. 성훈은 앞에 놓인 차를 음미하며 덕준을 매섭게 길들이는 덕심을 바라보았다. 이 남매와 같이 살면 심심할 일은 없겠다.

두 손으로 잔을 쥔 덕준이 공손하게 술을 받았다.

"정말 죄송합니다. 누나가 또 연예인과 사귀는 줄 알았어요. 너무 잘생긴 데다 어디서 본 것 같아서."

"혀는 괜찮아?"

"네."

성훈의 물음에 혀가 부어 발음이 어정쩡한 덕준이 배시시 웃었다. 공부만 열심히 한 게 맞나보다. 덩치만 컸지 순수한 느낌이 드는 청년이었다.

"덕준 씨는 착하네. 압도적인 체격 차이인데 누나한테 져주고."

"아닌데요. 전 누나를 한 번도 이겨본 적이 없어요. 아주 무서운 사람이에요. 살수예요. 살수."

"살수?"

덕준은 영문을 모르는 성훈에게 억울한 목소리로 일러바쳤다.

"네. 힘이 아니라 기술이라고 해야 하나. 어디서 배워온 것처럼 급소를 딱 짚어요. 아까도 그깟 당수로 머리 좀 맞는 게 대수겠어요. 혀를 깨물어서 치명타였죠."

성훈은 갑자기 등줄기에 흐르는 한기를 느꼈다. 그러고 보니 덕심이 무심코 휘두른 손에 뺨을 맞은 날도 금세 부풀어 올랐었다. 그뿐인가 머리에 부딪쳐서 코가 날아갈 뻔한 적도 있었다.

"역시⋯⋯. 어디 가서 당하고 오지는 않겠어."

성훈은 자신의 여자가 새삼 뿌듯하고 자랑스러웠다. 예쁘고 영리하고 당차고 손도 맵다니. 부족한 게 뭔가. 강덕심. 혼자 흐뭇하게 웃는 성훈을 미심쩍게 쳐다보던 덕준이 넌지시 물었다.

"우리 누나하고 언제부터 사귀셨어요? 어디가 좋았어요?"

간을 보듯 물어보는 덕준을 물끄러미 보던 성훈이 부드럽게 미소 지었다.

"지금 나를 떠보는 건가? 진짜 묻고 싶은 걸 물어."

"……."

"우린 결혼할 거야."

"아……. 드디어."

"응?"

"솔직히 우리 누나, 연애 이력은 화려한 편인데 실속이 없었어요. 제가 두 눈에 쌍심지를 켜고 지켜봤는데 결혼하자는 놈은 하나도 없었어요."

"자네가 쌍심지로 지켜봐서 그렇게 된 게 아니고?"

"그게 그렇게 되나요?"

"공로상이라도 줘야겠네. 우리 처남."

너그럽게 웃는 성훈을 보며 덕준이 눈을 끔뻑거렸다.

"공로상이요?"

"응, 누나를 지금까지 잘 지켰으니까. 자네 무슨 차 좋아하나?"

"둥굴레차요."

"뭐?"

귀를 의심한 성훈의 눈이 둥글게 커졌다. 혹시 농담 따먹기인가 싶어 덕준을 빤히 쳐다봤지만, 그는 진지했다.

"룸메이트가 중국 녀석인데 자꾸 저한테 보이차가 더 훌륭하다는 거예요. 저는 그래도 구수한 둥굴레가 좋더라고요.”

이 녀석, 순진한 정도가 이승의 것이 아니다. 매형 될 사람이 마윤 그룹 후계자라는 사실에 놀란 마음을 진정하겠다며 수학 문제를 풀 때 알아봤다. 덕심이 험한 세상 운운하며 이 산더미 같은 동생을 걱정할 만했다. 성훈은 진심으로 이 남매와 함께할 여생이 기대됐다.

소파 위에서 순한 아기 양처럼 새근새근 잠들어 있는 덕준에게 다가가던 덕심이 코를 막았다. 덕준이 숨을 내쉴 때마다 술 냄새가 진동했다.

“애한테 무슨 술을 이렇게 많이 먹였어요?”

“나도 많이 취했는데. 내 걱정은 안 하나, 강 비서?”

덕준의 머리에 쿠션을 고여 주는 덕심을 보며 성훈이 투덜거렸다. 광대 부근이 불그레한 것이 몇 잔 되지도 않는 주량을 넘어선 모양이었다. 거실 테이블 위에는 비어있는 소주병 한 개와 말린 과일 안주가 남아있었다. 그러니까 한 병으로 둘이 나눠 마시고 이 지경으로 취했다는 뜻이었다.

“주량도 앙증맞은 사람들이 무리하셨네.”

“우리 앞에서 술 잘 마신다고 재는 건가?”

바닥을 짚고 일어서던 성훈이 휘청거렸다. 급히 다가가 부축하는 덕심을 와락 끌어안은 성훈이 기분 좋은 웃음소리를 냈다.

“사랑하는 강덕심. 당신 동생 너무 귀엽네.”

“귀엽기는요. 너무 커서 징그럽기만 하지.”

“하는 짓이나 말은 소년 같은데 자기 전공 얘기할 때는 눈에서 열기가 활활 타. 나중에 노벨상 탈 인재야.”

"노벨상은 무슨."

애써 아닌 척하는 덕심의 입가에 웃음이 번졌다.

한 학기 남은 시점에 원하는 기업에서 스카우트 제의를 받은 자랑스러운 녀석. 누나에게 직접 알리려고 서프라이즈로 귀국한 덕준은 정작 본인이 기절초풍한 상태였다.

중학교 입학을 앞두고 병약했던 엄마와 영영 이별한 동생은 덕심의 가슴속 가시였다. 집안을 일으키겠다며 헛물켜느라 바쁜 아버지를 대신해 남매가 의지하며 살았던 시간이 주마등처럼 스쳐 지나갔다.

"덕심, 동생은 이제 그만 예뻐하고 나 좀 봐줘요."

성훈은 동생의 머리를 쓸어 주는 덕심의 손을 잡아끌었다.

"고생했어요."

스르륵 끌려온 덕심을 아이처럼 안고 예쁘다 하는 손길로 쓰다듬어 주었다. 타고난 귀티가 유별난 덕심이라 해도 성훈의 눈에는 안타깝기만 했다.

"이제 우리 같이 고생합시다."

"뭐예요? 손에 물 한 방울 안 묻히게 해주겠다고는 못할망정. 고생을 같이하자고요?"

"사람이 씻고는 살아야지. 어떻게 물을. 윽!"

덕심에게 명치를 찔린 성훈이 부러 엄살을 크게 피웠다. 가느스름한 눈으로 자신을 흘겨보는 덕심에게 넉살 좋게 웃어 보이던 성훈은 이내 표정을 가라앉혔다.

"머리가 파뿌리가 될 때까지 살면서 어떻게 고생하지 않는다고 장담하겠어. 몸이든 마음이든 평탄하지 않은 날을 지나겠지. 하지만 당신이 힘들 때 나는 당신 옆에 있을 겁니다. 언제든 의지할 수 있도록 누구보다 든든한 당신의 편이 되어 줄게요."

성훈의 이런 점이 좋았다. 허세 없는 말들이 가끔 너무 현실적이어서 서운할 때도 있지만, 마음의 열기는 진정이었다.

"고마워요."

"우리, 곁에 있으면서도 외로워하는 어리석은 부부가 되지 맙시다."

성훈은 돌아가신 부모님의 전철을 밟지 않겠다고 다짐했다.

"좋다. 외롭지 않은 거. 오직, 내 편이 있는 거."

"나, 마성훈은 당신의 영원한 편이 될 것을 피로 맹세합니다."

"너무 거창하잖아요."

성훈은 찡그린 덕심의 눈썹에 입을 맞추며 웃었다.

"누가 그러더라고. 가끔은 심하다 싶게 달달한 말도 할 줄 알아야 한다고."

"도대체 누가 그렇게 훌륭한 조언을 해줬어요? 장 실장님? 아니면 성 대리님?"

"둘 다 아닌데. 명림 선생님께서 해주셨어요."

"역시, 아줌마 최고."

어여쁘게 입꼬리를 말아 올린 덕심이 성훈의 허벅지를 짚고 일어나며 짧은 키스를 남겼다.

"으흠, 한 번 더."

그대로 덕심의 허리를 감은 성훈의 입술이 아직 미소가 남아있는 입술에 겹쳐졌다. 가벼운 입맞춤을 기대했던 덕심의 생각을 비웃듯 달콤한 혀는 꽤 뜨거워져 있었다. 몸을 바짝 당겨 안는 손길과 콧날이 스치며 터지는 비음에 체온이 달궈졌다.

"자, 잠깐."

뒤에서 옅은 코골이를 하는 덕준을 의식한 덕심이 몸을 사렸다.

"조금만. 더."

어느새 덕심은 성훈의 허벅지 위에 올라앉은 형국이 되었다. 아, 모르겠다. 코 골고 자는 녀석인데 키스 중에 깨지는 않겠지. 욱신거리는 하체의 열기를 느끼며 덕심은 성훈의 목 뒤로 팔을 둘렀다.

"키스만 하고 우리 방으로 가요."

나긋한 속삭임을 들은 성훈이 고개를 끄덕이며 다시 덕심의 입속에 혀를 가득 채웠다. 말려 올라간 치마 밑으로 훤히 드러난 다리를 쓸고 제 턱밑에서 오르락거리는 가슴을 움켜쥐었다.

"아!"

성훈의 손가락이 바짝 선 정점을 스치는 것만 해도 머리가 짜릿하게 울렸다. 참으려는 의지는 나약하게 허물어졌다. 쌕쌕 달아오르는 덕심의 숨소리를 들은 성훈은 이대로는 안 된다고 판단했다. 장소를 옮길 필요가 있었다.

폐부 가득 참았던 숨을 뜨겁게 내뱉으며 슬그머니 실눈을 뜨던 성훈의 눈이 활짝 벌어졌다. 덕준과 눈이 마주친 성훈은 덕심의 머리를 꼭 끌어안았다. 진작에 끊고 일어났어야 했는데. 동생 앞에서 덕심이 민망해할 것이 걱정스러웠다.

"왜요?"

성훈의 빗장뼈 부근에서 덕심의 목소리가 웅웅 울렸다.

"언제 일어났지?"

경직된 성훈의 목소리를 들은 덕심이 허리를 세워 뒤를 돌아봤다. 코 골고 자고 있던 녀석이 소파에 우두커니 앉아 자신들을 응시하고 있었다. 짧게 한숨을 내쉰 덕심이 무심하게 물었다.

"강덕준, 왜?"

최면에 걸린 것처럼 덕준은 눈동자의 미동도 없이 입술만 기계처럼 달싹거렸다.

"물 좀 주세요."

"꿀꺽꿀꺽. 캬! 자, 이제 다 마셨다. 얼른 자라."

"고마워. 누나."

말을 마친 덕준은 눈이 몽롱하게 풀어지더니 그대로 뒤로 넘어갔다. 방향을 잘못 잡고 눕는 바람에 바닥에 쿵 하고 떨어지기까지 했다. 한심하다는 듯 '쯧'하고 혀를 찬 덕심이 성훈에게서 벗어났다. 엉금엉금 기어가서 덕준의 뺨을 철썩철썩 치더니 고개를 절레절레 저었다. 굉장히 아플 것 같은데 덕준은 다시 고롱고롱 코를 골기 시작했다.

"자는 척하는 거 아닐까요?"

성훈의 걱정스러운 물음에 덕심은 심드렁하게 대답했다.

"아니에요. 원래 잠꼬대를 입체적으로 해요. 걱정 마세요. 우리가 키스한 것 보지도 못했어요. 이제 하던 거 하러 가요."

이 남매, 진짜 다채롭다. 덕심의 손에 이끌려 문을 나서면서도 성훈은 의심을 완전히 떨치지 못했다.

통화하는 동준을 살피는 계진상은 수화기에서 큰소리가 터져

나올 때마다 어깨를 움찔 떨었다. 수화기 너머에서 고성이 끊이지 않는데도 동준은 개의치 않는 눈치였다. 싸늘한 눈빛에 어울리게 동준의 입술에서 나오는 대답도 성의 없었다.

"네. 장인어른. 제대로 알아보고 다시 연락드리겠습니다."

생각을 읽을 수 없는 표정이었지만, 책상 위에 놓인 보고서를 보는 동준의 낯색은 평소보다 희었다. 입 싼 진상이 들고 온 보고서는 아내 연주에 관한 구설수를 담은 찌라시였다. 불행한 결혼 생활, 밖으로 도는 남편, 허물어진 여자는 이기적이었던 과거의 선택을 후회하며 약물에 의존하는 중이라……. 믿고 싶지 않은 한 편의 막장 드라마가 종이 위에 구구절절 쓰여 있었다.

"그래서 사실 여부는 알아봤고?"

"그게……. 너무 황당한 소식이라 보자마자 너한테 들고 오는 것만 신경 썼네."

아직도 나잇값 자리값을 못 하고 일의 절차와 마무리가 허술한 진상이 마음에 들지 않아 인상이 찌푸려졌다. 사방팔방, 말끝마다 마윤의 로열패밀리라고 떠벌리는 인간이 하는 짓의 가벼움은 주변 사람의 얼굴을 붉히게 했다. 지금도 빠르게 소식을 물고 왔으니 칭찬해 달라는 얼굴이었다. 그러나 이미 장인의 귀에 들어가 자신까지 진탕 욕을 얻어먹고 말았는데 빠르다고 할 것도 없었다.

얌전한 연주가 약물 중독이라니. 질끈 눈을 감은 동준은 거칠게 쏟아지는 호흡을 다스렸다. 앞에서 알짱거리는 진상을 돌려보내고 연주에게 전화를 걸었다. 그녀는 요즘 꾸준히 부재중이었다. 여느 때처럼 기운 없이 창밖만 보느라 전화를 받지 않는 모습이 그려졌다. 집무실 문을 열자 긴장한 비서들이 자리에서 일어났다.

"오늘 일정 모두 취소해."

육중한 문짝이 내려앉을 것처럼 꿍음을 내고 닫혔다. 사무실에
남은 비서들은 서로 바라보며 한숨을 쉬었다.

처방전을 들고 약국에 들른 덕심은 낯익은 뒷모습을 주시하며
다가갔다.

"맞구나! 연주 씨가 웬일이에요?"

"어? 안녕하셨어요?"

마스크를 내리고 살짝 얼굴을 보여주는 덕심을 확인한 연주의
얼굴에 잠시나마 웃음꽃이 피었다. 단아한 백합 같은 이미지에
푸릇한 생기가 도는 순간, 연주의 해사한 얼굴이 아름다웠다. 덕
심은 처방전을 내고 연주와 함께 대기 의자에 앉았다.

"소화제? 체했어요?"

"체했다기보다는 속이 답답해서요."

액상 소화제를 단숨에 비우고 난 연주는 답답한지 명치를 문
지르다가 꾹꾹 눌렀다. 그 모습을 유심히 보던 덕심이 걱정스럽
게 물었다.

"약을 그렇게 습관적으로 먹으면 안 될 텐데요."

"저도 아는데. 후……."

그늘진 한숨을 내쉬던 연주가 번뜩 고개를 들었다.

"그런데 강 비서님은 어디가 아파요?"

"감기요. 그래서 마스크 쓰고 있잖아요. 연주 씨한테 옮기면 마 전무님이 쫓아와서 혼낼 테니까 알아서 조심해줘요."

덕심의 너스레에 힘없이 웃던 연주의 미소는 금세 자취를 감추었다. 그녀의 초연한 모습은 볼 때마다 덕심의 측은지심을 건드렸다. 마침 연주의 손안에 있던 핸드폰이 진동을 울렸다. 언뜻 본 액정에는 남편이라는 글자가 새겨져 있었다. 연주는 진동을 죽이고 핸드폰을 엎어버렸다.

"왜 안 받으세요? 그러면 전무님이 좋아하지 않잖아요."

"분명 화낼 거예요. 그 사람 귀에 들어갔을 거예요."

"무슨 일인데요."

"강 비서님, 저하고 차 한잔할 시간 있어요?"

"그럼요."

약사가 덕심의 이름을 부르는 소리가 들렸다. 약을 찾기 위해 덕심이 자리를 비우자마자 다시 핸드폰이 울렸다.

[어디 있는지 사람 시켜 알아내기 전에 전화 받아.]

메시지를 확인한 연주는 덕심을 만난 덕분에 조금 후련해졌던 속이 다시 갑갑해지기 시작했다.

두 사람은 똑같이 생강이 가미된 허브티를 주문했다. 뜨거운 김이 퍼지자 매우면서도 향긋한 냄새가 후각을 자극했다. 머그잔을 매만지는 연주는 쫓기는 사람처럼 불안해 보였다.

"이제라도 전화해 봐요."

덕심의 말에 연주가 고개를 들었다.

"아까 메시지 보냈어요. 저녁에 집에서 얘기하기로 했어요."

"무슨 걱정 있어요?"

"저야 뭐. 생긴 대로 항상 속 터지게 살죠."

자조적으로 웃고 난 연주가 연달아 차를 홀짝거렸다. 지금 그녀는 들어줄 사람이 필요한 모양이었다. 덕심은 하고 싶은 말을 꺼내지 못하는 연주를 생각해 조용히 기다려주었다.

"아이가 안 생겨서요. 어머님께서 걱정이 많으세요. 저도 그렇고."

"아, 그럼 혹시…… 산부인과 다녀오는 길이었어요?"

덕심이 진료 받은 내과 건물 옆에는 전통 깊고 유명한 산부인과가 있었다.

"네."

"걱정이 많아 보여요."

"왜 안 생기는지 이유를 모르겠어요."

안 그래도 항상 그늘진 얼굴에 낙담의 먹구름이 시커멓게 내려앉았다.

"주변에서 보니까 정말 마음대로 안 되는 일 중의 하나가 아이 문제 같더라고요."

"진짜 그래요. 나는 오빠 닮은 남자아이를 키우고 싶어요."

정말 남편을 많이 사랑하는 것 같은데. 도대체 마동준 전무는 왜 그리 불안해하는지. 덕심은 답답한 마음에 자신도 모르게 고개를 젓고 있었다.

"자꾸 이 병원 저 병원 돌다 보니까 이상한 소문까지 나고. 저는 참 재수가 없는 것 같아요."

"소문이요?"

"강 비서님은 아직 모르세요? 비서실이라서 이미 알고 있을 줄 알았는데요."

"아니요. 감기 때문에 출근하자마자 강제로 조퇴 당했어요. 사내에서 이상한 기미는 없었는데요."

"제가 프로포폴 중독이라고 소문이 자자하대요. 누가 그런 말을 지어냈는지……. 하긴 프로포폴 맞으니까 개운하긴 했어요."

덕심의 놀란 눈이 멀뚱멀뚱 깜빡이는 것을 본 연주가 실소를 터트렸다.

"저번에 내시경 받을 때 맞았거든요. 오해하지 말아요."

"아휴, 깜짝 놀랐잖아요."

연주의 웃음소리가 한결 가벼워졌다. 마주 보고 화기애애하게 웃는 사이, 덕심의 등 뒤에서 명료한 구둣발 소리가 들렸다. 왠지 등골이 오싹해지는 기운이 느껴졌다. 아나나 다를까 덕심 쪽을 향한 연주의 얼굴이 차게 굳었다. 동준의 삐딱한 시선에 연주는 마뜩잖은 한숨을 내쉬며 물었다.

"여긴…… 어떻게 알고 왔어요?"

"너 있는 데 알아내는 건 쉽지."

또 사람을 붙였구나. 연주의 얼굴은 곧 눈물이 떨어질 것처럼 울먹거렸다. 덕심은 그녀의 떨리는 입술을 보는 것이 민망해서 모르는 척 시선을 돌렸다.

"안녕하세요. 전무님."

힐긋 덕심을 확인한 동준의 표정이 험상궂어졌다. 성훈과 관련

된 것은 무조건 싫은데 강덕심은 더 싫었다. 주는 것 없이 싫은 여자가 연주와 함께 있다는 것에 화가 치밀었다.

"일어나."

동준이 부러질 듯 가느다란 연주의 손목을 잡아채 끌어당기자 몸이 맥없이 끌려갔다.

"왜 이러세요? 연주 씨가 뭘 어쨌다고?"

주변을 의식한 덕심은 차마 소리를 키우지 못하고 낮은 소리로 따져 물었다.

"당신이 참견할 일 아니야."

"이거 놔요! 놔!"

오히려 연주는 사람들이 보건 말건 강하게 반항했다. 잡힌 손목을 비틀다 힘에 부치자 동준의 손등을 꼬집기까지 했다.

"연주 씨, 그만해요. 전무님, 연주 씨 지금 상태가 안 좋아요. 일단 놓아주세요."

연주가 좋지 않다는 소리에 동준이 곧 손을 놓아주었다. 풀썩 자리에 주저앉은 연주는 테이블에 고꾸라지듯 엎드려 가쁜 숨을 들썩거렸다.

"연주야, 나하고 얘기 좀 해."

"저녁에 집에서 하기로 했잖아요. 그리고 그거 아니야, 오빠."

"지금 해. 나하고 병원 가서 확인해."

"그 확인, 제가 해드릴게요. 저하고 말해요. 연주 씨 과호흡으로 실신이라도 하면 어쩌려고 그래요?"

비실비실한 연주가 항상 걱정인 동준은 구체적인 증상이나 병명을 들이대는 덕심 때문에 긴장한 상태였다. 지금도 과호흡, 실신이란 말에 뜨끔했다. 덕심이 조곤조곤한 말투로 연주를 진정시키는 것을 무력하게 바라볼 수밖에 없었다. 연주가 안정된 모습을 보이자 덕심은 동준을 끌고 다른 테이블로 옮겼다.

"찌라시 때문에 이렇게 득달같이 오신 겁니까? 항상 그렇게 강압적으로 대하세요?"

"……."

"볼 때마다 연주 씨는 무슨 약을 먹고 있어요. 알고는 계세요? 수면 장애도 심각한 것 같은데."

꾸중을 듣는 것에 익숙지 않은 동준은 덕심을 노려보았다.

"저는 연주 씨 좋아해요. 우리는 제법 친한 편이고요. 전무님과 부회장님 사이가 어떻든 알 바 아니에요."

덕심은 동준의 사나운 눈빛에 밀리지 않고 진심을 담아 연주를 변호했다.

"프로포폴 그거 거짓이에요. 산부인과 돌면서 아기 가지려고 노력하는 사람이 그런 짓을 하겠어요?"

"뭐라고?"

"모르셨구나. 전무님 어머님께서 연주 씨를 멸치 볶듯이 달달 볶고 있는데 그것도 모르셨구나."

금시초문이라는 듯 동준의 왼쪽 눈썹이 치켜 올라갔다.

"매일 소화제를 물 마시듯 마시는 것도 모르셨구나."

"연주 씨가 전무님 사랑하는 것도 모르셨구나."

서슴없는 덕심의 말에 동준의 광대가 붉게 달아올랐다.

"전무님 닮은 남자아이 키우고 싶어서 용하다는 산부인과는 다 돌고 있는 것도 모르셨구나."

"그, 그게 무슨."

"전무님 안에 괴물하고 싸우세요. 연주 씨 의심하라고 속삭이는 그 미친놈부터 해치우라고요."

"지금 누구한테 함부로 충고하는 거지?"

"연주 씨 친구로서 충고하는 거예요. 전무님 본인 감정에 휩싸여서 정작 연주 씨는 안 보이는 것 같아요. 감시 말고 관심을 가지시라고요."

잠시 숨을 고른 덕심은 그동안 참고 있었던 말을 연달아 쏘아붙였다.

"어렸을 때부터 전무님이 자기 좋아하는 것도 알고 있었대요. 앙큼한데 귀엽죠? 그래서 전무님을 항상 의식하고 있었대요. 그러다 마성훈보다 마동준이 좋아졌는데 본인도 잘 모르고 있었다네요."

사랑 고백 받는 청년처럼 동준은 눈을 한곳에 고정하지 못하고 연신 깜빡였다. 이 남자도 결국은 쑥맥인가? 다혈질 마동준이 쩔쩔매는 모습을 보니 연주가 더욱 안타까웠다.

"어쩜 그렇게 대화다운 대화도 없이 지내요? 오늘부터 대화 좀 하세요. 입으로요."

말을 마친 덕심은 주머니에서 마스크를 꺼내서 착용했다. 가방을 들고 다시 연주가 있는 자리로 돌아갔다. 동준은 두 여자가 대화하는 모습을 멍한 눈으로 쳐다봤다. 덕심이 무어라 하면 연주는 고개를 끄덕이다가 한 번씩 동준에게 시선을 주었다. 수줍게 웃는 모습이 새삼 고왔다. 마음속에 왈칵 애정이 솟고 안쓰러운 마음이 사무쳤다. 덕심이 손을 흔들고 나가는 모습을 보자마자 자리에서 일어나 연주에게 다가갔다.

"회사 안 들어가요?"

"너 데려다주고 갈게."

"고마워. 오빠."

"산부인과."

"……."

"왜 혼자 다녔어. 언제부터 다녔어?"

연주는 배시시 웃었다. 매사 자신에게 날을 세우는 모습을 넘어서서 간절하게 묻는 남편의 모습이 마음에 들었다. 오랜만에 그의 진실한 애정이 느껴졌다.

"일 년도 넘었지. 어머님이…… 오빠한테 말하지 말랬어. 바쁜데 신경 쓰게 하지 말라고."

"이 바보야. 애를 너 혼자 가져? 부부가 함께 노력해야지. 후……."

동준은 쏟아진 앞머리를 거칠게 쓸어 올렸다. 엄격하고 편협한 시어머니 앞에서 나약한 연주가 한마디 말도 못 하고 당하는 동안 뭘 했나. 자신이 너무 한심했다.

"너. 진짜 나 좋아했어?"

"응?"

"아니……. 아까."

동준은 덕심이 마시다 만 차를 벌컥벌컥 들이켰다. 감기 옮겠네. 말리지 못한 연주는 내심 걱정하며 동준을 쳐다봤다.

"아까 강 비서가 이상한 소리를 하고 갔어. 네가 어렸을 때부터 나 좋아했다고."

"처음 듣는 말 아니잖아. 내 말은 귓등으로도 안 듣더니 딴 여자 말은 잘도 듣네."

"미안해……."

자신에게 시달리다 질린 연주가 대충 둘러댄 것으로 생각했다. 그러나 덕심의 말에는 이상하게 귀가 솔깃했다. 특히 자신을 닮은 아이를 낳고 싶어 연주가 애쓴다는 소리가 가슴에 남았다. 유치하게도 그랬다.

"미안해. 연주야. 내가 못난 놈이다."

연주의 손이 테이블 위에 어설프게 놓인 동준의 손등을 덮었다. 동준은 고개를 들어 연주의 눈을 보았다. 아무 탓도 하지 않는 무구한 눈빛에 더욱 가슴이 아렸다.

안타까움이 진하게 묻어있는 성훈의 목소리에서 덕심을 보고 싶어 하는 마음이 절절하게 느껴졌다.

― 같이 가고 싶었는데. 미안해서 어쩌죠?

"상황 되는 대로 해야죠. 나 지금 출발해요. 부회장님도 바로 오실 거죠?"

― 여기서 십오 분 후에 출발해요. 거의 동시에 도착하겠어요. 나보다 먼저 들어가 있지 말아요.

"피하는 성격 아닌 거 알면서 별걱정을 다 해. 이따 봐요."

마윤 일가들 사이에서 외딴 섬이 될 것을 염려하는 성훈의 걱정과 달리 덕심은 씩씩했다. 쪽! 입 맞추는 소리와 함께 성훈의 낮은 웃음소리가 여운을 남겼다. 이전의 남자친구들과 달리 자신과의 관계를 드러내고 싶어 안달인 성훈은 애정 표현이 후하다 못해 남발하는 편에 속했다.

성훈이 남긴 입맞춤 소리를 되새기며 걷는 덕심의 걸음이 경쾌했다. 주차장에 도착한 덕심이 자동차 키의 버튼을 누르자 구석에서 번쩍하고 불빛이 일었다. 콧노래를 흥얼거리며 자신의 차로 향하던 덕심의 걸음이 멈칫했다. 오랜만에 보는 계진상 부장이 이쪽을 향해 오고 있었다. 아무래도 자신에게 볼일이 있는 모양이었다. 도망가자. 피하자. 마윤 일가 그 누구도 두렵지 않지만, 계진상 부장의 경우는 똥이 무서워서 피하는 게 아닌 것과 같은 맥락이었다. 못 본 척 걸음을 재촉했다. 운전석 손잡이를 잡는 순간 계진상의 건들거리는 목소리가 지척에서 들렸다.

"강 비서!"

"짜, 증, 나."

덕심은 잇새로 말을 꼭꼭 씹어 뱉으며 돌아섰다.

"무슨 일이시죠?"

"강 비서, 지금 희원정 가는 길이지?"

"……."

너무나도 대답하기 싫었던 덕심은 차마 입이 떨어지지 않았다. 침묵을 긍정으로 받아들인 진상이 뒷좌석 문을 열고 올라탔다.

"왜 타세요?"

이제야 겨우 입이 떨어졌다.

"희원정 간다며. 내 차 고장 났어."

"택시 타시는 게 더 편하실 텐데요. 경차라서 승차감도 불편하실 테고."

"가는 길에 같이 좀 가면 안 되나?"

안 돼. 싫어! 내면의 외침을 입 밖에 꺼내지 못한 덕심은 울상을 짓고 운전석에 올랐다. 성훈이 하자는 대로 할걸. 뒤늦은 후회가 발등을 찍었다. 보내주는 차 타고 희원정으로 갔으면 계진상을 태울 일은 없었을 텐데.

금요일 저녁의 도로는 거대한 주차장이나 마찬가지였다. 웬만한 일에 스트레스를 받지 않는 덕심이지만 뒤에서 주절주절 떠드는 진상은 스트레스 결정체였다. 아아! 보고 싶다, 내 남자. 성훈 생각이 간절했다. 지금 전화 걸어서 계진상을 길에다 버려도 되냐고 묻고 싶었다. 성훈이라면 당장 한강에 내던지라고 할 텐데.

"체증이 심각하네."

"그러게요."

"성훈이가 차도 한 대 안 뽑아줬나 봐? 명색이 여자친구라면서 이런 차를 타게 두다니."

아직도 성훈과 덕심의 관계를 곧이곧대로 믿지 못하는 진상은 아무 말이나 내키는 대로 뱉고 있었다.

"성훈이하고 사귄 지 얼마나 됐지?"

정작 성훈 앞에서는 눈도 함부로 들지 못하는 주제에 덕심 앞에서 당당하게도 그의 이름을 나불거렸다.

"다음 주면 일 년 됩니다."

"오래갔네. 지지부진한 걸 보면 슬슬 약발 떨어질 때도 됐는데."

지지부진? 말 같지도 않으니 화도 안 난다.

"성훈이가 다음 진도에 대해서 말한 건 없지?"

"하하. 뭐……."

그걸 내가 왜 당신한테 말합니까. 염탐하는 건지 약을 올리려는 건지 진상의 눈치 없는 수다는 계속되었다.

"걔도 이제는 여자 거부증이 나았으니 다양한 인생 경험을 해야지. 연애란 게 경험이 많을수록 좋거든. 특히 재력과 능력을 겸비한 성훈이 같은 경우는 더 그래. 영웅본색이란 말 알지?"

"혹시 영웅호색 말인가요?"

덕심의 틀린 말 지적을 못 들은 척, 진상의 진상짓은 끝낼 기미가 없었다.

"남자는 다 똑같아. 마성훈이라고 다를 것 없다 이 말이야. 근데 아직 멀었나?"

"네. 한참."

차라리 걷는 것이 나을 정도로 정체가 심했다.

"다른 길로 빠질 수는 없나?"

"한강에 뛰어드는 것 말고는 없는데요."

확 던져 드릴까?

"빨리 좀 가자고. 내가 좀 불편해."

"어디 안 좋으세요?"

백미러를 통해 본 진상의 안색이 심상치 않았다. 젠장, 뭐 마려운 것이 분명해 보였다.

"한강 공원이라도 잠시 들를까요?"

"아니. 나 그런 데서 일 못 봐."

무슨 소리야. 한강도 댁을 거부해.

"성훈이는 이거다! 싶으면 망설임 없이 추진하거든. 그런데 아직

도 둘 사이가 답보상태라면 강 비서도 제 살길 찾아야지. 다, 강
비서 생각해서 하는 말이야. 이제 서른이라면서. 쯧!"

말끝에 들린 혀 차는 소리가 덕심의 신경을 긁었다. 정말 한강
물에 버리고 싶어도 오염으로 고통받을 국민을 생각해서 참는다.

"그런데 아직 멀었……나?"

재촉하는 진상의 목소리가 예사롭지 않았다.

"내비 상으로는 삼십 분은 더 가야 할 것 같은데요. 이제…… 중
간에 차 돌릴 곳도 없는데 어쩌죠?"

"빨……리 가……."

엉거주춤하게 앉은 진상은 숨을 고르며 간신히 말을 이었다.

"기나 해."

진상은 진상대로 덕심은 덕심 대로 불안이 극에 달했다. 진상
은 자연의 부름에 순응하지 못해서, 덕심은 아끼는 애마가 봉변
을 당할까 봐 두려웠다.

흡! 나직한 탄식 소리를 들은 덕심의 심장이 쿵 떨어졌다.

"괜찮으세요?"

"흐."

"호, 혹시…… 게이지가 몇 퍼센트 정도 찼나요?"

"파, 팔십."

팔십이라니! 덕심은 자신도 모르게 가속 페달을 디딘 발에 힘을
줬다. 생각 같아서는 차를 들고 뛰고 싶었다.

호옹. 가스가 새는 소리가 소심하게 흘러나왔다. 그래도 체면
은 차릴 줄 아는지 한꺼번에 싸지르지 않고 조금씩 끊어서 내보
내는 노력이 가상했다. 안색즉통색. 위기에 몰린 진상의 안색이

흙빛이었다.

"갓길에라도 세울까요?"

"길에서! 흡, 어떻게 하라고!"

덕심은 소리 지르는 진상을 자세히 살폈다. 혹여 저렇게 발끈하다 지린 게 아닐까 염려스러웠다.

"강 비서, 얼마나 남았어?"

"이십 분이요."

이제는 덕심도 울고 싶었다. 냄새 때문에 머리가 지끈거렸다.

"창문 좀 열게요."

이르게 찾아온 추위가 기승을 부리는 날씨였다. 덕심은 차가운 공기가 그의 괄약근 수축에 도움을 주길 바랐다.

"어흑……."

"어떡해! 머리가 나왔나요?"

"그건 한참 전이야."

"호흡 유지하시고 발뒤꿈치로 막고 계세요. 차 세울 만한 곳을 찾아볼게요."

첫 만남부터 으르렁거리며 시작했던 덕심과 진상은 어느새 한마음 한뜻이 되었다. 덕심에게도 계진상의 한계가 절실하게 와닿았다. 어느새 진상은 위급한 상황에도 침착을 유지하며 상대를 진정시키는 덕심에게 의지하고 있었다. 길에서 어떻게 싸냐고 따지던 그의 말도 쏙 들어갔다. 덕심은 수풀이 우거진 곳을 찾아 매의 눈으로 두리번거렸다.

"계 부장님! 허리띠 푸세요. 차 세우면 저 풀밭으로 달리셔야 해요."

"고마, 윗!"

덕심의 가뿐한 경차가 한적한 갓길에 매끄럽게 정차했다. 자칫 급정지로 인해 진상이 조금이라도 실수할 것을 염려한 배려였다. 그런데 막상 차를 세웠는데도 진상은 꼼짝하지 않았다.

"어서 내리시라니까요."

"잠깐. 잠깐만. 조금 진정한 후에."

덕심의 고운 이마가 매섭게 일그러졌다. 운전석에서 내린 덕심이 뒷좌석으로 가서 문을 열었다. 무릎을 꿇고 앉은 진상은 덕심이 권한 대로 뒤꿈치를 코르크 삼아 출구를 막고 있었다.

"빨리, 당장 내 차에서 내, 려, 요."

땀으로 흠뻑 젖은 진상은 간신히 다리를 펴고 구두를 꺾어 신었다. 차에서 내려 불과 몇 걸음 걷기도 전에 그가 주저앉는 모습이 보였다. 보고 싶지 않은 살색이 드러나는 순간 덕심은 재빨리 눈을 감았다. 그러나 보기 싫은 장면은 막았지만, 소리는 어쩌지 못했다.

푸드덕. 비둘기 떼의 날갯짓 소리가 요란했다. 계진상, 그에게 평화가 찾아왔다. 역시 비둘기는 평화의 상징이 확실했다.

"도착했어요."

"고마워요. 강 비서."

깐족거리던 기세는 사라진 지 오래였다. 고분고분해진 진상은 비굴해 보이기까지 했다.

희원정 정문 앞에 정차해있던 익숙한 세단의 문이 열리더니 긴 다리가 땅을 밟는 것이 보였다. 이내 도저히 실제라고 믿기 힘든 잘생기고 훤칠한 성훈의 자태가 드러났다. 속세를 초월한 듯 공허한 표정의 덕심을 본 성훈이 여유를 걷어낸 걸음으로 가까워졌다.

"왜 이래요? 오다 무슨 일이라도?"

흐흠, 어험! 진상의 헛기침 소리가 시끌벅적했다.

"형이 왜 그 차를 타고 와?"

성훈은 회사가 아닌 집안 모임인 탓에 계 부장이 아닌 형이라고 불렀다.

"계 부장님은 차가 고장 났고요. 주차장에서 만났어요. 방향이 같아서 어쩔 수 없이."

기진맥진한 덕심의 어깨를 감싸 안은 성훈의 눈매가 비수가 되어 진상을 찔렀다.

"오면서 덕심한테 무슨 헛소리라도 한 거야?"

"아니야! 아무 소리 안 했어."

일단 거짓으로 발뺌했지만, 진상은 오금이 저렸다. 일생일대의 추잡스러운 사건과 자신이 지껄였던 한심한 말들을 어떻게 주워담아야 할까. 시간을 되돌릴 수 있다면 헐값에 영혼을 팔고 싶었다.

"정말 아무 일도 없었어요?"

덕심에게 묻는 성훈의 목소리는 형편없는 실적을 추궁하는 것처럼 집요했다. 겨우 붙들고 있던 알량한 부장 자리도 오늘로 잘리는 건가. 진상은 미래를 위해 자격증 하나 따놓지 않은 자신의 게으름을 후회했다.

"네. 차가 너무 막혀서 지쳤을 뿐이에요. 계 부장님도 많이 힘드셨어요."

"그러게 보내주는 차 타고 오라니까요."

"안 그래도 후회했으니까 혼내지 말아요."

"내가 당신을 어떻게 혼내요. 무조건 걱정돼서 하는 말이지."

성훈은 안아 들고 가고 싶은 마음을 꾹 참고 덕심을 부축하며 걸었다.

"저, 강 비서."

자신감이 푹 꺾인 진상이 덕심을 불러 세웠다. 걸음을 멈춘 덕심이 뒤를 돌아보자 진상이 정중하게 허리를 숙였다.

"정말 고맙습니다."

비밀을 지켜줘서.

"사람 사는 게 다 그렇죠. 부장님도 고생 많으셨어요."

미운 놈 떡 하나 주는 게 쉬운 일이 아닌데, 어질고 입도 무겁다. 진상은 벅차게 밀려오는 감동으로 말을 잇지 못했다. 덕심을 향한 존경심이 하염없이 샘솟았다.

성훈은 알쏭달쏭한 두 사람의 태도를 미심쩍게 지켜봤다. 하지만 예쁘게 웃으며 자신에게 기대는 덕심에게 홀려 금세 의심을 거두었다.

"정말 괜찮은 거예요?"

손수 레모네이드를 만들어 건네는 성훈은 여전히 걱정이 깊었다. 얼마 전에도 감기몸살로 실컷 앓았던 덕심은 오늘 더욱 상태가 심각해 보였다.

"네. 운전에 지친 데다 멀미까지 해서 그래요."

덕심은 새콤한 레모네이드를 쉬지도 않고 비웠다. 냄새에 시달리고 소리에 기함한 탓에 울렁거렸던 속이 개운하게 걷혔다.

"혹시."

"응?"

성훈은 덕심의 관자놀이에 흘러내린 한 가닥 머리카락을 귀 뒤로 넘겨주며 은근히 물었다.

"물론. 내가 열심히 피임했지만, 만약이란 건 항상 존재하는 거니까."

"어머. 아니에요."

"진짜, 아닌가?"

"절대!"

"그렇군."

질색하는 덕심의 태도가 너무 매몰찼는지 성훈은 왠지 실망하는 것처럼 보였다.

"뭐야? 바랐어요?"

"바랐다기보다는 막상 그럴지도 모른다고 생각하니까 가슴이 뛴 건 사실이야."

"아직 결혼 승낙도 못 받았잖아요."

연애만! 고이란 회장이 일 년 전 걸었던 조건이었다.

'강덕심, 네가 말한 대로 연애만 허락한다.'

"그래서. 당신도 연애만 하겠다는 거야? 언제까지고?"

덕심은 대답 대신 손을 들어 보였다. 성훈이 청혼하며 끼워준 반지가 조명 아래에서 찬란하게 빛났다. 그제야 성훈의 매섭게 굳었던 표정이 부드럽게 풀어졌다.

"그나저나 오늘 왜 부르신 거예요?"

"내가 불러 모은 거야. 할머니가 아니고."

"성훈 씨가요?"

성훈은 의아해하는 덕심의 앞에 무릎을 굽히고 앉았다. 오랜 시간 함께 골랐던 청혼 반지를 낀 손을 두 손으로 감싸더니 굵은 알에 입을 맞추었다.

"더는 데이트 끝나고 집에 보내고 싶지 않아. 통화하다 무심하게 잠든 강덕심이 코 고는 소리도 듣고 싶지 않고."

덕심의 입에서 품 하고 웃음이 터졌다. 미안하게도 머리가 베개에 닿기만 해도 잠이 드는 탓에 성훈이 대답 없는 덕심의 이름을 부르다 낙심하게 만든 적이 여러 번이었다. 자리에서 일어서는 성훈을 따라 덕심의 시선이 이동했다. 초롱초롱 빛나는 눈망울이 그를 향했다.

"이렇게 예뻐서야 원."

성훈은 더는 참을 수 없어 허리를 굽혔다. 설핏 벌어진 덕심의 입술에 닿는 순간 가슴에 아릿한 전율이 일었다. 언제까지 이렇게 두근거리게 할지 모르겠는 여자는 생각할수록 경이로운 존재였다. 여린 점막을 혀로 핥는 성훈의 목구멍에서 단맛에 취한 신음성이 흘러나왔다.

밖에서 사람들이 웅성거리는 소리가 들렸다. 덕심은 당장 누군가 들어와도 이상할 것 없는 열린 공간이 불안했다. 가벼운 입맞춤만 해도 순식간에 몰입해버리는 남자를 말릴 필요가 있었다. 키스에 취해 덕심의 허리를 지분거리는 손을 붙들었다. 성훈의 가슴을 살포시 밀어내며 진득하게 파고드는 입술을 물리치자 퉁명스럽게 부푼 볼이 눈에 들어왔다.

"밖에 사람들은 왜 불러 모은 건데요."

아! 성애의 감각에 젖었던 몽롱한 눈에 현실 감각이 돌아왔다.

"결혼 발표."

"정말?"

아직 고이란 회장의 허락도 받지 않았는데.

성훈은 얼이 빠진 덕심의 손을 붙들고 일으켜 세웠다.

"오늘 사람들 앞에서 확실히 해둘 거예요. 괜찮죠?"

"어차피 결혼하기로 약속하긴 했지만."

무엇을 망설이는지 아는 성훈은 미적거리는 덕심을 가만히 끌어안았다.

"내 가슴 뛰는 소리 들리죠?"

그의 품에 안겨 가슴에 귀를 댄 덕심의 입술이 고운 호선을 그렸다. 속일 수 없는 진심은 들을 때마다 기분 좋았다.

손을 잡고 밖으로 나가자 거실을 가득 메운 마윤 일가의 수다스러운 소음이 뚝 끊어졌다. 일 년이라는 시간이 지나 다시 앞에 나타난 덕심을 보는 시선은 다소 복잡해 보였다. 잡음 하나 없이 사귄 덕분에 두 사람이 헤어진 것으로 알던 이들도 있었다. 아직도 여전한 건가, 의아해하는 얼굴도 보였다. 상석에 앉은 고 회장의 입에 관심이 쏠렸다. 완고한 표정으로 좌중을 둘러보던 고 회장이 주름진 입술을 열었다.

"다들 잘못 알고 있는 모양인데. 오늘 우리를 모이게 한 것은 내가 아니고 저 녀석일세."

수많은 눈동자가 일시에 방향을 바꿔 성훈과 덕심에게 모였다. 힘이 들어간 성훈의 목소리가 넓은 거실에 울려 퍼졌다.

"저희, 결혼합니다."

동시에 숨을 들이켜는 소리가 들리더니 기괴한 침묵이 유지되었다. 고 회장은 잠을 청하는 사람처럼 조용히 눈을 감았다.

"대학도 안 나왔다면서."

누구인지 몰라도 개미만 한 목소리가 첫 불만을 터트리자 여기저기서 입을 보탰다. 덕심을 깎아내리고 마윤의 자존심을 내세우는 말들이었다.

"그만들 하세요."

분연히 몸을 일으킨 누군가가 역정을 내는 소리에 고 회장의 눈꺼풀이 열렸다.

"잘 알지도 못하면서 함부로 흉을 보고 그러십니까."

진상이 덕심의 편을 들고 나섰다. 도대체 둘 사이에 무슨 일이 있었냐고 묻는 성훈의 눈초리를 받은 덕심은 어깨를 으쓱 추어올렸다. 외로운 응원군 계진상이 나섰지만, 평소 신뢰받지 못한 탓에 흐름을 바꾸기는 역부족이었다.

"계진상 부장 말이 맞습니다."

성훈의 눈이 화등잔만 하게 커졌다.

"강 비서. 지켜본 바로는 썩 괜찮은 사람입니다. 당당하고 바른 말 할 줄 알고 사치스럽지도 않습니다. 똑똑하고 융통성도 있어요. 마윤에 득이 되면 됐지 흠이 될 사람은 아닌 것 같습니다."

마동준까지 덕심에게 한 표를 던졌다. 의외의 상황에 놀란 것은 성훈만이 아니었다. 그룹 내에서 유일하게 성훈의 적수로 인정받는 동준까지 나서자 다른 의미로 술렁이기 시작했다.

"다들 조용히 해라. 성훈이가 허락을 받으려고 불러 모은 줄 아니?"

일이 돌아가는 상황을 지켜보던 고 회장의 카랑카랑한 목소리가 어수선한 상황을 정리했다.

"지금 통보하는 자리야. 이렇게 똥 된장도 못 가려서야 큰일들 하겠어?"

고 회장이 자리에서 일어나자 옆에서 꾸벅꾸벅 졸고 있던 명림이 퍼뜩 놀라며 눈을 떴다.

"명림아."

"네. 성님."

"애들 날이나 잡아주게."

"날이요? 그건 진즉에 잡아놨지요."

명림은 흥이 실린 걸음으로 고 회장을 따라 들어갔다. 어떤 장애물도 없이 덕심이 마윤의 안주인이 되는 순간이었다.

"역시 우리 할머니."

"미리 허락받은 거예요?"

"아니? 방금 말씀 못 들었어요? 내가 통보하는 자리라고."

아니, 뭐가 이렇게 쉬워? 덕심은 꿈을 꾸는 것이 아닌가 의심하며 말똥한 눈알을 굴렸다.

"나는 강덕심 마음 얻는 게 제일 힘듭니다. 다른 건 아무런 제약이 될 수 없어요. 당신이 날 받아준다는데 누가 막아."

"나 쫌 대단한 여자네."

"쫌이라니. 세상에 댈 것이 없지."

치켜세우는 말에 기분 좋아진 덕심이 청량한 소리를 터트리며 웃었다.

"이렇게까지 예쁠 필요는 없는데."

맞잡은 손에 힘을 주어 당기자 넓은 품속으로 덕심이 맞춘 것처럼 폭 안겼다. 연인의 얼굴이 가까워지는 모습을 본 사람들이 당황한 나머지 헛기침을 쏟아내기 시작했다. 시끄러운 참견에 눈살을 찌푸린 성훈은 가벼운 입맞춤을 남기며 물었다.

"오늘은 어디서 할까?"

"글쎄요."

"벌써부터 참기 힘든데."

정원의 끝에 다다른 성훈이 자신의 차를 눈짓했다.

"차는 싫어요. 당신 집으로 가요. 우리가 처음 안았던 곳으로."

"원하시는 곳으로 모시겠습니다."

미래를 약속한 연인을 태운 차가 짙은 어둠 속으로 스며들었다.

외 전

결혼 이야기

광활하리만큼 넓은 회의 테이블 상석에 앉은 성훈은 여느 때처럼 차분하고 진중해 보였다. 그러나 보이지 않는 곳의 진실은 달랐다. 불안하고 초조한 마음을 달랠 길 없는 성훈의 다리가 테이블 아래에서 떨고 있었다. 덕심이 알면 등짝 몇 차례 맞을 몹쓸 버릇이지만, 지금은 등짝을 때려줄 덕심이 없었다. 덕심은 삐졌으니까. 아니, 그녀는 화가 났다고 했다. 삐진 건 옹졸한 당신이라고 했다. 아니! 정말 화난 건 바로, 나 마성훈이라고.

꾸우우욱. 테이블 위에 펼쳐진 회의록에 성훈이 힘주어 그은 펜 자국이 길게 났다. 부회장의 심상치 않은 분위기를 읽은 호군이 허리를 바로 세웠다. 그래도 기분이 태도가 되지 않는 성훈인지라 다른 임원들은 눈치채지 못한 듯했다.

성훈은 벌써 일주일 째 괴롭고 외로웠다. 그리고 걱정돼서 미칠 노릇이었다. 만삭인 덕심 곁에 가볼 수 없으니 애가 탄 심장은 이

286

미 까만 재 부스러기가 된 듯했다. 그놈의 자존심이 성훈을 가로막았다. 너그러워지려고 마음먹고 다가가면 뭘 하나. 성훈보다 더욱 자존심이 드센 덕심의 개마고원 칼바람 같은 콧방귀 앞에서 성훈도 팽 돌아 버리기 일쑤였다. 그래도 너무 보고 싶다. 강덕심. 말랑하고 통통한 볼에 입술을 붙이고 만삭으로 부푼 배에 손을 얹고 조곤조곤 밤새워 얘기하고 싶었다.

업무 중에도 문득문득 떠오르는 잡념을 물리치는 것도 일이었다. 알콩달콩 사이좋을 때의 아내 생각은 활력이 됐지만, 아닐 때는 백해무익일 뿐. 장시간 릴레이 회의를 마치고 성훈을 뒤따라 나가는 호군을 동준이 붙들었다.

"요즘, 부회장한테 무슨 일 있습니까? 안색도 그렇고 전반적으로 안 좋아 보이는데요?"

"아무 일도 없습니다."

호군의 대답은 거짓이 아니었다. 객관적으로 이 정도 일을 '무슨 일'이라고 하기엔 너무 사소하니까.

"아픈 곳도 없고요?"

"네. 건강하십니다."

"그럼 뻔하네. 부부 싸움이겠군요."

내심 뜨악했지만 호군은 무사히 포커페이스를 유지했다. 그래도 결혼 생활로 치면 호군보다 경험 많은 선배인 동준의 눈을 속이지 못한 모양이었다. 동준이 고소한 견과류라도 씹은 듯 기분 좋게 웃으며 회의실을 빠져나갔다.

호군이 비서실로 들어서자 익준과 명장이 걱정스러운 표정으로 물었다. 천천히 고개를 젓는 호군의 대답에 두 남자의 얼굴에 검은 그늘이 졌다. 도대체 무슨 일인지. 부회장실 분위기가 살얼음판이었다. 부회장 얼굴이 당장 울부짖을 듯 죽상인데 원인을 알 수 없으니 보좌진이 돼서 마냥 손 놓고 있을 수 없었다.

해외 파견을 나갔다가 지난주에 복귀한 익준은 더 난감했다. 혁신이 취미인 마윤 그룹은 자리를 비운 2년 사이에 또 달라져 있었다. 아직 달라진 사내 분위기도 적응 전인데 출근하자마자 보스가 저 지경이었다. 게다가 마윤의 핵심인 전략실이 언제까지 이런 사소한 일로 심각하게 있을지 그것도 걱정이었다.

점심 식사 후 비어 있는 부회장실을 확인한 익준이 명장을 끌고 탕비실로 들어갔다. 얼음을 가득 채운 유리잔에 떨어지는 에스프레소를 보던 익준이 고개를 갸웃 기울였다.

"도대체 무슨 일인지 제가 곰곰이 생각해 봤어요."

"뭘? 보스가 저기압인 이유?"

"여자. 여자 문제가 분명합니다."

"여자? 보스한테 다른 여자라도 생겼다는 거야? 바람났다고?"

주먹까지 불끈 쥐고 묻는 명장의 눈이 몹쓸 호기심으로 번들거렸다. 익준은 기쁨을 감추고 호들갑 떠는 명장을 마뜩잖게 쳐다봤다. 하여튼 강덕심 잘되는 꼴을 못 보는 못된 소갈딱지하고는.

"무슨 말씀이세요? 부회장님한테 여자는 강 비서 아니, 사모님뿐이죠."

"아니, 그러면 그냥 부부 문제라고 하면 되지. 굳이 여자라고 하니까 그렇지."

"최 차장님은 진짜 뭘 모르시네요."

입술을 씰그러뜨린 익준이 고개를 절레절레 흔들었다. 여태껏 변변한 연애 한번 못 해 본 댁이 뭘 알겠냐, 그런 분위기였다. 무시하는 태도를 눈치챈 명장은 기분 상했지만 따지지 못했다. 익준을 말로 이길 수 없음을 수년간 경험으로 터득한 터였다.

"뭐가. 내가 뭘 모른다는 거야."

"부회장님한테 여자는 사모님이죠. 다른 여자들은 그냥 인간이란 말입니다. 생물학적으로 다른 성을 지닌, XX 염색체의 인간."

"뭐가 그렇게 거창해."

"그건 익준이 말이 맞아."

마침 탕비실로 들어온 호군은 익준이 갓 내린 아이스 아메리카노를 가로챘다.

"뭐가요? 강 비서만 여자라는 거요?"

명장은 덕심을 절대 사모님이라고 부르지 않고 꼬박꼬박 강 비서라고 고집했다. 입사 초부터 견원지간이었던 덕심과 명장의 사이는 여전했다. 그런 명장이 못마땅한 호군이 흰 눈으로 그를 노려보며 커피를 들이켰다.

"아이 씨, 달아. 도대체 설탕 시럽을 얼마나 짜 넣은 거야?"

"그거 최 차장님 건데. 그러게 왜 새치기하시고 그래요. 실장님은 잠깐 대기하세요. 아이스 바닐라 라떼 괜찮으시죠?"

"오케이. 그런데 익준이는 이탈리아 지사에 나가 있더니 바리스타가 돼서 돌아온 거야?"

"피앙세가 밤새워 공부하는 동안 커피는 제 담당이었으니까요."

한때 익준은 유학 간 은수를 못 잊어 시름시름 앓았다. 보다 못한 덕심이 성훈을 설득해 그를 이탈리아 지사로 파견 보내주었다. 그리고 은수가 공부를 마치자마자 따라 들어온 게 지난주였다.

"익준이 말이 맞다니요. 도대체 무슨 말이에요?"

"부회장님 내외분, 지금 냉전기야. 우리가 뭐 어떻게 할 수 있는 부분이 아니니까 다들 심기 거스르지 않도록 주의나 하라고."

"그것 봐. 내 말이 맞잖아요. 부회장님이 저렇게 티 내고 다닐 정도의 문제는 사모님뿐이라니까요. 그나저나 우리 사모님, 만삭인데…… 무조건 부회장님 잘못이지."

"내 잘못일까요."

"엇! 부회장님."

세 남자가 동시에 화들짝 놀라며 문가를 쳐다봤다. 언제 나타났는지 눈 밑이 까맣게 그늘진 성훈이 아슬아슬한 분위기를 뽐내며 탕비실 문턱에 서 있었다. 우수에 찬 흐트러진 앞머리가 그를 더욱 퇴폐미 돋게 했다. '세상에서 제일 섹시한 남자' 순위권에 든 남자답게 빛나는 외모였다. 익준이 커피 캡슐 하나를 흔들어 보였다.

"커, 커피 드릴까요?"

"아주 진하고 뜨겁게 부탁해."

"옙! 지옥의 맛으로 뽑아드리죠."

"지옥의 맛이라니. 내가 지금 사는 게 지옥 같은데 굳이 커피까지 지옥 맛으로 마셔야 하나."

성훈의 기운 빠진 넋두리에 비서실 일동은 숙연해졌다. 서로 눈치만 보던 중에 그나마 성훈과 호형호제하는 사이인 익준이 나섰다.

"부회장님, 무슨 일로 그렇게 고민하세요? 본래 고민은 나눠야 반으로 주는 법, 어서 털어놓아 보시지요."

하……. 짙은 한숨을 내쉰 성훈이 호군을 그리고 명장을 미심쩍은 눈으로 쳐다봤다. 호군은 그렇다 치고 명장한테까지 털어놓아야 하나 잠시 고민이 됐다. 하지만 지금은 그런 것 따위 가릴 처지가 아니었다. 이번 주도 덕심 없는 집에서 홀로 밥 먹고 잠들 생각을 하면 못 할 것이 없었다. 만삭인 덕심이 자신이 없는 틈에 진통이라도 온다면! 눈앞이 캄캄했다. 이런들 어떠하리 저런들 어떠하리, 어차피 결혼이란 칡덩굴처럼 얽히고설켜 사는 것 아니겠는가. 고독에 지친 성훈의 입술이 열렸다.

"이게 다 그놈의 잎사귀 때문입니다."

"잎사귀요?"

"자, 이런 상황이라면 여러분은 어떻겠습니까? 여러분의 합리적인 사고와 판단 기대합니다."

한껏 좌절한 성훈과 달리 비서진들은 이럴 줄 알았다, 하는 맥빠진 표정이었다. 사랑에 미친 커플은 또 별것 아닌, 아주 유치한 일로 싸운 게 분명했다. 익준은 한쪽 귀를 후벼 파며 성훈이 열변토하는 모습을 관람했다.

부슬비가 내리니 희원정의 운치도 색다른 맛이 있었다. 연못에 퐁퐁 떨어지는 빗방울을 피해 잉어가 활기차게 움직였다. 덕심의 배 속에서 무럭무럭 자라는 아들처럼.

올림픽을 치러도 될 만큼 넓은 잔디 위에 펼쳐진 하얀 천막 아래에 자리 잡은 덕심은 스피커에서 나오는 타령 가락을 따라 흥얼거렸다.

"짜증을 내어서어 무엇하나아."

고소한 기름 내음이 낮은 기압을 타고 덕심의 후각을 자극했다.

"배고파. 빨리 좀 주시지."

투덜거림이 끝나기 무섭게 명림이 접시를 들고 일어나는 게 보였다. 드디어 부추전과 김치전을 한 장에 담은 태극전이 완성된 모양이었다. 젓가락을 문 입 안에 벌써 군침이 돌았다. 명림이 보름달만 한 접시를 덕심의 코앞에 바짝 가져다 놓았다.

"뜨거울 때 어서 먹어라. 우리 성덕이도 많이 먹고."

'성덕'은 성훈의 성, 덕심의 덕을 딴 그리고 성공한 덕후를 뜻하는 아이의 태명이었다.

"성덕이 덕에 제가 살쪄요."

덕심은 둥글게 솟은 배를 문지르며 과장된 한숨을 내쉬었다.

"살쪄도 이쁘기만 해. 애 낳으면 금세 돌아와. 백일도 전에 도로 늘씬해질 거야."

"정말 그럴까요?"

"얼씨구, 애도 안 낳아 본 사람이 장담하기는."

고이란 회장이 끼어들며 남긴 말에 잠시 안심했던 덕심이 울상을 지었다.

"저 20킬로도 넘게 쪘어요. 정말 이대로 살게 되면 어떡해요. 할머니?"

하지만 어떤 근심 걱정도 덕심의 식욕을 거스를 수 없었다. 울먹울먹하면서도 고 회장이 찢어주는 전을 넙죽넙죽 잘도 받아먹었다. 입에 들어오는 것마다 모두 꿀맛이었다. 이러다 흙을 퍼먹어도 맛있을까 봐 걱정이었다.

"아니야. 빠져. 걱정하지 말아라. 게다가 너는 원래 마른 체형이잖아. 애 낳고 운동 조금 하면 빠진다."

"먹는 것마다 전부 맛있어요. 사실 먹는 걸 줄여야 살이 빠질 텐데 지금 같으면 자신 없어요."

"식욕도 전부 임신 탓이야. 성덕이가 먹성이 좋아서 그래. 걱정하지 말래도. 성훈이가 너 먹고 싶은 건 다 가져다 바치라더라."

"쳇!"

성훈의 이름이 나오자 정신없이 전을 집어 먹던 덕심의 입술이 뾰로통 튀어나왔다. 맑은 눈동자에 서운한 기색이 역력했다. 덕심이 부부 싸움했다고 희원정으로 쳐들어온 지 벌써 일주일이 넘었다. 고 회장은 덕심이 알아채지 못하게 나직이 한숨을 쉬었다. 손자나 손부나, 나이만 먹었지 어쩜 이리 철이 안 들었는지.

처음 이틀은 자신이 어디 있는지 알리지 말라는 덕심의 당부 때문에 성훈에게 말하지 못했다. 덕분에 위치 추적을 한 경찰이 희원정에 출동하는 사태까지 벌어졌다. 하긴 경찰을 핑계 삼아 성훈이 제 안사람을 보러 온 것이지만, 그때 생각만 하면 망신스러웠다. 흰자위가 새빨개져서 희원정에 뛰어온 성훈의 몰골은 또 어떻고.

고 회장은 아직도 가슴이 찌르르 아팠다. 그래도 제 색시 비위 거스르지 말라고 신신당부한 성훈을 생각해 고 회장은 꾹꾹 눌러 참는 중이었다. 하긴, 적적한 집에 덕심이 와서 생글생글 웃으며 돌아다니니 좋긴 했다. 한 사람하고도 반이 늘었다고 집 안은 활기가 넘치고 웃음이 끊이지 않았다. 남편하고 싸웠다고 쪼르르 달려온 덕심이 울상 짓고 투덜거릴 줄만 알았던 예상이 보기 좋게 깨졌다. 아무리 그래도 왜 싸운 건지, 이제는 그것이 알고 싶었다.

"출산이 내일모레인데 언제 화해하고 집에 갈 거니?"

걱정으로 새까맣게 타는 고 회장의 속도 몰라주고 덕심은 고집스럽게 대답했다.

"안 가요. 희원정에서 낳을 거예요."

"짜증을 내어서 무엇하나아, 니나노오. 우리 성훈이 피 마르겠네에."

고 회장은 타령 가락을 흥얼거리며 약 올리는 명림을 흘겨보았다. 치매기 있다고 오냐오냐했더니 부쩍 재계의 마녀 고이란 알기를 무르게 보는 경향이 있었다. 사실, 덕심과 성훈을 혼내지 못하니 괜히 화살이 명림을 향하는 것이었다. 눈치 빠른 명림은 얼른 입을 닫았다. 대신 표정을 정돈한 후 덕심에게 물었다.

"그래. 이제는 싸운 이유나 알자. 일주일 봐줬으면 어른들이 많이 참은 줄 너도 알지?"

이어서 고 회장의 눈치를 살핀 명림이 나직한 소리로 덕심에 귓가에 속삭였다.

"희원정도 엄연히 네 시댁이라는 거 잊지 마. '시'가 그냥 '시'가 아니다. 시댁 때문에 시금치도 안 먹는다는 말이 왜 있겠어?"

따뜻한 둥글레차로 입가심하던 덕심이 시무룩 표정을 가라앉혔다.

"그게요. 전부 깻잎 때문이에요."

"깻잎이라니? 그게 뭔 소리니?"

보지 않아도 듣지 않아도 대충 알 것 같았다. 얼마나 별것 아닌 일로 싸우고 이 지경까지 왔는지. 고 회장과 명림은 하품이 나오려는 것을 참고 덕심을 찬찬히 구슬렸다.

"지지난 주에 성훈 씨 친구가 한국에 들어온 거 아시죠? 하버드에서 동문수학했다던."

"그래. 금융 쪽에서 일하다가 지금은 모델 일 한다는 그 잘생긴 마이클."

"네. 그 마이클이요. 한식을 좋아한다고 해서 일부러 집으로 초대해서 한정식 코스를 대접했거든요."

"만삭인 네가 애썼구나."

덕심의 공을 칭찬하는 고 회장의 말에 명림이 손을 내저었다.

"덕심이가 애쓴 게 뭐 있겠어요. 분명 요리사 불렀을 텐데. 집에 일하는 사람만 몇인데요. 그치?"

"명림 아줌마, 치매 아닌 거 아니에요? 사리 분별이 알파고 수준이잖아요."

"하여튼. 그래서 어떻게 됐느냐고."

연신 끼어드는 명림의 입을 손으로 막은 고 회장이 다음 말을 채근했다.

"마이클이 깻잎장을 너무 맛있게 먹길래요. 아무래도 젓가락질이 서툴잖아요. 그래서 제가 한 장, 한 장 떼서 앞접시에 놓아 줬거든요."

"이런."

"저런."

미간을 바짝 좁힌 두 노인이 쯧쯧 혀를 차며 고개를 가로저었다. 덕심에게 눈먼 성훈이 그 꼴을 보고 얌전히 있을 리가 없었다. 이후로 얼마나 냉기를 풍기며 덕심을 몰아세웠을지 충분히 예상이 갔다. 명림이 이마를 짚으며 심각한 목소리를 냈다.

"성훈이가 제 성미를 드러냈겠네. 임신한 여자 빈정 상하게 하면 죽을 때까지 속죄 못 한다는 건 논문에도 있는데. 어리석은 놈."

"어디 논문에요?"

"있어. 저기 성북 3동 경로당 도서관에."

"명림 아줌마, 정말 치매 아닌 거죠? 세계 최초로 치매 완치 판정받으신 거 아니에요?"

"이 사람들이 자꾸 삼천포로 샐 테야? 그래서 쭉 얘기해 봐라."

"마이클이 있는 자리에서도 화난 표를 내더니, 몇 날 며칠이 지나도 계속 그 얘기를 하면서 빈정대는 거예요."

"눈에 선하구나."

멀쩡한 놈이라 믿었던 성훈은 천생연분을 만난 이후로 나사 몇 개 빠진 놈이 되었다. 그 나사를 덕심에게 주었는지 몰라도 성훈은 제짝에 관한 한 이성과 감성이 제멋대로 요동치는 경향이 있었다. 덕심이라면 뭐든 예민하고 지나쳤다.

"밤마다 성덕이한테 읽어주던 태교 동화도 안 읽어주고, 발이 퉁퉁 부었는데 발톱 깎는 것도 안 도와주고……."

"그만, 이유를 알았으니 됐어."

깊은 한숨을 내쉰 고 회장이 자리를 털고 일어났다. 손자 내외의 잔망스러운 부부 싸움 스토리를 더는 들어줄 여력이 없었다.

시시하고 우스워서 혼낼 가치도 없었다. 그래도 마냥 두고 볼 수는 없으니 조치를 취해야 했다.

"덕심이는 절대 집에 돌아가지 말아라."

"네?"

"성님, 진심이유?"

"나쁜 놈 아니냐! 배가 저리 나온 제 여자가 발톱 깎는 것도 나 몰라라 했다니. 냉혈한 같으니. 내가 용서 못 해! 덕심이는 이대로 지내다가 희원정에서 출산해! 몸조리도 희원정에서 알아서 해 주마!"

"아니, 그런데 할머니 저도 잘못한 게 있는데요."

"아니야. 네가 무슨 잘못이 있어. 내 집을 찾은 손님에게 친절을 베푼 게 어찌 잘못이야!"

분기탱천한 고 회장의 일갈에 놀란 덕심은 더 이상 할 말이 없었다. 하던 놀이도 멍석 깔아주면 싫증난다더니, 막상 고 회장이 귀가 금지령을 내리자 가슴이 철렁 내려앉았다. 정말 이대로 성훈의 얼굴도 못 보고 외로이 출산해야 한단 말인가. 망연자실한 덕심의 눈에 꼬장꼬장한 뒷모습을 자랑하며 멀어지는 고 회장이 보였다.

"아줌마, 저 어떡해요?"

"어쩌긴……. 성훈이한테 얼른 데리러 오라고 해야지. 너 이러다 정말 혼자 애 낳는다."

"싫어요! 제가 뭘 잘못했는데요."

"깻잎 떼어줬잖니. 외간 남자의 깻잎을 떼어 주다니. 나라도 삐치겠다, 얘."

명림은 마치 성훈이 빙의한 양 치를 떨며 자리에서 일어났다. 체머리를 흔들며 용서할 수 없어, 외치더니 덕심을 남겨두고 집 안으로 들어갔다.

날이 궂었다. 커피 향이 잘 어울리는 날씨. 시커먼 구름이 서울 하늘을 뒤덮어 곧 세기말이라도 올 것 같은 을씨년스러운 분위기였다. 자체적으로 세기말을 맞이한 성훈은 세상 시름을 모두 끌어안은 얼굴로 커피잔을 기울였다. 갑자기 비서실 주간 회의에 끼어든 성훈 탓에 익준과 명장 그리고 미모의 신입 이 비서는 꿀 먹은 벙어리가 되어 의문의 벌서기 중이었다. 익준은 커피에 각설탕을 풍당풍당 빠뜨리며 비릿하게 웃었다. 혼자 있으면 덕심 생각에 괴로우니 괜히 비서실 식구들을 괴롭히는 성훈의 속내가 짠하면서도 우스웠다.

급한 통화 때문에 잠시 밖에 나갔던 호군이 돌아왔다. 평소보다 몇 배로 조심스럽게 다가온 호군이 어렵사리 입술을 열었다.

"회장님께서……."

"네. 말씀하세요."

"사모님은 계속 희원정에 계실 거랍니다."

우르릉! 드디어 비가 오려는지 창밖에서 컴컴한 구름이 울부짖었다.

"그리고 사모님 출산 후에도 부회장님은 희원정에 발도 들이지 마시랍니다."

꽈쾅! 화려한 섬광이 터지더니 요란한 천둥소리가 연달아 울렸다. 호군의 말에 충격으로 굳은 성훈의 얼굴에 번쩍번쩍한 음영이 드리워졌다. 애써 표정을 감춘 성훈이 덤덤하게 물었다.

"덕심한테는 여전히……."

"아무 연락이 없으십니다."

쏴아아아! 투두두두둑. 굵은 장대비가 전면 창을 거세게 때리기 시작했다. 빗발치는 물줄기가 흡사 성훈의 가슴에 내리는 눈물 줄기 같았다.

"어떻게 하는 게 좋을까요, 실장님?"

"결정은 부회장님의 몫입니다."

호군의 대답은 냉정했다. 호군은 그깟 깻잎 한 장에 왜 그리 예민하냐는 입장이었다. 정 많고 살가운 덕심이 사심을 가지고 한 행동도 아닌, 손님 접대의 일환이라고 했다.

"부회장님, 버티셔야 합니다! 지금이 중요해요."

익준은 절대적으로 성훈의 편이었다. 처지를 바꿔서 은수가 그랬다면……. 생각만 해도 익준은 화가 치솟았다. 성훈이 화내는 이유를 얼마든지 이해할 수 있었다.

"우리 엄마는 여자가 어디서 남편 뜻을 거스르냐 하십니다."

성훈이 눈치 없는 명장을 노려보았다.

"차장님은 그걸 또 집에 가서 어머님께 물으셨어요?"

성훈을 대신해서 익준이 명장에게 통박을 주었다. 미모의 이 비서는 이제 출근 이틀째. 도대체 왜 이러는지, 그리 심각하지 않은 부부 싸움인 듯한데 부회장을 비롯한 비서실 식구들은 왜 이 난리인지. 성훈과 덕심의 어이 상실 러브스토리를 알지 못하니 눈동자만 굴릴 뿐이었다. 깊은 시름에 잠긴 성훈에게 호군이 짐짓 엄숙한 목소리로 조언을 건넸다.

"이것 보십시오. 최 차장 어머님이 그렇게 판단했답니다. 부회장님은 당장 사모님께 사과하셔야 합니다."

"실장님! 지금 우리 엄마의 의견이 틀렸다는 겁니까?"

성훈, 호군, 익준이 동시에 명장을 응시했다. 굳이 입을 열지 않았지만, 눈빛만으로도 알 수 있었다.

'그걸 몰라서 물어?'

명장은 붉으락푸르락한 얼굴로 빽, 소리를 질렀다.

"저는 이런 분위기에서 더는 일할 수 없습니다. 다른 부서로 보내주세요."

"어휴, 차장님, 본편에서도 조기 하차하는 바람에 분량도 존재감도 없었는데 외전에서도 이렇게 하차하시면 어떡해요."

익준의 타박에 명장이 갸우뚱 고개를 기울였다.

"성 과장, 그게 도대체 무슨 소리야? 본편이라니? 외전은 또 뭐야?"

"그런 게 있어요. 그냥 버텨요. 한 줄이라도 더 나오게."

"진짜 뭐라는 건지. 성 과장은 외국물 좀 먹고 오더니 확실히 이상해졌어."

비서진들이 티격태격하는 동안에도 창밖에는 비가 아비규환같이 퍼붓고 있었다.

성훈의 귀에 이제 다른 사람들의 충고나 조언 따위가 들리지 않았다. 마음이 외치는 소리를 더는 외면할 수 없었다. 그룹의 중요한 일을 결정할 때마다 자신의 감을 믿어왔고 한 번도 틀리지 않앉다. 강덕심이 보고 싶다. 보고 싶다! 마음의 메아리가 환청이 되어 귓속에서 앵앵 울려댔다. 성훈이 자리를 박차고 일어났다. 지금 당장 덕심에게 가야 한다.

"무슨 지시하실 일이라도."

"저, 희원정으로 갑니다."

"제가 따르겠습니다."

충실한 호군이 성훈을 따라나서자 익준이 피식 실소를 터트렸다.

"부회장님은 절대 강 비서님 못 이기지. 마성훈 세계의 유일한 여자를 어떻게 이기시려고."

✾

저녁 내내 하늘이 구멍 난 듯 퍼붓던 비가 얼추 잦아들었다. 그래도 쏴아, 쏴아 쏟아지는 비는 밤새워 내릴 기세였다.

가을의 시작을 알리는 비는 끈질겼다. 발코니 창을 활짝 연 덕심은 예상 밖의 싸늘한 기온에 부르르 어깨를 떨었다. 수목원을 방불케 할 만큼 풀과 나무로 울창한 희원정은 비에 젖은 싱그러운 냄새가 진동했다. 그런데도 을씨년스러운 날씨 탓인지 울적했다. 사소한 말다툼으로 끝날 줄 알았던 일이 이렇게 커질 줄은 몰랐다. 뜬금없이 사과한다는 것도 자존심이 허락하지 않았다.

"마성훈!"

허공에 대고 버럭 소리를 지르고 나니 속이 좀 후련했다.

"앞으로 내가 깻잎을 먹으면 사람이 아니다."

그래도 야채 곱창하고 닭갈비에서 깻잎을 빼면 맛없는데, 요즘 식욕 폭발인 덕심은 고작 그런 생각으로 고민이 깊어졌다. 이렇게 원초적인 사람이 된 건 모두 다,

"마성훈! 나쁜 놈!"

너 때문이다.

덕심은 하늘에 대고 성훈의 이름을 부르짖으며 분풀이했다.

우르르 콰쾅! 날카로운 번갯불이 눈앞에서 번쩍했다. 바로 옆에 벼락이 떨어진 듯 천둥소리가 생생했다.

"엄마야!"

덕심은 부른 배를 감싸 안고 간신히 몸을 웅크렸다.

"어우, 깜짝이야. 무서워."

이렇게 험악하고 어두운 날 혼자 있게 하다니. 언제나 곁에 있겠다고 해놓고! 옆에 얼씬도 하지 말라며 집을 뛰쳐나온 덕심은 말 잘 듣는 성훈을 원망했다. 지금 심정으로는 성훈이 말을 잘 들어도, 안 들어도 미울 것 같았다. 변덕스럽다는 걸 잘 알면서도 조절이 되지 않았다.

"덕심아!"

"……?"

"덕……심, 아."

덕심의 귀가 쫑긋 세워졌다. 원망이 깊어 헛소리가 들리는 건가. 덕심은 의심할 바 없이 또렷하게 들린 성훈의 목소리에 소름이 오싹 돋았다. 어둠 속에서 거센 바람을 맞으며 팔을 흔드는 나무가 거대한 유령처럼 보였다. 무서운 생각에 자리에서 일어나 들어가려던 찰나,

"덕심! 나야!"

"꺄악!"

발코니 난간에 매달린 성훈이 비에 흠뻑 젖은 채 덕심을 부르고 있었다.

"정말 당신이에요?"

"그럼. 벌써 나를 잊었나?"

웃차! 빙긋 웃은 성훈이 가뿐한 몸놀림으로 난간을 넘어왔다. 홀딱 젖어서 야, 아니 감기가 걱정되는 성훈이 커다랗고 순한 강아지 눈을 한 채 덕심을 바라보았다. 헛것이 아닌 진짜 남편이었다. 배 속에서 쿵쿵 성덕이가 발길질을 해댔다. 아빠 목소리를 알아들은 아이의 힘찬 태동까지 눈앞의 성훈이 진짜라고 알려 주었다.

"진짜 성덕이 아빠네?"

성훈은 물이 뚝뚝 떨어지는 머리카락과 얼굴을 손으로 쓸었다. 젖은 셔츠를 비틀어 짜자 주르륵 물이 떨어졌다. 성훈과 발코니 난간을 번갈아 보던 덕심이 놀란 눈을 하고 물었다.

"어떻게 된 거예요? 왜 여기에서 나타나요?"

"사정이 있어. 추운데 왜 나와 있어요. 감기 걸리면 어쩌려고."

성훈은 즉시 덕심의 손을 잡고 방으로 들어갔다. 창문을 꼭 걸어 잠그고 실내 온도를 확인했다. 일교차가 큰 환절기인데 덕심이 감기라도 걸리면 큰일이었다. 꼭 임신이 아니어도 덕심이 재채기라도 할라치면 119를 외치는 성훈다운 근심이었다.

"할머니께서 강덕심 접근금지령을 내려서 어쩔 수 없었어요."

"맞다. 그랬지."

"장 실장님이 손을 써서 겨우 몰래 들어왔어요. 비상 탈출용 사다리가 있어서 다행이었어요."

"이렇게 비가 오는데 뭐 하러 그렇게까지……. 꺅!"

시큰둥하게 웅얼거리던 덕심은 어느새 성훈의 품에 안겨 있었다. 품에 안기는 동시에 삐죽거리던 입술까지 한숨에 삼켜진 상황이었다. 미워했던 마음은 어디론가 사라지고 덕심은 두 팔 벌려 성훈을 끌어안았다. 둥근 만월처럼 부푼 배가 둘 사이를 가로막았어도 입술만은 대왕문어의 빨판 부럽지 않았다. 강하게 흡착한 입술이 열정적으로 먹고 먹혔다. 긴긴 키스 끝에 떨어진 입술이 아쉬워 입맛을 다시던 덕심이 화들짝 놀란 소리를 냈다.

"어머!"

"왜?"

"당신한테 김 나요. 난 또 마성훈이 불타는 줄 알았네."

"맞아, 덕심하고 키스하느라 불붙어서 그래."

성훈은 순식간에 체온이 오른 몸에서 피어오르는 김을 보며 너털웃음을 터트렸다.

"옷부터 갈아입어야겠어요. 감기 걸려요. 아니지, 뜨거운 탕욕부터 해요. 내가 물 받을게."

"아니. 잠깐만."

성훈은 허둥지둥 서두르는 덕심의 팔을 붙들었다.

"뭐 필요한 거 있어요?"

"덕심, 내가 미안해요."

"……. 됐어요."

불쑥 들어온 성훈의 사과에 덕심은 고개를 떨구었다. 누구의 잘 잘못을 따지는 게 부질없다고, 깨달은 순간 부끄러움이 몰려왔다.

"용서해줘요. 나, 많이 괴로웠다고. 덕심 없는 집에서 혼자, 밤새 얼마나 힘들었는지 알아?"

"나라고 뭐 편했겠어요?"

"그러니까. 이제 우리 그만 화해해. 사랑해, 강덕심. 당신 없으니까 죽을 것 같아."

"뭐……. 나도 미안해요."

"아니야. 당신은 잘못 없어. 친절한 당신이 젓가락질 못 하는 놈을 그냥 두기 힘들었을 거야."

"명림 아줌마도 제가 잘못한 거래요. 할머니도 말씀은 아끼시지만 못마땅하신 것 같고."

성훈은 쭈뼛거리는 덕심을 한 번 더 와락 끌어안고 싶은 마음을 억눌렀다. 이미 곳곳에 물 자국이 남은 덕심의 옷을 더 젖게 할 수 없었다. 자칫 감기라도 걸리면 큰일이니까.

"아니야. 덕심은 무조건 옳아."

"아니, 아니. 나라도 당신이 다른 여자 식사 시중들었으면 화냈을 거야. 절대 용서 못 해!"

덕심은 다른 여자의 깻잎을 떼주는 성훈이라도 목격한 사람처럼 두 주먹을 불끈 쥐었다.

"덕심, 이번 일은 그깟 깻잎이 문제가 아니야."

"그럼?"

"쓸데없는 자존심이지. 자존심 싸움하느라 내가 덕심을 얼마나 사랑하고 소중히 여기는지 깜빡했어. 정말 큰일 날 뻔했지."

"뭐야, 혼자 어른스러워."

토라진 양 불퉁하던 덕심이 금세 표정을 지우고 환하게 웃었다. 덕심의 미소를 따라 성훈의 얼굴도 덩달아 유쾌해졌다.

"덕심도 같이 씻어요."

"싫어요. 배가 또 더 나온 데다 살도 엄청 쪘어요. 오늘 내가 부침개를 몇 장이나 먹은 줄 알면 당신은 기절할 거야."

"잘 먹었다니까 사랑이 새록새록 깊어지는데?"

성훈은 울상 지은 덕심을 단번에 번쩍 안아 올렸다.

"와, 천하장사."

"이런, 곧 아이를 낳을 사람이 이렇게 깃털 같아서야."

미간을 찡그린 성훈이 고개를 절레절레 저었다. 그의 느끼한 너스레에 덕심은 쾌활한 웃음을 터트렸다. 욕실에는 오랜 재회 끝에 사랑을 확인한 부부의 속삭임이 길게 이어졌다.

한편, 다실에서는, 고즈넉한 후원으로 향하는 창을 통해 시원하게 내리는 빗줄기를 보는 고 회장의 입가에 잔잔한 미소가 어렸다. 따뜻한 차를 음미하는 호군 역시 웃음이 끊이질 않았다.

"빗줄기가 가늘어질 기미가 없네그려. 장 실장은 오늘 예서 자고 가게나."

"예."

"지금쯤, 둘이 하하 호호 한창 신이 났겠구먼."

"그럴 테지요."

"젊어 그런가. 겨우 그런 일로, 쯧쯧. 기력이 남아돌아 싸운다 싶어."

"그마저도 보기 좋더라고요."

"자네 눈에도 그랬는가?"

"예. 안쓰러우면서도 곧 풀어질 것을 아니까 재미도 있고."

고 회장과 호군의 낮은 웃음소리가 다실에 내려앉았다.

"그 녀석, 늙은이 속 썩인 걸 생각하면 더 약 올려야 하는데. 너무 쉽게 들여보냈어."

"그러다 부회장님 감기라도 들면 큰일 납니다."

"감기가 옴팡 들어서, 화해해도 옆에도 얼씬 못 하게 해야 했어. 그게 더 괴로웠을 건데. 아깝군."

찻잔을 내려놓은 호군이 두 손을 급히 내저었다.

"어휴, 오랜만에 마녀다운 발언이십니다."

와하하, 다실이 떠나가라 고 회장의 웃음소리가 넘쳐났다.

"성훈 씨, 나 아파……."

헉! 침대에서 벌떡 일어난 성훈은 재빨리 곁에 누운 덕심을 들여다보았다. 역시 꿈이 아니었다. 잠결에 희미하게 들린 목소리는 분명 덕심이 앓는 소리였다.

"덕심, 괜찮아?"

"모르겠어요. 배가 싸르르 아픈데, 낌새가 이상해요."

"시간 간격 재봤어요?"

"들쭉날쭉해서 헛갈리기만 해요. 낮에 부침개를 너무 많이 먹어서 그런지도 몰라."

"병원에 연락해서 사람 부를까?"

"으으음……."

몸을 웅크린 덕심은 신음을 삼키며 고개를 저었다.

"아직. 조금 더 지켜보고요."

"내가 뭘 해줘야 하지? 덕심아, 어떻게 해줄까?"

대신 아파주고 싶어도 할 수 없으니 성훈은 미치고 팔딱 뛸 것 같았다. 뭐라도 해주고 싶은데 덕심은 제발 가만히 있으라고만 했다. 하얗게 질린 덕심의 손을 잡아주고 있던 성훈은 결심했다.

"덕심, 아프더라도 병원 가서 아프자. 아무것도 아니면 다행이지만, 만에 하나라도……."

성훈은 길어지려는 말을 삼켰다. 괜히 불길한 말을 입 밖에 꺼낼 필요는 없었다. 출산 예정일은 앞으로 열흘 뒤였지만, 지금까지 쌓은 지식으로 봤을 때 오늘 출산도 가능할 듯싶었다. 성훈은 덕심이 미리 준비해놓은 출산 가방을 들고 나왔다.

"아윽, 부회장님!"

"덕심아!"

출산 가방의 내용물을 점검하던 성훈은 덕심이 부르는 소리에 혼비백산했다. 덕심의 입에서 나온 '부회장님'이 불길하게 들렸다. 결혼 후 줄곧 이름을 부르던 덕심이 갑자기 부회장님이라니, 분명 정신이 혼미하단 증거였다.

이불을 쥐어뜯으며 엎드린 덕심은 땀으로 푹 젖어있었다. 희원 정에 비상이 걸렸다. 괴력을 발휘한 성훈이 덕심을 안고 아래층으로 뛰어 내려갔다. 요란한 발소리를 들은 호군이 먼저 튀어나왔다. 잠이 오지 않아 와인이나 한잔하려던 호군이 사색이 된 성훈을 발견했다.

"무슨 일입니까? 사모님이 왜……."

308

"아내가 진통이 시작된 것 같습니다!"

"벌써요?"

하얗게 질려 땀에 젖은 덕심을 본 호군이 앞장섰다.

"운전은 제가 하겠습니다."

전쟁 같은 이틀 밤을 치른 끝에 평화가 찾아왔다. 덕심이 고이 잠든 침대 옆에 앉은 성훈의 얼굴이 밀랍처럼 희게 질려 있었다. 링거가 꽂힌 손을 안쓰럽게 바라보며 자책했다.

난산이라고 했다. 성훈은 이틀을 꽉 채워 진통한 끝에 아이를 낳은 덕심이 안쓰러워 미칠 지경이었다. 이를 악물고 진땀을 흘리며 고통에 몸부림치던 모습이 눈에 선했다. 성훈은 잠자는 숲속의 미녀보다 더 아름다워 보이는 퉁퉁 부은 덕심의 입술에 키스했다.

"덕심, 아무래도 내가 피임 수술을 해야겠어요. 둘째는 없어."

"누구 마음대로!"

마침 병실을 찾은 고 회장이 성훈의 혼잣말을 듣고 역정 섞인 소리를 냈다. 자리에서 일어난 성훈은 비장한 얼굴로 단호하게 말했다.

"제 결정입니다. 저, 이번에 덕심이 잃는 줄 알았어요."

"그건 덕심이 의견도 물어야지. 아이를 왜 네 뜻대로 결정해. 네가 한 게 뭐 있다고."

고 회장의 일침에 성훈은 할 말을 잃었다. 덕심이 진통으로 아파하는 동안 성훈이 해줄 수 있는 게 없긴 했었다. 게다가 부부 싸움으로 일주일 넘게 아내를 돌보지 못했으니 대역 죄인이었다.

"아이고, 우리 손부 얼굴 상한 것 좀 봐. 보약을 두둑이 먹여야겠네."

고 회장이 머리를 쓰다듬는 손길을 느꼈는지 덕심이 천천히 눈을 떴다. 몽롱한 초점을 깜빡거리며 입을 열었다.

"할머니……."

"그래. 더 자라. 이틀을 꼬박 잠도 못 잤는데."

"자다 깨다 했어요. 괜찮아요."

"그게 잔 거야? 기절한 거지."

성훈은 울컥 올라오는 감정을 억누르며 애써 담담하게 말했다. 덕심은 표정이 굳은 성훈에게 의연하게 웃어 보였다.

"성덕이는요? 낳자마자 얼굴 보긴 했는데 기억이 안 나요."

출산 직후 아이를 보여주었는데 생각보다 감흥이 없었다. 아, 아기구나. 드디어 끝났구나. 그 생각만 했다. 드라마에서 보던 대로 감정이 북받치거나 모성애가 끓어 넘치는 것도 못 느꼈다. 성훈도 아이에게 '안녕' 한 마디를 남기더니 덕심의 손만 붙들고 있었다. 그러고 보니 매정한 부모가 된 듯해, 아이에게 미안했다.

똑! 똑! 입원실 문이 열리더니 베이비 카트를 밀며 간호사가 들어왔다. 다정다감한 인상의 간호사가 생글생글 웃었다.

"강덕심 님, 아기 왔습니다."

덕심은 간호사와 성훈의 도움으로 간신히 몸을 일으켜 앉았다. 겨우 일어나 앉는 중에도 덕심이 끙끙 앓는 바람에 성훈은 얇은 유리를 다루듯 덕심을 부축했다.

"산모님, 아기 좀 보세요. 너무 잘생겼죠?"

속싸개를 돌돌 말고 나타난 신생아를 본 덕심의 눈이 휘둥그레졌다.

"어머, 세상에."

아까도 이 아이였나? 잠깐 사이에 말쑥해진 아이는 갓 태어난 느낌도 없이 길쭉하고 훤했다. 고 회장과 성훈도 만면에 뿌듯한 미소를 짓고 있었다.

"덕심, 어때요. 우리 얼굴이 반반씩 있어. 예쁘지?"

"나도 놀랐단다. 어쩜 인물이 이럴 수가. 우리 성훈이 낳았을 때도 놀랐다만 성덕이는 더 놀랐단다."

이미 완벽한 미남의 면모를 갖춘 성덕이 까만 눈동자로 제 엄마를 바라보았다. 아직 초점이 없다고 하는데도 꼭 엄마를 응시하는 것 같은 깊은 눈동자였다.

"너무 잘생겼어요. 대박! 성덕아, 엄마 목소리 들려? 까꿍!"

"덕심?"

"응……. 말해요."

오롤롤롤로. 덕심은 아직 제대로 듣지도 못하는 애를 어르는 데 정신이 팔려있었다.

"덕심, 나 좀 쳐다봐줘요. 왜 애만 보는 거야."

"성훈 씨, 우리 아기 좀 봐요. 내가 극강의 미남을 낳았어요. 완전 내 취향이야."

성훈의 짙은 눈썹이 대문자 V를 그렸다. 이 방에 아기가 들어온 이후로 덕심이 제게 시선 한번 주지 않았다. 지금도 자신이 무슨 말을 하든지 아랑곳하지 않고 아기 외모 칭찬만 하지 않는가. 지금껏 덕심은 저렇게 홀딱 반한 눈으로 자신을 본 적이 없었다. 몰랐다. 갓 태어난 아들에게 불같은 질투를 느끼게 될 줄은. 성훈은 아예 아들의 얼굴에 눈동자가 달라붙은 덕심을 야속하게 바라보았다.

✳

"이봐, 아들. 내가 생각해도 너 참 잘생기긴 했어."

성훈은 아기 의자에 앉아 이유식 숟가락을 쪽쪽 빨아 먹는 선빈(구. 성덕)을 붙들고 하소연 중이었다.

"잘생김에 약한 우리 덕심의 이상형이지. 하지만, 그렇다고 뒤늦게 태어난 주제에 내 와이프를 독점하는 건 아니라고 봐."

아바바바바. 숟가락을 마구잡이로 휘둘러 이유식을 파헤쳐 놓은 성빈은 기어이 성훈의 셔츠에 죽을 튀어 놓았다. 성훈은 턱 끝에 튕긴 밥알을 손가락으로 쓱 치우며 음산하게 뇌까렸다.

"그러니까 오늘은 좀 일찍 자도록 해. 네 엄마 속옷 색상이 뭐 뭐 있었는지도 까먹겠어."

빠빠! 선빈은 기특하게도 마치 알아들은 것처럼 고개를 세차게 끄덕였다. 더하여 까르르 예쁘게 웃어주기까지 했다.

"사나이끼리 약속이야. 오늘도 중간에 깨서 울고 그러면 안 돼. 이제 아침까지 쭉 잘 나이가 됐어."

성훈은 이제 겨우 백일 지난 지 얼마 되지도 않은 선빈의 손가락을 걸고 협상 완료라고 선언했다. 성훈은 턱받이와 얼굴에 이유식 범벅이 된 성빈을 안고 일어섰다. 저녁 식사를 마쳤으니 따뜻한 물에 목욕을 시킨 후 @깊고 깊은 숙면을 할 수 있도록 아들

수발을 들어야 할 차례였다.

✳

　욕실에서 나온 성훈의 발그레 상기된 얼굴에서 열기가 뻗쳤다. 선빈의 숙면을 위해 욕조에서 오랜 시간 동안 놀아 주고 나온 참이었다. 긴 시간 기운을 뺐지만, 진정한 열량 소비는 이제부터 시작할 작정이었다. 샤워 가운을 여미며 거실로 나오자 막 운동을 마치고 이 층으로 올라오는 덕심이 보였다.

　"덕심, 그러다 쓰러지겠어."

　자신은 만반의 준비가 되었는데 정작 덕심이 초저녁부터 잠이 들까 불현듯 걱정됐다.

　"그, 러게……요."

　이거 봐라, 상의가 홀딱 젖도록 운동한 탓에 기진맥진한 덕심은 말도 제대로 하지 못했다. 성훈은 급히 덕심을 소파에 앉혔다. 끼니도 선빈이 이유식보다 적게 먹는 여자가 저녁마다 운동을 세 시간씩 해댔다. 출산 전 폭풍 같은 식욕은 이미 사라지고 웬만한 군살은 보이지도 않는데 덕심은 긴장의 끈을 늦추지 않았다.

　"이렇게까지 무리하지 말지. 어차피 운동은 평생 친구인데 죽자 사자 달려드는 건 바람직하지 않아."

　"네, 네. 알아요. 알아."

　덕심은 미지근한 생수를 들이켜며 성의 없이 대꾸했다. 제 마음도 몰라주고 훈장님처럼 구는 성훈이 얄미웠다. 세상에서 제일 섹시한 남자 순위에 든 남편을 둔 여자의 불안을 당신이 알아?

아직 콩깍지가 여전하다고 해서 방심하고 늘어져 있다가 돌이킬 수 없으면 어쩌려고. 어려서부터 외모라면 덕심도 남부럽지 않았지만, 잔혹한 연애사를 가진 탓인지 출산 후 불안감이 찾아왔다.

이젠 임신 핑계도 사라졌으니 전보다 더 치열하게 자기 관리를 해야 할 때였다. 이 핑계, 저 핑계 대며 피하는 것도 끝이 보였다. 나날이 이글이글 타오르는 성훈의 눈빛이 폭발 직전임을 알리고 있었다. 잠자리에서 유독 열정적인 성훈 앞에서 뱃살을 출렁거리고 싶지 않으니 노력에 노력을 더해야 했다. 지금도 샤워 가운만 걸친 성훈이 눈앞에서 미모를 자랑하고 있었다. 정말이지 눈부시게 섹시하고 잘생겼다. 내 팔자야, 이럴 줄 알았다.

"대충 생긴 남자랑 결혼할걸."

소파 위에 나동그라진 덕심은 넋이 나간 탓에 자신도 모르게 속마음을 중얼거리고 말았다. 아주 작은 소리, 새벽녘 귓가에 스치는 모깃소리보다 더 작고 은밀한 속삭임. 그러나 매사 덕심에게 안테나가 쏠려있는 성훈의 귀에는 청천벽력보다 더 우렁찬 한마디였다.

대충 생긴 남자랑 결혼할걸? 여기서 중요한 건 '대충 생긴'이 아니었다. 덕심이 다른 남자와의 결혼을 꿈꾸었다는 사실이 충격이었다. 내가 얼마나 덕심을 사랑하는데, 일생 통틀어 첫눈에 반한 여자의 입에서 나온 말이라고 믿을 수 없었다.

"지금, 뭐라고 했어?"

덕심의 등줄기에 소름이 오소소 솟았다. 나는 숨만 쉰 것 같은데 누가 목소리를 내었어? 눈동자를 들어 바라본 성훈은 음습한 분노에 휩싸인 한 마리 사나운 짐승이었다. 야행성 맹수의 눈처럼 붉은 안광을 빛내며 덕심을 추궁하고 있었다.

"성훈 씨, 오해. 오해예요. 나는 그냥 자괴감이 들어서 생각만 한다는 게 그만."

주섬주섬 일어나서 변명하는 덕심을 응시하던 성훈이 쿵쿵 다가왔다. 털썩! 소파에 엉거주춤 앉아 죄인의 풍모를 방불케 하는 덕심 앞에 성훈이 주저앉았다.

"당신은 아직도 내가 마음에 안 드는 건가?"

"무슨 소리예요? 완벽한 내 취향이 마성훈인데."

"그런데 왜 ……. 후회스러운 얼굴로 그런 말을 했지?"

하아, 옅은 한숨을 내쉰 덕심이 두근대는 가슴을 자중하며 성훈의 얼굴을 쓰다듬었다. 치사하게 피부도 좋은 남자의 그늘진 눈망울 앞에서도 색욕이 동하다니, 나는 변태인가.

"성훈 씨는 여전히 잘생기고 멋있잖아. 난 이제 그냥 애 엄마 강덕심인 것 같아. 잘나가던 미다스의 손 강 이사도 유능한 강 비서도 아니잖아."

"내 눈에는 당신은 언제나 사랑스럽고 대단한 강덕심인데."

"아직도 그렇게 봐줘서 고마워요. 그런데 그 콩깍지 필터가 언제 벗겨질 줄 알고 나태하게 있겠어. 지금 나를 봐요. 이렇게 후줄근하다고."

"흠……. 그럼 내가 변태인가 보군."

"응?"

꿈지럭거리며 소파 위로 올라간 성훈은 가만히 덕심의 몸 위에 제 몸을 포개었다. 덕심의 허벅지 사이를 뭉근하게 밀어내는 단단한 욕망은 벌써 기세가 대단했다.

"이것 봐. 바짝 힘 들어간 거."

"어느새?"

"아까 당신이 계단으로 올라올 때부터 미칠 듯이 안고 싶었어. 아니지, 하루 24시간도 모자라게 당신을 안는 상상을 해."

말을 하는 성훈의 얼굴이 조금씩 조금씩 가까워졌다. 입술이 닿을 듯한 거리에서 소곤거리는 바람에 덕심의 가슴속에 간질간질 아지랑이가 피어올랐다. 덕심은 살짝 몸을 웅크리며 성훈을 밀어내는 척했다. 그가 더욱 몸이 달아 타오르도록.

"씻어야 하는데, 땀 냄새 나서……."

으흠, 아니. 성훈은 고개를 흔들며 덕심의 목덜미를 파고들었다. 짙은 땀 냄새를 깊이 들이마시자 더는 참을 수 없이 욕정이 타올랐다. 지금 바로 덕심에게 몸을 묻고 싶은 바람뿐이었다.

"강덕심은 언제나 아름답고 대단히 멋진 사람이었어. 마성훈이 정신 못 차리는 거 보면 몰라? 글로벌의 표준, 마윤의 명작은 당신이야. K 글로벌 타워의 주인 말이야."

열렬한 고백의 말을 들은 덕심의 자존감이 기지개를 켰다. 모든 면이 탁월한 남자가 여자의 마음이 변할까 두려워하며 노심초사 내뱉는 사랑 고백이라니. 어깨가 으쓱할밖에.

덕심은 설핏 벌어진 성훈의 가운 틈으로 두 손을 밀어 넣었다. 오랜만에 더듬는 가슴은 여전히 감동적이었다. 바위 같은 근육이 만들어낸 복근의 선명한 요철을 쓰다듬으며 고개를 드는 순간 성훈의 입술이 닿았다. 지독하리만큼 깊은 키스가 시작되었다. 타는 목마름을 안은 성훈의 혀가 덕심의 여린 입 속을 헤집어 놓았다. 성훈은 다시는 덕심이 평범한 남자 따위 꿈꾸지 못하도록 특별한 밤을 선사할 생각이었다. 감미롭고 열정적이고 퇴폐적인 길고 대단한 밤. 평생 잊지 못하는, 문득문득 떠오를 때마다 저릿한 쾌감이 살아나는 그런 밤.

"성훈 씨. 흐읍."

"응?"

"아무리 그래도 씻고 싶어."

"아직도 그런 생각이 들어?"

"아웃! 찜찜해서 그래요. 당신은 향기 나는데 나는 땀 아얏!"

"그럼 같이 씻어."

"당신은 벌써 씻었잖아요."

"아무렴 어때."

성훈은 소파 위에 흐드러진 덕심을 안아 들었다. 덕심은 탄탄한 허리에 두 다리를 감았다. 욕실로 향하면서도 두 사람의 키스는 멈출 줄을 몰랐다. 핥고 물고 빨면서 걷느라 지척인 욕실이 가도 가도 나타나지 않은 지경에 이르렀다.

침실을 지나 겨우 가까워진 욕실 앞. 쿵, 두 사람은 벽에 부딪치고 말았다. 방아쇠라도 당겨진 듯 성훈은 불끈 솟아버렸다. 그대로 성훈은 벽에 덕심을 몰아붙이고 급한 손길을 더듬거렸다. 이제 덕심도 더는 샤워에 연연하고 싶지 않았다. 체온은 뜨겁게 상승했고 땀에 젖은 운동복이 버거울 뿐이었다. 두 팔을 엑스자로 겹쳐 티셔츠를 벗어 던지자마자 성훈의 입술이 짙어진 정점에 달려들었다.

저릿한 쾌락이 머리통을 후려쳤다. 성훈의 어깨를 짚은 손가락과 발가락 끝이 바짝 오그라들었다. 성훈이 한 손 가득 차는 가슴

을 욕심껏 주무르며 다른 쪽 가슴을 입술로 탐했다. 그동안 덕심
은 빠르게 바지와 속옷을 벗어 던졌다. 성훈의 것을 길게 쓰다듬
자 가슴에 집착하던 성훈이 나른한 신음과 함께 고개를 꺾었다.
파르르 어깨를 떨던 남자의 눈이 새까맣게 변했다. 익히 잘 아는
쾌락, 제 여자만이 주는 환락에 빠지고 싶어 미쳐가는 눈이었다.

성훈은 벽에 기대고 선 덕심의 한쪽 허벅지를 붙잡았다. 다리를
들어 올리며 좁은 틈 사이로 제 몸을 밀어 넣었다. 으윽, 두 사람
의 입에서 동시에 야릇한 탄성이 터져 나왔다. 묵히고 묵혔던 욕
구가 만나 쿵덕쿵덕 충돌했다. 위로 올라갔다 떨어질 때마다 덕심
은 더욱더 높이 떠오르는 기분이었다. 발가락 끝에 아슬아슬하게
닿던 바닥도 사라진 지 오래였다.

덕심은 고개를 내려 성훈의 입술을 찾았다. 급히 찾은 입술을
깨물고 그의 머리칼 속으로 손가락을 밀어 넣었다. 혀와 입술이
뒤엉키고 가쁜 숨이 두서없이 쏟아졌다. 성훈이 사랑한다고 속삭
였다. 거칠게 외친 것도 같았다. 쾌락에 빠져 허우적대는 덕심의
대답이 늦어지면 성훈은 거세게 몰아붙이며 채근했다.

사랑해. 사랑해요. 마음에 드는 대답이 나오면 한없이 부드럽게
밀려들었다. 첫 번째 사랑이 끝났을 때, 성훈도 덕심과 똑같은 땀
냄새를 풀풀 풍기게 되었다.

어슴푸레 동이 트고 있었다. 진득하게 이어진 하체를 뒤로 물리
던 성훈은 그대로 나동그라지는 덕심의 몸을 폭 감싸 안았다. 땀

에 젖은 머리를 쓰다듬는 손길 아래에서 덕심이 진 빠진 목소리로 말했다.

"이젠 우리 죽었어요."

"어째서?"

신혼 때도 이 정도는 아니었는데. 이 남자는 덕심의 임신과 출산, 육아 기간 동안 차곡차곡 쌓아놓은 회포를 착실하고 꼼꼼하게 풀었다.

"밤새……. 하여튼 뒷일은 생각도 안 하고. 우리 둘 다 미쳤어."

"좋지 않았어요?"

"……. 좋았어."

환상적이었지. 덕심이 쿡쿡 웃으며 속삭였다. 지금도 팔다리 근육이 후들후들 떨리는데도 온밤을 새워 열정적으로 안고 뒹굴었다는 사실을 믿을 수 없었다.

"당신은 출근해야 하고, 나는 선빈이 돌봐야 하는데. 어쩌면 좋아."

"난 거뜬하니까 걱정하지 말아요. 선빈이는 오늘 하루 봐주는 분한테 맡겨. 당신 몸 안 좋다고 일러둘 테니."

성훈은 곯아떨어질 기미가 보이는 덕심의 관자놀이에 입술을 눌렀다.

"껍질 없으니까 감도가 생생해서 미치는 줄 알았어."

성훈은 기어이 피임 수술을 해치워 버렸다. 보호막 없이 들어간 순간 성훈은 새로운 부부 관계의 세계를 만났다. 맨살로 만난 덕심은 더 따뜻하고 더 부드러웠으며 쾌락은 더욱 충만했다.

"할머니가 아시면 나까지 혼나는 거 아닐까요?"

"당신도 모르는 거로 해요. 그리고 아무리 할머님이라고 해도 부부 일에 끼어드시면 안 되지."

"나도 동의했지만, 가끔 너무 성급한 결정이 아니었나 싶긴 해."

"괜찮아. 그리고 당신 일하고 싶잖아."

"알고 있었어요?"

잠기운이 묻었던 덕심의 목소리에 반짝 생기가 돌았다.

"응. 당연한 거 아니야? 입덧으로 입원하기 전까지 열심히 출근했던 사람인데. 당신은 일 자체를 즐기는 타입이잖아."

"나…… 일해도 되는구나. 안 될 줄 알았어요. 할머니도 은근히 눈치 주시고."

덕심은 다시 일할 수 있다는 생각에 가슴이 쿵쿵 뛰었다. 유학을 마치고 돌아온 은수는 바로 익준과 결혼할 거라는 주변의 예상을 깨고 사업을 시작했다. 익준도 결혼은 급하지 않다고, 은수가 자신을 버리지만 않으면 된다며 은수의 사업을 전폭적으로 지지했다. 그런 친구가 어찌나 부럽던지.

"할머니 눈치 보지 마. 그러다 스스로를 잃게 돼. 우리 어머니가 그랬어. 한 번, 두 번 참고 세 번, 네 번 양보하고 인내하고 그러다가 할머니한테 모든 주도권을 뺏기게 된다고. 아무리 연세가 드셨어도 할머니 본성은 어쩔 수 없어."

"갑자기 할머니가 무섭다. 막 최종 보스! 그런 느낌."

"맞아. 별명이 마녀일 때는 다 이유가 있는 거야. 그나저나 다시 출근할 거야?"

"그게……."

대답을 망설이던 덕심은 두 손으로 성훈의 얼굴을 감싸고 턱과 입술에 가벼운 입맞춤을 했다. 피식 웃는 성훈의 입술에 한 번 더 진하게 키스했다.

"보통 이러면 뭐 해달라고 하는 거라던데."

"맞아. 나 하고 싶은 게 있어요."

"뭔데?"

"원래 하던 일."

"엔터 사업?"

"응."

잠시 조용하던 성훈이 팔을 접어 이마에 올리며 한숨을 내쉬었다. 생각을 고르는 표정으로 중얼거리기 시작했다.

"가만있어 보자……. 계열사 중에 그쪽으로는 영화 배급사하고."

"아니. 순전히 내 힘으로."

"응?"

"사무실도 내 돈으로 얻고 책상부터 볼펜까지 전부 내 힘으로 할래."

은수처럼 해보고 싶었다. 전부 다 자신의 힘으로 하나에서 열까지. 결혼하면서 받은 마윤의 지분 같은 거 없이. 그러나 성훈은 미간을 찡그린 채 고개를 저었다.

"그 얼어 죽을 킴인지 뭔지, 당신 전 보스가 그렇게 방해한다면서. 나도 도울 수 있게 해줘."

"일단 부딪쳐 보고, 하다가 어려울 때 당신한테 구조신호 보낼게요."

"정말 괜찮겠어?"

"사실 얼마 전에 은수한테 소개받은 친구가 하나 있어요. 뮤지컬 전공한 친구인데 역시 노래, 연기 전부 탁월해요. 전에 있던 기획사에서 이용만 당하다가 지금은 꿈을 접고 편의점 알바 한대요. 그 아이를 키우고 싶어."

"여자야, 남자야?"

성훈의 목소리가 일순 날카로워졌다. 남자라고 해도 어쩌지 못할 거면서 날을 세우는 모습이 귀여웠다. 덕심은 웃음기를 머금고 대답했다.

"여자야."

"그나마 다행이군. 사무실은 어디에 얻을 거야?"

"강남 쪽이면 좋겠지만 예산 안에서 구해보려고요."

"K 타워 있잖아. 거기 빈 사무실 있어."

"내 힘으로 한다니까?"

성훈은 덕심을 안은 팔에 힘을 더했다.

"그러니까. 강덕심은 강덕심의 힘을 몰라?"

"또 무슨 사탕발림을 하려고 그래요?"

"Kang덕심 글로벌 타워잖아. 당신 파워가 그 정도인데 몰랐단 말이야?"

못 말려, 못 말려. 덕심은 초조한 얼굴로 설득하는 성훈의 얼굴이 사랑스러워 싸울 의지를 잃었다.

"그럼, 사무실만 도움받을게요. 임대료는 받으시고."

"회사 이름은 지었어요?"

"글쎄."

"마윤 엔터, MY 엔터, 마성 엔터……."

"왜 자꾸 내 회사에 당신 흔적을 담는 거예요?"

"내 이름 붙으면 다 잘되니까. 바로 스타 탄생의 산실이 될 작명인데. 두고 봐. 마성 엔터 좋다. 마성의 매력이 가득한 스타들이 모일 거야."

"촌스러워."

"뭐라고? 내 이름이 촌스러워?"

벌떡 일어난 성훈이 덕심의 겨드랑이에 손을 넣고 간지럽히기 시작했다.

"꺅! 그만, 그만! 간지러워!"

"마성 엔터가 촌스러워?"

"멋있어요. 세련! 꺄악!"

간지러움에 숨이 깔딱깔딱 넘어가는 덕심의 웃음소리가 침실에 가득 찼다. 날이 환하게 밝아서도 일어나지 않는 부부를 깨우기 위한 모닝콜 소리가 요란했지만, 두 사람의 장난은 끊이지 않았다.

〈fin〉